rororo

rororo

Karl der Große ist ein gerissener Herr seines riesigen Reichs. Wohin mit diesem Dolch, der ihm nicht geheuer ist? Den ein verfeindeter Sachse in Christenblut getaucht hat, um Unheil über die Christenwelt zu bringen? Der künftige Kaiser verschickt die kostbar verzierte Waffe als Teil eines prächtigen Schatzes kurzerhand an den Kalifen Harun al-Raschid. Er hat keine Ahnung, daß in der Gesandtschaft nach Bagdad bald tödlicher Streit ausbricht ... Die mörderische Reise des Dolchs durch zwölf Jahrhunderte beginnt. Ob im Nonnenkloster Gernrode, in der Affäre um den falschen Waldemar oder auf einer Insel im friesischen Moor – immer wieder verwickelt der mysteriöse Dolch seine Besitzer in Mord und Totschlag. Und das Unheil endet auch nicht 1994 im Altenheim von Werderbrück ...

Petra Oelker u. a.

Der Dolch des Kaisers

Eine mörderische Zeitreise

Zusammengestellt von Wolfram Hämmerling

Rowohlt Taschenbuch Verlag

rororo thriller
Herausgegeben von Bernd Jost

Originalausgabe
Veröffentlicht im Rowohlt Taschenbuch Verlag
GmbH, Reinbek bei Hamburg, Juli 1999

Umschlaggestaltung Notburga Stelzer
(Illustrationen: Jürgen Mick)
Satz Adobe Garamond PostScript (PageOne)
Gesamtherstellung Clausen & Bosse, Leck
Printed in Germany
ISBN 3 499 43362 1

inhalt

I. wie karl der große einen verfluchten dolch in die welt schickt und einen elefanten zurückbekommt

Die Geschichte, die ich dir jetzt erzählen werde, mein Freund, ist so wenig glaubhaft, daß ich sie bisher lieber für mich behielt, um der Gefahr zu entgehen, für einen Lügner und Aufschneider gehalten zu werden. Niemandem und niemals habe ich dieses Erlebnis bisher vollständig mitgeteilt. Und doch ist alles wahr, nichts erfunden. In den «Annales regni Francorum», den fränkischen Reichsannalen, ist die Geschichte sogar erwähnt, mit einer ehrenvollen Nennung meines Namens. Ja, ich, ein einfacher jüdischer Handelsmann namens Isaak, habe einen Platz in dieser Chronik gefunden, die nur die bedeutendsten Staatsangelegenheiten verzeichnet. Freilich ist das, was dort steht, nur gewissermaßen der Anfang und der Schluß der Geschichte, die tiefere Wahrheit, die sich dazwischen und dahinter verbirgt, wird nicht sichtbar. So ist es jedoch in den meisten Fällen. Was die Chronisten mitteilen, sind oft nur dürftige Bruchstücke der Ereignisse, und die Späteren, die das lesen, werden Mühe haben, diese zusammenzufügen und das Fehlende zu ergänzen. Soweit es meine Geschichte betrifft, ist mir das recht, und ich werde nichts tun, um die Nachwelt aufzuklären. Nur du, mein alter Vertrauter, sollst die ganze Wahrheit erfahren. Mag das Wissen darum dann eines Tages mit uns ins Grab sinken!

Dir ist ja bekannt, daß ich als Kaufmann seit langem das Reich der Franken bereise. Von Karawanenzügen ins Morgenland bringe ich Waren aus Indien, Persien und sogar China, die bei den Franken sehr begehrt sind. An ihrem Hofe wurde ich stets freudig begrüßt und machte glänzende Geschäfte. Fast immer empfing mich auch der König selbst, der Herr Karl, ein Mann, dessen eindrucksvolle Erscheinung der gewaltigen Macht entspricht, die er in Händen hält, gebietet er doch von den Pyrenäen bis zur Elbe, vom Apennin bis zum Nordmeer. Obwohl persönlich kein Freund übermäßigen Aufwands, tat er alles, um seiner Hofhaltung ein würdiges Gepränge zu geben, und so war ich als Lieferant schöner Stoffe und wertvoller Gegenstände und Geräte willkommen. Außerdem schätzte er mich als weitgereisten Mann, der viele Länder gesehen hat und deren Sprachen spricht, und er wurde nie müde, mich auszufragen. Über alles begehrte er Auskunft: die Lebensverhältnisse, Sitten und Bräuche und vor allem die Art und Weise, wie woanders die Staatskunst ausgeübt wird. Ich tat ihm Bescheid, so gut ich konnte, und erhielt auch manche Belohnung dafür. Mit einem Wort, ich durfte mich am fränkischen Hofe als gerngesehenen Gast und sogar als Vertrauten des Königs betrachten.

Einen Beweis dafür erhielt ich im Sommer des Jahres 798 nach der christlichen Zeitrechnung. Ich selbst hatte wohl mit meinen Berichten nicht unwesentlich dazu beigetragen, daß sich die Franken für den Kalifen in Bagdad und das ständig erstarkende Reich der Muslime interessierten. Nun, das war ganz natürlich. Der Frankenkönig beherrschte ein Weltreich und suchte Verbindung zu seinesgleichen. Zu der byzantinischen Kaiserin Irene war seine Beziehung schwankend und nicht immer ungetrübt. Die Erben Roms betrachteten ihn mit Mißtrauen, als ehrgeizigen, machthungrigen Emporkömmling,

und Sigimund, …
reisen. Du aber wirst sie begleiten – als … metscher. Denn du kennst die Länder, die sie durchqueren müssen, und die dortigen Sitten. Vor allem beherrschst du die Sprachen. Es wird wohl zuweilen notwendig sein, daß auch sie als Kaufleute reisen, um nicht als meine Gesandten zu gelten. Denn nicht überall ist man den Franken und ihrem König wohlgesinnt. Ich habe jedoch Vertrauen zu dir und bin überzeugt, daß du die beiden edlen Männer und meine Geschenke auf kürzestem Wege und sicher ans Ziel bringen wirst.»

Ach, welch unerwartete Ehre! Doch was für ein unwillkommener und gefahrvoller Auftrag! Ich versuchte einige Ausflüchte, denn ich teilte durchaus nicht die Überzeugung des Herrn Karl. Eine lange Reise mit königlichen Geschenken, über Land und Meer, durch Gebirge, Wüsten und volkreiche Städte, ist kein Spaziergang. Wenn wir auch mit fränkischem Geleitschutz reisen würden und wenn auch auf die Männer, die mich selbst gewöhnlich als Schutztrupp begleiteten, Syrer und Numider, unbedingt Verlaß war, so blieb doch ein beträchtliches Risiko. Dies sagte ich allerdings nicht laut, sondern gab vor (was auch der Wahrheit entsprach), daß mich dringende Angelegenheiten über Spanien nach Nordafrika, nach Karthago, riefen. Der König hörte mir zu, doch wurde er rasch ungeduldig und erwiderte in barschem Ton, er könne einen umherziehenden Juden, der zum Volk der Christusmörder gehöre, auch einsperren und sogar aufhängen lassen, zumindest jedoch ihm den Handel in den Grenzen des Frankenreichs untersagen. Vielleicht meinte er das nicht ernst, aber natürlich war er als König gewöhnt, eine solche Sprache zu führen, und schätzte es nicht, wenn man sich seinem Willen widersetzte. Ich begriff, daß ich mit einer Weigerung nichts erreichen und mir nur Schwierigkeiten einhandeln würde. Also verneigte ich mich tief und versprach zu tun, was er von mir erwartete: seine Gesandten und Geschenke nach der Stadt des Kalifen zu bringen.

Da war er zufrieden, versicherte mich erneut seines Wohlwollens und sagte, nun werde mir auch die Auszeichnung zuteil, bei der Wahl der Geschenke für den Kalifen anwesend zu sein und meinen Rat zu erteilen. Denn ich würde am besten wissen, womit man den Herrscher des Ostens beeindrucken und dem Geber gewogen machen könne. Zusammen mit den beiden Gesandten und mehreren Würdenträgern führte er mich in einen Saal, wo unter strengster Bewachung der königliche Schatz aufbewahrt wurde.

Offen gestanden fand ich trotz allen Reichtums und aller Pracht nur weniges, was man am Hof des Kalifen bestaunen würde. Edle Metalle und Steine gibt es dort wahrhaftig in Fülle, von feinsten Stoffen, Teppichen und dergleichen ganz zu schweigen. Die Kunst der arabischen Handwerker ist so unübertrefflich, daß das meiste, was ich vorfand, geradezu plump und primitiv war. Natürlich sprach ich auch dies nicht aus, und so wurde schließlich eine große Truhe mit goldenen Bechern und Kannen, juwelenbestückten Ketten, Reifen und Diademen, silberbeschlagenen Gürteln und anderem gefüllt. Am ehesten schien mir, daß Waffen von edler Form, solide gearbeitet, dem Kalifen gefallen würden, und ich suchte einige aus.

Wir waren schon beinahe fertig mit der Auswahl, als der König aus einem der Schreine noch einen Dolch nahm.

«Obwohl ich mich schwer von ihm trenne», sagte er, indem er ihn nachdenklich in der Hand wog, «werde ich ihn dazulegen. Es ist ein besonders wertvolles Stück.»

«Ein vortreffliches Geschenk!» beeilte ich mich zu versichern, wiederum ohne Überzeugung, denn es war zwar ein guter, kunstvoll gefertigter, doch keineswegs ungewöhnlicher Dolch.

«Zuvor werde ich die Klinge mit meinem Namen versehen lassen», fügte der König hinzu. «Das wird den Wert noch erhöhen!»

Schon kurz darauf erfuhr ich, daß es mit dieser Waffe doch eine besondere Bewandtnis hatte.

Als wir vom König entlassen waren, erklärte ich den beiden Gesandten, Herrn Lantfried und Herrn Sigimund, unseren Reiseweg, indem ich, so gut es ging, aus dem Gedächtnis die Landkarte auf eine Wachstafel zeichnete. Die beiden Herren folgten eine Weile meinen Ausführungen, unterhielten sich dann aber miteinander, ohne weiter auf meine Gegenwart zu achten. Dabei kamen sie auch auf den Dolch zu sprechen.

«Er will ihn loswerden», sagte Herr Lantfried. «Er ist abergläubisch und fürchtet ihn.»

«Was redet Ihr da?» widersprach Herr Sigimund. «Ihm als Christen kann er nicht schaden, das ist ja erwiesen.»

«Und doch ist es so, wie ich sagte», beharrte Herr Lantfried. «Nur durch einen Zufall entging der Herr Karl dem Anschlag des schurkischen Sachsen.»

«Nicht durch einen Zufall, sondern durch das Eingreifen Gottes. Das glaubt auch der König.»

«Nun, er behauptet es. Aber es hat ihn beeindruckt, was der Sachse unter der Folter gestand. Ich war ja dabei, habe alles gehört. Der Kerl gab zu, mit dem Dolch bereits viele Franken ermordet zu haben. Vorher habe er ihn, um ihn noch furchtbarer zu machen, bei einem Menschenopfer im Hain des Saxnot in

Christenblut getaucht. So haftet an ihm der Fluch des unterlegenen Gottes, der ihn dazu bestimmt hat, Unheil in die vom Christengott beherrschte Welt zu tragen.»

«Heidnische Anmaßung! Geschwätz!»

«Denkt, was Ihr wollt. Sogar die Priester haben dem König geraten, die Waffe einschmelzen zu lassen, damit sie verschwinde und das Böse, das in ihr steckt, nicht weiterwirken könne. Er hat aber trotzig erwidert, daß sein Gott ihn auch fürderhin jederzeit schützen werde, und befohlen, den Dolch zu den Schätzen zu legen. Doch nun scheint es, daß er ihm dort nicht sicher genug verwahrt ist.»

«Wenn er ihn loswerden wollte», sagte Herr Sigimund spöttisch, «brauchte er ihn wahrhaftig nicht bis ins Morgenland zu schicken. Ich glaube, es hat damit eine andere Bewandtnis. Der König sagte ja, daß er sich schwer von ihm trenne. Denn, ohne Zweifel, er ist ein Beweisstück für seine Stärke und Unverletzlichkeit. Doch er sendet ihn dem muslimischen Herrscher, dessen Freundschaft er zu gewinnen sucht. So bringt er zum Ausdruck, wie wichtig ihm die Angelegenheit ist.»

«Aber ist der Fluch damit außer Kraft gesetzt?» fragte Herr Lantfried skeptisch.

«Ach, hört doch auf mit diesem Unsinn!»

So redeten die beiden Herren, lachten schließlich und kamen auf ein anderes Thema.

Wenige Tage später schon waren wir unterwegs. Von der Aachener Pfalz zogen wir rheinaufwärts, durch die Gebiete der Alemannen und Bayern und schließlich über die Alpen. Auch Norditalien ist ja nun fränkisch, wir fanden überall gastliche Aufnahme. In Ravenna wollten wir an Bord gehen, um nach Kleinasien zu gelangen, zunächst nach Smyrna. Vorher aber machten wir Rast in Verona, der alten Hauptstadt der Goten und Langobarden, wo jetzt ein fränkischer Graf regiert. Dieser war allerdings gerade abwesend, und so lud uns einer seiner Vertrauten, ein vornehmer Langobarde namens Faroald, in sein Haus ein. Hätte er es doch nicht getan!

Zunächst war die Zeit, die wir in Verona verbrachten, sehr angenehm. So angenehm war sie, daß unsere Gesandten, insbesondere der junge, prunksüchtige Herr Lantfried, stets neue Vorwände fanden, sie zu verlängern und die Weiterreise zu verschieben. Unser Gastgeber, Herr Faroald, war ein schon älterer, würdiger Mann, der seine Gäste immer wieder zum Bleiben ermunterte, obwohl sie ihm eigentlich recht bald lästig sein mußten. Wahrscheinlich versprach er sich von ihrem Aufenthalt einige Vorteile. Die fränkischen Grafen benahmen sich in seinem Haus äußerst ungezwungen, was ihnen, wie sie glaubten, als den Herren des Landes erlaubt war. Die Franken unter König Karl hatten ja ein Vierteljahrhundert zuvor das Langobardenreich in Italien zerschlagen und dem ihrigen einverleibt. Der ältere der beiden Gesandten, Herr Sigimund, war damals am Sturm auf Verona beteiligt gewesen und wurde nicht müde, die Heldentaten zu schildern, die er als junger Krieger vollbracht hatte. Nicht nur einmal erlebte ich, wie er dem geduldigen Hausherrn die Feigheit und Untüchtigkeit der Langobarden vorhielt. Dabei trank er sehr viel und benahm sich höchst ungeniert und verletzend. Ich sah Herrn Faroald manchmal an, daß er bereute, sich diese Gäste ins Haus geholt zu haben, doch nun war es nicht möglich, sie hinauszuwerfen, und so tat er lieber, in der Hoffnung auf späteren Nutzen, das Gegenteil.

Noch anmaßender als Herr Sigimund trat der zweite Gesandte auf, Herr Lantfried, der der Sohn des anderen sein konnte. Er liebte den äußeren Glanz, trug prächtige Kleidung und pflegte hoch zu Roß und mit großem Gefolge die Stadt zu durchstreifen. Herrn Faroald behandelte er fast verächtlich, als einen Besiegten und Unterworfenen, welcher für ihn, obwohl Germane, nichts Besseres war als wir anderen: Juden, Romanen, Slawen. Er kommandierte die Dienerschaft des Hausherrn, ritt dessen Pferde und ließ sich auf dessen Galeere den Fluß hinauf- und hinabrudern. Das Ärgste allerdings war, daß er bald begann, Herrn Faroalds Frau zu umwerben.

Diese Dame war noch sehr jung, und man konnte sie ohne Übertreibung als Schönheit bezeichnen. Sie entstammte einer einheimischen Adelsfamilie, die ihre Wurzeln schon in der römischen Republik hatte. Ihr alter Gatte lag ihr zu Füßen, obwohl sie launisch und hochfahrend war. Natürlich beutete sie das aus und ließ sich von ihm jeden Wunsch erfüllen. Schon bei unserer Ankunft hatte Frau Eppia – so hieß die Dame – sich auf meine Waren gestürzt und ihn veranlaßt, das Beste und Teuerste zu kaufen. Auch in den folgenden Wochen mußte ich in seinem Auftrag manches herbeischaffen, was sie begehrte. Dennoch bezeigte sie ihm, so schien es mir, wenig Dankbarkeit, schalt und verspottete ihn vor aller Augen und Ohren. Und ungeniert ließ sie sich von Herrn Lantfried den Hof machen.

Der bekam aber bald heraus, daß seine Jugend und sein glanzvolles Auftreten nicht genügten, um bei der Schönen ans Ziel zu gelangen. Auch die Gunst, die sie ihrem Liebhaber schenkte, hing offenbar von den Gaben ab, die er ihr zukommen ließ. Anfangs erwarb er bei mir einige Kleinigkeiten – einen Ring, einen Armreif. Doch waren das keine Geschenke, die bei der Verwöhnten Eindruck machten, Frau Eppia war Besseres gewöhnt. Er klagte mir mehrmals, daß seine persönlichen Mittel nicht reichten, um diese anspruchsvolle Dame (er verwendete eine recht derbe Bezeichnung für sie) endlich seinen Wünschen gefügig zu machen. Dann ließ er mich aber nicht mehr rufen, und bald darauf wurde offenbar, auf welche Weise er sein Problem zu lösen gedachte.

Sein Blick fiel auf die Truhe mit Kostbarkeiten, die für den morgenländischen Herrscher bestimmt waren. Sie enthielt ja auch Geschenke für Frauen, denn ich hatte dem König erzählt, daß der Kalif sehr viele hatte. Herr Lantfried besaß einen Schlüssel, ebenso wie Herr Sigimund. Die beiden Gesandten bewohnten mehrere Räume im ersten Stock des palastähnlichen Hauses. In einem empfingen, im anderen schliefen sie, und im dritten Zimmer bewahrten sie die Truhe auf.

Nun muß ich erwähnen, daß die beiden fränkischen Grafen sich gegenseitig nicht allzu gewogen waren. Herr Sigimund hielt Herrn Lantfried für einen eitlen Grünling, Herr Lantfried hingegen Herrn Sigimund für einen Prahler, der seine früheren Heldentaten erfand. Jeder wollte in der Gesandtschaft der erste sein, woraus sich schon unterwegs unzählige Streitereien ergeben hatten. Der König hatte versäumt, einen der beiden ausdrücklich zum Führer der Gesandtschaft zu machen, und das hatte nun Folgen. Herr Lantfried war der Vornehmere, Herr Sigimund der Verdienstvollere, und jeder suchte seinen Vorzug gegenüber dem anderen zur Geltung zu bringen. Während des langen Aufenthalts in Verona kam es immer wieder zu heftigen Auftritten zwischen den beiden, und nur dem Eingreifen des Gastgebers und besonnener Männer aus der Gefolgschaft war es zu danken, daß sie nicht tätlich aneinandergerieten.

Ich ging während dieser Wochen meinen Geschäften nach, wohnte meist auch nicht im Hause des Herrn Faroald, sondern bei einem jüdischen Freund, der als Schreiber des veronesischen Grafen angestellt war. Eines Abends, schon gegen Mitternacht, erschien dort ein Diener und holte mich in einer dringlichen Sache zu Herrn Sigimund. Dieser war zornig und aufgeregt und empfing mich mit der Eröffnung, er habe zuvor an der Tafel die Dame des Hauses, Frau Eppia, mit einem Diadem gesehen, das allem Anschein nach aus der Geschenktruhe für den Kalifen stamme. Doch wolle er sich vergewissern, indem er dazu meine Meinung einhole. Gleich gingen wir in den Raum mit der Truhe. Herr Sigimund schloß sie auf, und ich mußte leider bestätigen, daß er vermutlich im Recht war. Mit meinem sicheren Blick für solche Dinge sah ich sofort, daß nicht nur ein Diadem, sondern auch manches andere fehlte – ausschließlich Stücke, die Frauen gefallen konnten.

Herr Sigimund drohte und polterte. Er wollte den Dieb am Eigentum des Königs ohne Umstände vor seine Klinge fordern. Ich suchte ihn zu beschwichtigen und einen Skandal zu vermeiden. Er sah schließlich ein, daß es auf die verachteten Langobarden einen sehr schlechten Eindruck machen würde, wenn sich königliche Gesandte gegenseitig bloßstellten und bekämpften. Ich riet ihm, auf eine rasche Abreise zu drängen. Dies tat er am nächsten Tag, doch Herr Lantfried weigerte sich, bestritt auch mit Empörung den Diebstahl, wollte seinerseits gleich zum Schwert greifen. Wieder mußten Gefolgsmänner die beiden trennen. Herr Sigimund aber beschloß, sich eine Gelegenheit zu verschaffen, um Herrn Lantfried auf frischer Tat zu ertappen.

An jenem unglückseligen Tag – ich wollte, es hätte ihn nicht gegeben – stieg er in aller Frühe zu Pferde, um auf die Beizjagd zu reiten, zu der ihn angeblich ein Edler aus der Umgebung geladen hatte. Von Herrn Lantfried hatte er sich schon am Abend verabschiedet und erklärt, er werde erst spät zurück sein. In Wirklichkeit ritt er jedoch nicht zur Stadt hinaus, sondern durchquerte nur ein paar Gassen bis zu der Stelle, wo ihn ein Knecht erwartete. Der nahm ihm das Pferd ab und half ihm in einer dunklen Ecke beim Kleiderwechsel. Als Mönch, bekleidet mit einer Kutte, den Kopf unter einer Kapuze verborgen, kehrte er zu Herrn Faroalds Haus zurück. Hier empfing ihn Pater Crispinus, der zu den Freunden des Hausherrn gehörte und den es schmerzte, diesen von seiner Frau hintergangen zu sehen. Auch mir war befohlen, mich einzufinden, und so gesellte ich mich dazu, obwohl mir von Anfang an bei der Sache nicht wohl war. Neben den beiden Mönchen, dem echten und dem falschen, ließ ich mich im Hof auf einer Bank nieder und begann mit Pater Crispinus einen religiösen Disput. Herr Sigimund starrte währenddessen unverwandt zu den Fenstern im ersten Stock hinauf, von wo er ein Zeichen erwartete.

Wir mußten uns stundenlang gedulden. Herr Lantfried, der nächtens nun sehr beschäftigt war, pflegte seit einer Woche bis weit in den Vormittag zu schlafen. Die Sonne stand bereits im Zenit, als er zum erstenmal kurz am Fenster erschien. Dann verging eine weitere Stunde. Plötzlich hörte ich Herrn Sigimund neben mir schnaufen. Ich hob den Blick und sah gerade noch, wie oben einer von seinen Dienern das wohl vorher verabredete Handzeichen gab.

Herr Sigimund sprang auf und eilte, so rasch es das ungewohnt lange Gewand erlaubte, ins Haus. Der Pater, der Zeuge sein sollte, folgte ihm, ich als Sachverständiger ebenfalls, wenn auch zögernd und voller Unbehagen. Kaum hatten wir beide die Räume betreten, die die fränkischen Grafen bewohnten, hörten wir Lärm und erregte Stimmen. Wir drangen vor bis in das Gemach, in dem die beiden ihre Lagerstatt hatten, und blickten durch einen nur halbgeschlossenen Vorhang in den hinteren Raum, wo sich die Truhe befand.

Diese war offen, und vor ihr standen die Herren Lantfried und Sigimund und führten gegeneinander die heftigsten Reden. Etwas abseits, zitternd in eine Ecke gedrückt, bemerkten wir auch den Diener, der das Zeichen gegeben hatte. Herr Sigimund behauptete, daß Herr Lantfried eine Perlenkette der Truhe entnommen und in dem Lederbeutel an seinem Gürtel versteckt habe. Zornig verlangte er von ihm, den Diebstahl einzugestehen und das Kleinod in die Truhe zurückzulegen. Wenn er darüber hinaus der sofortigen Abreise zustimmen würde, wollte Herr Sigimund nichts gesehen haben.

Herr Lantfried bestritt jedoch den Griff in die Truhe. Er habe sich nur, weil ja angeblich schon etwas fehle, vergewissern wollen, daß alles übrige vorhanden sei. Da packte Herr Sigimund den schlotternden Diener und zwang ihn zu sagen, was er, hinter dem Vorhang versteckt, gesehen hatte. Der Ärmste bestätigte die Behauptung und empfing einen Fausthieb von Herrn Lantfried, der höhnte, ein Unfreier lüge grundsätzlich und sei als Zeuge vollkommen wertlos. Nun bemerkte Herr Sigimund uns an der Tür und forderte uns auf, den Grafen um Herausgabe des königlichen Eigentums zu ersuchen. Zaudernd und zagend traten wir näher, brachten aber kein Wort hervor. Herr Lantfried hieß uns mit einer drohenden Geste stehenzubleiben und rief, er dulde nicht, daß die Sache in Gegenwart eines Kuttenträgers, eines Juden und eines Sklaven verhandelt werde.

Doch Herr Sigimund war nicht zu beschwichtigen. Er forderte Herrn Lantfried zum letztenmal auf, die Kette herauszugeben. Anderenfalls werde er sie sich nehmen müssen. Herr Lantfried lachte laut auf und fragte, wie er, ein schwächlicher Greis, dies anstellen wolle. Da schrie Herr Sigimund, das werde er gleich erleben, trat auf ihn zu und streckte die Hand nach seinem Gürtel aus. Herr Lantfried stieß ihn zurück, und gleich waren sie im erbitterten Handgemenge. Beide waren jedoch nicht bewaffnet, also packten sie sich wie Ringer, und jeder wollte den andern zu Boden werfen. Dabei versuchte Herr Sigimund, den Beutel zu fassen und vom Gürtel zu reißen. Es gelang nicht, aber Herr Lantfried mußte sich mit aller Kraft wehren, obwohl er der weitaus Jüngere war.

Wir drei wagten nicht einzugreifen und sahen nur mit Entsetzen, wie der Kampf der beiden Gesandten immer wütender und erbitterter wurde. Nun schlugen sie auch mit Fäusten drein und traten einander mit Füßen. Der Pater rannte davon und rief, er wolle den Hausherrn holen. Der Diener und ich sahen zu und rührten uns nicht. Bei ihrem wilden Geraufe stießen die Herren auf einmal gegen die offene Truhe, wobei Herr Lantfried ausglitt und auf ein Knie sank. Gleich war Herr Sigimund über ihm und zwängte ihn in einen Würgegriff. Mit schrecklich hervorquellenden Augen starrte Herr Lantfried in die Truhe, und er schaffte es, obwohl er kaum Luft bekam und schon röchelte, tief mit einer Hand hineinzulangen. Als er sie wieder hervorzog, hatte er einen Dolch gepackt. Es war derselbe, der vom König zuletzt noch ausgewählt und nun mit seinem Namen gezeichnet war. Ich erkannte im grellen Mittagslicht, das zum Fenster hereinfiel, die Gravur auf der Klinge.

Schon war es Herrn Sigimund fast gelungen, sich in den Besitz des Beutels zu bringen. Doch da stach ihn der Herr Lantfried in den Arm, so daß er aufbrüllte und von dem Vorhaben abließ. Er fuhr zurück und empfing einen zweiten, tiefen Stich in die Seite. Wankend machte er ein paar Schritte und lehnte sich stöhnend gegen die Wand. Herr Lantfried kam auf die Beine und stürzte in seiner Raserei hinterher. Wir beide, der Diener und ich, hätten dazwischentreten müssen, doch wir hasenherzigen Kerle flüchteten uns in die äußerste Ecke. Zum drittenmal schwang Herr Lantfried die Klinge, aber Herr Sigimund wich aus, packte mit letzter Kraft seinen Arm und entwand ihm den Dolch. Zustechend traf er ihn irgendwo unter dem Gürtel. Da schrie Herr Lantfried gellend auf, und fast gleichzeitig fiel Herr Sigimund auf den Rücken. Ein Blutstrahl schoß aus seinem Munde. Der Dolch entfiel seiner Hand, und Herr Lantfried bückte sich und erwischte ihn und wollte sich abermals auf seinen Gegner werfen. Endlich faßte ich Mut, sprang hinzu und hielt seinen Arm fest. Doch schon öffnete sich kraftlos die Hand mit der Waffe. Die andere auf seine Wunde gepreßt, sank nun auch Herr Lantfried zu Boden. Rasch hob ich den Dolch auf, damit nicht einer der beiden ihn nochmals ergreifen und wieder anfangen konnte. Aber diese Gefahr war bereits vorüber. Herr Sigimund rührte sich nicht mehr. Herr Lantfried wälzte sich stöhnend in einer Blutlache.

Ich sah mich um. Der Diener war fort. Wahrscheinlich hatte er, als er Herrn Sigimund fallen sah, aus Angst vor Herrn Lantfried die Flucht ergriffen. Ich war allein mit dem Toten und dem Schwerverletzten. Da hörte ich Stimmen. Herr Farold, Pater Crispinus und mehrere Männer traten ein. Erschrocken sahen sie die beiden am Boden, mich aber mit dem blutigen Dolch.

Ich kann heute sagen, daß ich mit Geistesgegenwart handelte. Vielleicht floh ich aber auch, ohne nachzudenken. Ehe die Männer sich besannen, war ich zwischen ihnen hindurchgeschlüpft. Mit wehendem Mantel eilte ich die Treppe hinunter und über den Hof zu einem hinteren Ausgang, den ich kannte, weil wir Händler und die Bediensteten diesen gewöhnlich benutzen mußten. An einem in der Sonne dösenden

Wächter vorüber gelangte ich unbemerkt hinaus. Erst auf der Gasse fiel mir auf, daß ich noch immer den blutbesudelten Dolch in der Hand hielt. Bevor es aber jemand gesehen hatte, ließ ich ihn in einer Tasche verschwinden.

Ich kehrte nicht zu meinem Wirt zurück, war mir doch klar, daß man mich bei ihm suchen würde. Es war kein Zeuge vorhanden, der für meine Unschuld einstehen konnte. Ob Herr Lantfried noch bei Bewußtsein oder überhaupt noch am Leben war, wußte ich nicht. Das Zeugnis des Dieners, eines Unfreien, galt nicht, und er war ja zuletzt auch nicht mehr zugegen gewesen. Pater Crispinus hatte nur den Beginn des Kampfes gesehen, bei dem keiner der beiden Herren bewaffnet war. Dann hatte man mich mit dem Dolch überrascht. So aberwitzig ein solcher Vorwurf auch wäre, sagte ich mir, man konnte behaupten, ich hätte den beiden blindwütig miteinander ringenden Männern die schweren Verletzungen beigebracht, um die einmalige Gelegenheit, mich aus der offenen Schatztruhe zu bedienen, nicht verstreichen zu lassen. Nur das Dazwischentreten des Hausherrn, konnte es heißen, habe mich an der Vollendung meiner Verbrechen, der Ermordung der Gesandten und der Beraubung des Königs, gehindert. Es würde die Verleumder nicht kümmern, daß alles am hellichten Tag geschah und ein Entkommen mit meinem «Raub» so gut wie unmöglich gewesen wäre.

Was sollte ich tun? Wohin mich wenden? Zum Glück hatte ich viele Bekannte in der Stadt, und jüdische Glaubensgenossen gab es an allen Ecken. Ich kroch bei einem Alten unter, der Schuhwerk herstellte. Drei Tage hockte ich in einem Winkel seines winzigen Hüttchens und wagte mich nicht hervor. Es war eine Marter, aber höchst unwahrscheinlich, daß mich dort jemand suchen würde.

Während ich in unbequemer Lage und mit angehaltenem Atem verharrte, hörte ich die Kundschaft des Alten kommen und gehen und auch die Gespräche, die geführt wurden. Ich spitzte natürlich die Ohren und erwartete, irgend etwas über die Vorgänge im Haus des Herrn Faroald zu erfahren, über den Zustand des Verletzten und darüber, ob man mich in Verdacht hatte oder noch suchte.

Zu meinem Erstaunen war nichts zu erfahren, und ich konnte bald ziemlich sicher sein, daß man mich nicht mehr verfolgte. Von ungewöhnlichen Ereignissen im Hause des langobardischen Edlen war keine Rede. Auch von einem flüchtigen Juden wußte niemand zu berichten. Schließlich hörte ich dann doch etwas, es war eine höchst überraschende Nachricht. Einer der Kunden des Alten berichtete, die hohe fränkische Gesandtschaft, die in Verona Aufenthalt genommen hatte, sei abgereist. Sie habe im Morgengrauen eine Galeere bestiegen, um die Etsch hinunter zum Adriatischen Meer zu fahren und sich in einem der dortigen Häfen nach Smyrna einzuschiffen.

Ich wagte nun, Nachforschungen anzustellen, denn dies erschien mir – wenige Tage nach dem geschilderten Ereignis – doch sehr unglaubhaft. Was verbarg sich dahinter? Was wurde damit bezweckt? Ich bat den Alten, meinen früheren Wirt aufzusuchen, den Schreiber, der sich manchmal als Advokat betätigte und deshalb Herrn Faroald gut kannte und in den Häusern der großen Herren aus und ein ging. Was ich vermutet hatte, bestätigte sich: Die Nachricht von der Abreise der Gesandtschaft war ausgestreut worden, um von den wahren Vorgängen abzulenken. Beide fränkische Grafen waren tot. Herr Sigimund war ja gleich gestorben, darüber hatte ich keinen Zweifel gehabt. Zwei Tage später erlag auch Herr Lantfried der schweren Verletzung, die ihm von seinem Gegner beigebracht worden war. Er hatte nur noch für kurze Zeit das Bewußtsein erlangt, den anderen als seinen Mörder bezeichnet und wirres Zeug von einem verfluchten Dolch geredet. Herr Faroald war nun besorgt, dieser zweifache Mord in seinem Hause, bei dem sich hochgestellte fränkische Edle, Vertraute des Königs, gegenseitig umgebracht hatten, könnte ihm selbst angelastet werden. Noch immer wurden die Langobarden ja der heimlichen Feindschaft gegenüber den Franken verdächtigt. Überdies war längst das Gerücht verbreitet, daß seine Frau Eppia ihn mit einem der beiden Männer betrogen hatte. So hatte er den Entschluß gefaßt, das Ereignis ungeschehen zu machen und die Bewohner der Stadt zu täuschen. Da man die Wachmannschaft im alten Castrum unterhalb der Theoderichsburg untergebracht hatte, gelang es, auch ihr die Abreise der Gesandtschaft zu vermitteln, ohne daß Argwohn aufkam. Man übersandte ihrem Hauptmann eine gefälschte Botschaft der beiden fränkischen Grafen des Inhalts, sie würden mit einer anderen Schutztruppe weiterreisen, er aber solle mit seinen Leuten künftig die Garnison der Stadt verstärken.

Was mich betraf, so erfuhr der Schreiber, daß ich tatsächlich zunächst als Mörder gesucht wurde. Mittlerweile glaube man aber, ließ er mir mitteilen, daß ich irgendwie aus der Stadt entwichen sei. Zwar habe der Sterbende den Verdacht noch entkräftet, doch sei ich der einzige wirkliche Zeuge der Tat, die niemals geschehen sein soll. Ich müsse daher gewärtig sein, daß Herr Faroald mich ergreifen lasse, wenn ich ihm irgendwie noch Gelegenheit böte. Dann würde ich entweder heimlich umgebracht, oder ich müßte den Rest meines Lebens in einem Kerker dahinsiechen.

Sollte ich auf den Gedanken kommen, zum König zu gehen und alles zu melden, sei man für diesen Fall gerüstet: Dann wolle man mich befragen lassen, wo die «verschwundene» Truhe mit den Geschenken sei, die mehrere edelgeborene Zeugen noch beim Verladen auf die Galeere gesehen haben würden.

So endete die Gesandtschaft des Königs Karl an den Kalifen Harun al-Raschid. Den Vorteil, den ihr Herbergsvater erhofft haben mag, genießt er tatsächlich, wenn auch auf unerwartete Weise: Sein Reichtum hat sich beträchtlich vermehrt. Die beiden Gesandten liegen im Grabe. Die Botschaft des Königs kommt niemals an, der Herrscher des Morgenlands wird nicht erfahren, daß es im Westen einen Mächtigen gibt, der sich ihm freundschaftlich verbunden fühlt.

Und doch: Er schickte ihm eine Antwort. Er sandte ihm Botschafter und Geschenke, die dem Herrn Karl noch jetzt das größte Vergnügen bereiten.

Du fragst, wie das zuging, mein alter Freund?

Höre den zweiten Teil meiner Geschichte.

Ich mußte nun schleunigst aus Verona verschwinden – und nicht nur von dort, sondern aus dem Frankenreich. Auch wenn mir keine Anklage durch die veronesischen Herren gedroht hätte, wäre es mir natürlich nicht eingefallen, an den Hof nach Aachen zurückzukehren. Gewiß, König Karl war uns Juden wohlgesinnt, er schätzte uns als tüchtige Leute. Doch ob er in seinem Vertrauen so weit gehen würde, mir diese schreckliche und phantastische Geschichte zu glauben? Und auch wenn er zunächst dazu bereit wäre, gab es doch genügend gegen uns eifernde Männer in seiner Umgebung, die ihn bald überzeugen würden, daß ich mich nach der Ermordung der Grafen in den Besitz der Truhe gebracht und nun darüber hinaus noch die Frechheit hätte, ihm eine Lügengeschichte aufzutischen. Nein, eine Rückkehr war ausgeschlossen, der Weg nach Norden war mir versperrt, ich mußte mich nach Süden absetzen. Um es kurz zu machen: Es gelang mir, mich einem Handelstreck anzuschließen, der auf der alten Römerstraße nach Brundisium zog. Dort ging ich zu Schiff und gelangte wohlbehalten nach Karthago, wohin ich ursprünglich ja auch wollte.

Den Dolch mit dem eingravierten Namen KAROLUS hatte ich die ganze Zeit aufbewahrt. Nicht, daß ich ihn am Gürtel trug – das wäre wahrhaftig gefahrvoll gewesen. Vom Blut gesäubert und in ein Tuch gewickelt, befand er sich in meinem Reisesack. Da ich an irgendeinen Zauber, den fremde Götter ausüben könnten, nicht glaube (denn solche Götter gibt es ja nicht), hatte ich keine Skrupel, ihn zu behalten. Schließlich war es ein wertvoller Gegenstand. Bei meiner Flucht aus Verona war ich ein bettelarmer Mann, mußte ja, um nicht aufzufallen, meine Waren, meine Lasttiere und all meine Habe dort zurücklassen. Ich besaß nur noch den Dolch, der mir notfalls, wenn ich ihn zu einem guten Preis verkaufte, das Überleben sichern konnte. Es bedurfte dann nicht dieses Mittels. Schon in Brundisium fand ich wieder Freunde und Glaubensgenossen, die für mich bürgten und für alle Unkosten aufkamen. Und in Karthago wurde ich von Verwandten empfangen. Die halfen mir endgültig aus meiner mißlichen Lage.

In den nun folgenden Jahren hielt ich mich meist in Afrika und im Orient auf. Manchmal kam ich bis nach Spanien, an den maurischen Hof, doch weiter wagte ich mich nicht. Das Frankenreich mied ich, denn ich war dort an vielen Orten bekannt, und viele wußten, daß ich zu jener Gesandtschaft gehört hatte. Was würde geschehen, wenn man mich festnahm und als Gefangenen vor den König brachte? Was konnte ich ihm dann noch erklären?

Es gelang mir trotz des Verlustes, den ich erlitten hatte, meine geschäftlichen Beziehungen zu nutzen, und so kam ich wieder zu einem beträchtlichen Wohlstand. Allerdings schmerzte es mich, daß ich ein so ergiebiges Betätigungsfeld wie das riesige fränkische Reich nun anderen Kaufleuten überlassen mußte. Um so mehr, als die Franken ständig an Macht und Ansehen gewannen. Der glanzvolle Höhepunkt dieses Aufstiegs war ein Ereignis, von dem ich erst mit Verspätung erfuhr, als ich, aus Persien kommend, in Konstantinopel Station machte. Am christlichen Weihnachtstag des Jahres 800 hatte sich König Karl in Rom vom Papst zum Kaiser krönen lassen.

In Konstantinopel sprach man darüber mit Empörung, sogar mit Wut, denn die Byzantiner hatten ja niemals den alten Plan der Rückeroberung des weströmischen Reiches aufgegeben. Alle möglichen Gerüchte gingen um, sogar von einem Angriff auf das neue Kaiserreich war die Rede. Ich fand sehr mutig, was der Herr Karl da gewagt hatte, und ich hoffte, es würde ihm gelingen, sich bis ans Ende seines Lebens der neuen

Würde zu erfreuen. Aufrichtig wünschte ich ihm, im Fall eines Kriegs mit den Byzantinern starke Verbündete zu finden, und jedesmal, wenn mir dieser Gedanke kam, bedauerte ich erneut auf das lebhafteste, daß die Gesandtschaft an Harun al-Raschid gescheitert war. Wieviel Kraft würde dem neuen Kaiser das Bewußtsein geben, mit dem mächtigen Herrscher des Ostens verbündet zu sein!

Ich erinnerte mich dann auch immer mit Dankbarkeit der Güte des Herrn Karl, seiner weitherzigen Haltung in Glaubensfragen und der großzügigen Privilegien und Konzessionen, die er mir gewährt hatte. Es tat mir weh, daß ich gerade jetzt nicht wieder an seinen Hof zurückkehren sollte. Warum es verhehlen? Der Handel im neuen Kaiserreich befand sich in einem gewaltigen Aufschwung. Wie dumm, wie ärgerlich, wie verhängnisvoll, gerade jetzt nicht dabeisein zu dürfen!

Diese Gedanken beschäftigten mich so sehr, daß ich schließlich auf eine kühne Idee kam. Nein, ich konnte natürlich nicht mehr zu Harun al-Raschid reisen und ihm vom unglückseligen Ende der Gesandtschaft an ihn berichten – in der Hoffnung, daß er die Absicht für die Tat nehmen und nun seinerseits eine Gesandtschaft ausrüsten würde. Ein solches Unterfangen konnte mich leicht den Kopf kosten, denn der muslimische Herrscher würde mich wahrscheinlich für einen Betrüger halten, und er war ja bekannt für rasche und harte Urteile. So hatte ich nun den, wie man wohl meinen kann, abenteuerlichen Einfall, eine Wirkung ohne Ursache herzustellen. Ich kannte mehrere gelehrte Araber, die es drängte, die Länder und Städte des Westens kennenzulernen. Denen versprach ich, sie mit auf die Reise zu nehmen, für ihren Unterhalt zu sorgen, ihnen auch gutes Geld zu zahlen und sie endlich noch vor den neuen Kaiser zu führen – wenn sie am Hof des Herrn Karl als Gesandte auftreten wollten. Als Gesandte Harun al-Raschids!

Es versteht sich, daß sie den Vorschlag nicht freudig begrüßten. Recht schwierig war es, sie zu überzeugen, eine solche Komödie sei für sie ungefährlich. So fürchteten sie zum Beispiel, es könne sich gleichzeitig eine echte Gesandtschaft des Kalifen ins Abendland zum Kaiser begeben. Ich war genötigt, Spione nach Bagdad zu schicken, die nach ein paar Wochen die Gewißheit zurückbrachten, daß nichts dergleichen vorgesehen sei. Schließlich feilschten die gelehrten Männer um ihre Honorare noch hartnäckiger, als unsereiner es zu tun pflegt, und ich mußte manchen Goldsolidus dazulegen.

Auch in die entgegengesetzte Himmelsrichtung sandte ich Kundschafter voraus. Sie hatten herauszufinden, ob über die Umstände des Todes der beiden Gesandten weiterhin nichts bekannt geworden war, ob Herr Faroald und seine Leute das Geheimnis bewahrt hatten. Auch sie kamen mit erfreulichen Nachrichten. Nichts anderes wisse man in Verona, als daß die Gesandtschaft, an die man sich kaum noch erinnere, damals abgereist sei. Der Wohlstand des langobardischen Edlen sei indessen mittlerweile ein geradezu märchenhafter. Er habe in letzter Zeit unter dem Vorwand, sich von Familienerbstücken trennen zu wollen, Kaufleuten manches angeboten, was diese zu hohen Preisen erworben hätten. Kein Zweifel, daß die «Erbstücke» aus der Truhe für den Kalifen stammten!

Es gab nun also kaum noch ein Hindernis, mein Vorhaben in die Tat umzusetzen. Ich erwähnte schon, daß ich wieder zu Wohlstand gekommen war, und so konnte ich Dinge erwerben, welche sich als Geschenke eines muslimischen Herrschers ausgeben ließen. Dabei mußte ich mich nicht einmal allzusehr verausgaben. Das Abendland ist ja in vieler Hinsicht sehr rückständig, und Dinge, die in Ephesos, Alexandria oder Damaskus auf jedem Basar und sehr preiswert angeboten werden, gelten dort als erlesene und seltene Kostbarkeiten. Nur recht ungewöhnlich und fremdländisch mußten die Gaben sein, die wir mit uns führten, damit sie Eindruck machten und damit man ihnen die Herkunft glaubte. Ich erinnerte mich, daß der Herr Karl in einem Gespräch einmal halb im Scherz gesagt hatte, er würde gern einen Elefanten besitzen. Es gelang mir, einen zu kaufen. Vor tausend Jahren schon hatte ja Hannibal, der karthagische Feldherr, die Römer und die Menschen nördlich der Alpen mit diesen riesenhaften Tieren beeindruckt, die er in seinen Schlachten einsetzte. Ich fand ein prächtiges Exemplar und gab ihm den Namen Abul Abbas. Unter den anderen Geschenken, die ich für den Kaiser erwarb, war vor allem eine schlau konstruierte Wasseruhr wertvoll. Auch ein brokatenes Prunkgewand und manches schöne Stück aus den Goldschmiedewerkstätten Syriens und Afrikas fügte ich hinzu. Meine Gelehrten verfaßten in einer blumigen und erhabenen Sprache ein Schreiben, das den Dank des Kalifen für die Botschaft und die Geschenke sowie die Versicherung seiner unverbrüchlichen Freundschaft enthielt.

Von Karthago aus startete unsere «Gesandtschaft» und landete im Oktober des Jahres 801 in Porto Venere, einem Hafen im Golf von Spezia. Leider war es uns nicht mehr möglich, im selben Jahr noch die Alpen zu überschreiten. Vor allem mit Rücksicht auf Abul Abbas konnte ich den Übergang auf den früh verschneiten Pässen nicht wagen. Der Winter war leider lang und hartnäckig, doch endlich, im späten Frühjahr, lag der schwierigste Teil des Weges hinter uns. Überall begafft und bestaunt, unter dem größten Aufsehen, das natürlich vor allem dem Dickhäuter galt, zogen wir den Rhein hinunter und gelangten schließlich in die kaiserliche Pfalz.

Noch heute kann ich es kaum glauben, doch es ist wahr: Am 20. Juli 802 empfing uns der Kaiser. Ich fand, daß er stark gealtert war, nicht verändert hingegen hatte sich sein gewinnendes, gütiges Wesen. Nach orientalischer Sitte warfen sich die «Gesandten» vor ihm nieder, überreichten das Schreiben, übermittelten auch eine mündliche Botschaft (die ich beflissen übersetzte) und spielten ihre Rollen vortrefflich. Der Herr Karl gab ihnen eine gnädige Antwort und wandte sich dann an mich, den einzigen unter uns, den er kannte. Natürlich fragte er gleich nach den Herren Lantfried und Sigimund, und ich erzählte eine vorbereitete Geschichte. Traurig berichtete ich, der ältere, Herr Sigimund, sei durch die Mühsal einer Wüstendurchquerung umgekommen, während den jüngeren, Herrn Lantfried, nachdem er noch dem Kalifen die Botschaft seines Herrn übermitteln konnte, ein tückisches Fieber dahingerafft habe. Die «Gesandten» bestätigten als Zeugen das letztere, wobei der eine, ein Arzt, die näheren Umstände des Krankheitsverlaufs schilderte wie auch seine Bemühungen, Herrn Lantfried zu retten. Der Kaiser bedauerte den Verlust und sprach ein paar würdige Worte zum Gedenken der Toten.

Darauf betrachtete er die Geschenke, und schon hob seine Stimmung sich wieder. Vieles nahm er gleich in die Hand und ließ dabei manchen freudigen Ausruf hören. Endlos bestaunte er die Uhr, und wir mußten ihm den Mechanismus in allen Einzelheiten erklären. Den größten Erfolg aber hatten wir, wie erwartet, mit Abul Abbas. Er wurde sogleich der Liebling des Kaisers. Kaum trennt sich der Herr Karl noch von ihm und nimmt ihn, so hört man, auf alle seine Reisen mit.

Was bleibt hinzuzufügen? Ich war in Gnade wie nie zuvor, und eigentlich war ich ja auch niemals in Ungnade gewesen. Ein paar Tage nach dem Empfang beim Herrscher übergab mir der Herr Kanzler ein Pergament mit einem kaiserlichen Erlaß, der mir künftig das Handelsmonopol für indische und persische Waren in Burgund, Aquitanien und der Spanischen Mark sicherte. Meine falschen Gesandten äußerten den Wunsch nach einem längeren Studienaufenthalt im Frankenreich und wurden mit Empfehlungen und Geschenken entlassen.

Während ich mich in der Aachener Pfalz aufhielt, sprach ich mit vielen hohen Herren, und dabei gewann ich den Eindruck, daß mein gewagtes Spiel nicht nur für mich von Vorteil war. Fast alle waren der Meinung, daß die Anerkennung und Freundschaft eines so bedeutenden Machthabers wie Harun al-Raschid für das neue Kaiserreich überaus wertvoll sei. Sie trug dazu bei, die bösen Zungen, welche die Krönung für überstürzt und ihre Folgen für unabsehbar hielten, allmählich verstummen zu lassen. Auch der Herr Karl selber mochte nun vielleicht Zweifel an der Rechtmäßigkeit dessen, was am Tag der Geburt des Jesus Christus in Rom geschehen war, leichter überwinden. So konnte ich, ein Jude, nicht wenig zur Stärkung und Festigung seiner christlichen Herrschaft beitragen.

Warum auch nicht? Warum sollen wir Menschen unterschiedlichen Glaubens nicht zusammenwirken, wenn es zum Wohle des großen Ganzen geschieht? Durch meine falsche Gesandtschaft hatten Christen, Muslime und Juden zu einem Einvernehmen gefunden, das eine echte Gesandtschaft vielleicht niemals hergestellt haben würde.

Vielleicht hatte der Dolch, an dem ein Fluch haften sollte, letzten Endes doch nicht nur Unheil bewirkt. Das schien auch der Kaiser zu finden, der mich noch einmal rufen ließ und mich nach seiner Gewohnheit über alles Mögliche ausfragte. Unter anderem wollte er wissen, wie der Kalif seine Geschenke beurteilt habe, wobei er auch ausdrücklich die mit seinem Namen gezeichnete Klinge erwähnte. Ich sagte ihm, Harun al-Raschid habe sie gleich in seine persönliche Sammlung aufgenommen, die nur die allerwertvollsten Stücke enthielte. Sichtlich befriedigte ihn diese Antwort, und er schien sogar etwas erleichtert zu sein. Wie unglücklich wäre er wohl gewesen, hätte er von mir die Wahrheit gehört: daß der Dolch seine beiden Gesandten zur selben Stunde in den Tod geschickt hatte!

Ich habe nun diese Waffe noch immer, hier ist sie, betrachte sie nur. Sieh die kostbaren Steine, die Karl am Griff einfügen ließ: Smaragde, Rubine und Almandine. Einigen sagt man besondere Kräfte nach. Deutlich erkennst du auf der Klinge den Namen KAROLUS. Ich behielt den Dolch bis heute, weil er edel gestaltet und gut gearbeitet ist, vor allem aber, weil er mich an das denkwürdigste und gefährlichste Abenteuer meines Lebens erinnert. Doch, um es offen zu gestehen, in letzter Zeit ist mir dabei recht unbehaglich. Vor kurzem war ich so leichtsinnig, den Dolch einem fränkischen Edlen zu zeigen, der die Inschrift las und mich plötzlich in unangenehmster Weise befragte, wie ich in seinen Besitz gekommen sei, habe er doch nach seiner Kenntnis einst zum Schatz des Kaisers gehört. Ich behauptete rasch, er sei ein Geschenk, eine Anerkennung für meine Verdienste als Begleiter jener Gesandtschaft. Doch anscheinend glaubte der Mann mir nicht und fragte mich weiter sehr scharfsinnig aus, auch über die Umstände, die zum Tode der beiden Gesandten geführt hatten. Da mußte ich mich sehr vorsehen, damit ich mich nicht in Widersprüche verwickelte, und nun habe ich Sorge, es könne doch noch ein Verdacht gegen mich aufkommen.

Bevor sich das Unheil, das an dieser Waffe angeblich haftet, schließlich gegen mich selber wendet, will ich mich lieber von ihr trennen. Ich verkaufe sie dir, wenn du sie haben willst, zu einem mäßigen Preis. Und wenn auch du sie dann verkaufst, mag sie hier auf den Basaren des Ostens nur immer weiter ihre Besitzer wechseln. Mögen diese entscheiden, ob der Dolch des Kaisers Unheil bringt.

Nun sag mir noch, mein Freund: Wie denkst du über den Fluch des unterlegenen Gottes? Muß sich die Christenwelt vor der kostbaren Waffe in acht nehmen?

2. wie tief ein Beichtvater fallen kann und warum man den Dolch nie zur heiligen Reliquie erhob

JOHANNES LEHMANN

Als Schwester Waldegunde im Jahre des Heils 973 am Tage der heiligen Adelindis die Kirche zur Abendmesse betrat, stolperte sie fast über ihren Beichtvater. Er lag mitten im Kirchenschiff. In seinem Gesicht stand Verwunderung. In seiner Brust steckte ein Dolch.

Schwester Waldegunde sah sich um. Sie war allein mit dem Toten, und so tat sie das, was sie in der Kirche immer tat, sie kniete nieder, aber diesmal nicht, um zu beten, sondern um erstaunt den prächtigen Dolch zu betrachten. Erst dann bekreuzigte sie sich, machte auch über dem Toten das Zeichen und betete drei Rosenkränze für die Seele des so unerwartet Dahingegangenen. Was für ein Gottesurteil! Noch war das Gotteshaus nicht einmal fertig gebaut, noch standen die Gerüste im Schiff, noch arbeiteten ringsum die Steinmetzen Tag um Tag – und jetzt …

[illegible] Jedermann konnte an den

In unwürdiger Hast rannte Waldegunde durch das dämmrige Kirchenschiff hinaus in den Kreuzgang und winkte die anderen Nonnen herbei, die sich gerade auf die Messe vorbereiteten und die Gewänder überwarfen.

«Gott sei uns gnädig», stieß sie atemlos hervor. «Der Dolch! Es hat dem Herrn über Leben und Tod ...» Sie stockte. Nein, so war das falsch. Konnte es Gott gefallen, einen Menschen durch einen Mord abzuberufen? «Ein Mord! Er ist ermordet!» verbesserte sie sich und sank auf eine Fensterbrüstung im Kreuzgang.

Es war die Äbtissin Hathui, streng, hehr und verbittert, die als erste mit einer Reihe spitzer Schreie auf das Entsetzliche reagierte, während sich einige Schwestern überlegten, ob sie in Ohnmacht fallen sollten, und die anderen unisono im Chor aufschrien.

Nur Schwester Holdwine, die Herrin der Klosterküche, prall, drall und beherzt, behielt die Ruhe und traf die notwendigen Anordnungen. An eine Messe war ohnehin jetzt nicht zu denken. «Kerzen, Schwestern, Kerzen!»

Bestürzt standen sie bald darauf in der Kirche, ein dichter Kranz schwarzer Kutten und Kapuzen um einen Toten, der im flackernden Licht wie sein eigenes Grabmal auf den Steinen lag. Dann gingen die Blicke nach oben und wanderten zum Dolch zurück, genau wie bei Schwester Waldegunde. Eine Geste der Äbtissin, und sie verließen, eine hinter der andern, schweigend die Kirche und gingen in langer Reihe hinüber ins Parlatorium und nahmen auf der Steinbank Platz, die um den Raum lief, die Kapuzen tief über den Kopf gezogen.

Da saßen sie also nun eng beisammen und doch jede für sich allein, zusammengeduckt und verstört, die Nonnen des Klosters St. Cyriacus zu Gernrode im deutschen Grenzland am Harz, wo noch die Rundköpfe mit ihrer zischelnden Sprache wohnten, die Sorben, die Wenden und wie sie alle hießen.

Was für ein Unglück, daß Beichtvater Angilbert ein so schlimmes Ende gefunden hatte, dachten die einen. Da endlich hat Gott gesprochen, fanden die anderen, denn Sünde bleibt nicht ungestraft.

Lange Zeit sprach keiner, obwohl hier im Parlatorium das klösterliche Schweigegebot nicht galt. Es war zu ungeheuerlich, was sie gesehen hatten. Zehn Jahre war es gerade her, daß das neuerbaute, erst halbfertige Gotteshaus geweiht und nach Cyriacus benannt worden war, einem römischen Diakon, der Besessene heilte. Die Kirche hatte ihn heilig gesprochen, nachdem Kaiser Maximilian ihn vor langen Jahren wegen seines Glaubens mit siedendem Pech übergießen und enthaupten ließ. Einen Arm dieses Heiligen hatte Markgraf Gero, der Begründer des Klosters, sogar vor ein paar Jahren eigens als kostbare Reliquie aus Rom hierher an den Fuß des Brocken mitgebracht. Und nun war das Gotteshaus durch diesen entsetzlichen Frevel entweiht.

Endlich räusperte sich, da die Äbtissin beharrlich schwieg, ihre Stellvertreterin, Schwester Retarda, die in ihrer überaus bedächtigen Art erst jetzt zu begreifen schien, was geschehen war, und die in ihrer Abgeklärtheit, um nicht zu sagen Weltfremdheit, erst recht nicht wußte, was sie der Reihe nach tun sollte. Das war ja eben das Schöne am Klosterleben, daß alles in festgeordneten Bahnen lief. Wenn es läutete, ging man ent-
[illegible] ins Refektorium zum Es-

der Äbtissin durch die nächtlichen Wälder des Harzes jagte, während sich eine Schar von Knechten aus der benachbarten Burg des Markgrafen kreuzeschlagend darum bemühte, den so unsanft Dahingegangenen feierlich aufzubahren. Praktischerweise war er fast an der richtigen Stelle gestorben. Man brauchte ihn nur an Ort und Stelle auf einen Katafalk zu heben, alles ein wenig geradezurücken, und schon lag Bruder Angilbert vor dem Altar in der Vierung zum Totengebet bereit.

Den Dolch freilich hatte man herausgezogen und die Kutte so geordnet, daß man weder Einstich noch Blutspuren sah. Ein friedfertiges Bild.

Als dann aber einer der Knechte die Waffe mit spitzen Fingern im Brunnenhaus des Kreuzganges unter dem Wasserstrahl abwusch, schauderte es die Nonnen. Sie alle kannten den Dolch.

Am Tag darauf, rechtzeitig zur Mittagsmahlzeit, trabte von Halberstadt her Bischof Bernhard heran, begleitet von seinem Kanonikus Wunibald, der jedem Wüstenmönch als Vorbild für den gottseligen, aber ungesunden Versuch dienen konnte, sich nur von Heiligkeit zu ernähren. Bischof Bernhard dagegen war von anderer Art. Ihn hatte der Schöpfer Himmels und der Erden schon vor längerer Zeit mit einem immerwährenden Appetit und bald darauf mit einer eindrücklichen Körperfülle gesegnet.

So kam er auch nicht ohne fremde Hilfe und ohne Treppchen von seinem armen Pferd herunter, wo ihn die Äbtissin Hathui begrüßte und halb vertraut, halb demütig den Ring küßte.

Es war ja erst wenige Jahre her, daß der Bischof sie zur Äbtissin dieses Klosters geweiht hatte, das Markgraf Gero eigens für sie gegründet und gebaut hatte. So einfach ist es, wenn ein Markgraf seine verwitwete Schwiegertochter standesgemäß versorgen will.

«Was muß ich hören, meine Tochter?» begann Bischof

Bernhard, noch vor Anstrengung schnaufend, das Verhör der Äbtissin, kaum daß er auf seinen Beinen stand. «Reicht es nicht, wenn sich die weltlichen Herren gegenseitig umbringen? Durch welches Schlupfloch ist der Satan hier in diesen gottgeweihten Bezirk eingedrungen?»

Die Äbtissin zuckte mit den Schultern und geleitete ihn zur alltäglichen Bohnensuppe ins Refektorium, wo zu ihrer Erleichterung Schweigegebot herrschte.

Nach Mahlzeit und lebensnotwendiger Siesta aber kam der Bischof zur Sache und wollte alles ganz genau wissen, während er mit Schwester Retarda im Kreuzgang umherwandelte, denn Hathui, die ehrwürdige Mutter, hatte rechtzeitig Kopfschmerzen bekommen.

«Gefunden hat ihn Waldegunde, eine unsrer jüngeren Schwestern», begann sie.

«Waldegunde, die jüngste Tochter des Grafen Lynar?»

«Just dieselbe. Sie ist uns eine liebe Schwester, auch wenn sie in letzter Zeit sehr still geworden ist und sich sogar ein wenig zurückzieht. Pater Angilbert machte sich schon Sorgen um sie. Denkt Euch: Sie dichtet, seit sie letzten Sommer die Nonne Roswitha aus dem Kloster Gandersheim getroffen hat. Wie auch immer: Waldegunde fand ihn gestern, als wir uns zur

«Das mit dem Hinauflocken war gar nicht nötig. Beichtvater Angilbert war oft genug da oben.»

Der Bischof war erschüttert. «Was macht ein Beichtvater auf dem Kirchendach?»

«Er bekämpft den Teufel, was soll er sonst da oben?»

«Der Teufel ist in den Herzen der Menschen, nicht in den Steinen.»

«Nicht nur. Der Teufel ist überall. Baumeister Giselmund hat vor einiger Zeit entdeckt, daß nicht nur die Rundköpfe heidnische Zeichen in die Kirchenwände ritzen – Ihr wißt, wir beschäftigen auch slawische Knechte. Nein, auch die Knechte aus den Wäldern ringsum haben noch Runen und alte Götterzeichen in die Steine eingeritzt, obwohl sie getauft sind. Seitdem geht Pater Angilbert mit Weihwasser überall herum, auch auf den Emporen und bis ins Dach hinauf und tilgt den Frevel.»

Der Bischof seufzte. «Ich weiß. Die alten Götter sind noch nicht tot, weder die Götter unserer Vorväter noch die Götzen der Rundköpfe.»

«Pater Angilbert war stolz darauf, die Heiden zu bekämpfen. Wehe, er fand jemanden, der noch ein Amulett mit dem Zeichen des Donarhammers trug. Er sah überall Hexen und Dämonen. Der Hexentanzplatz und die Roßtrappe sind ja nicht weit, und wer von uns kennt nicht das Sausen und Brausen der Walpurgisnacht? Da galt nicht Gottes Gnade, sondern der Zorn des Paters. Es schmerzt mich, das sagen zu müssen. Aber wer sieht schon in die Seele eines Menschen?»

«Du hast eben in die Seele des Verewigten gesehen, Retarda, und darin die Sünde des Stolzes entdeckt.»

«Verzeiht mir.»

«Warum? Nur wenn wir uns in den anderen versetzen, können wir entdecken, wer den Mord beging und warum. Es sei denn, Gott gibt uns einen Fingerzeig, und wir finden Spuren.»

Es überstieg offensichtlich den himmelwärts gewandten Sinn der Nonne Retarda bei weitem, sich so etwas wie irdische Spuren vorzustellen und daraus gar Schlüsse zu ziehen. Der Bischof ließ sich also die Nonne fürs Irdische rufen, und das war Amalburga, die Praeposita prima, sozusagen die Haushofmeisterin des Klosters, der selbst so wichtige Leute wie die Cellaria, die Kellermeisterin, unterstanden. Sie war eine pausbäckige Frau, pfiffig und von bäurischer Kraft. Wenn sie zürnte, dann loderten Blitze aus ihren blauen Augen, und wen sie nicht mochte, der durchlitt das Fegefeuer schon auf Erden – eine Frau von fröhlicher Einfalt, die das himmlische Paradies vergaß, wenn sie hinieden gut gegessen und getrunken hatte.

«Ich möchte die Stelle sehen, wo man den Beichtvater gefunden hat», verlangte der Bischof.

Schwester Amalburga nickte und wies mit ihrer Pranke auf die Tür, die vom Kreuzgang ins Münster führte. Wenige Schritte, und sie standen unter der Kuppel der Vierung, wo der Tote aufgebahrt gewesen war und die Nonnen die Totengebete gelesen hatten, bevor man den Leichnam ins Mönchskloster überführt hatte.

Bischof Bernhard ging es wie den anderen. Seine Augen wanderten abschätzend nach oben und wieder nach unten, wo
Sandsteinplatten sichtbar

noch offenen Dachstuhls den Handwerkern als Arbeits- und Hebebühne, um Lasten mit Winden hinaufzuziehen, wenn sie nicht die Tretmühle benutzten, dieses riesige Rad, in dem Menschen mit ihrem Gewicht auf ständig nachgebende Sprossen traten. Damit wickelten sie ein Seil auf der Achse auf oder ab und konnten so eine Last hinaufziehen oder herablassen.

Auch in der Vierung lagen noch Balken und Bretter quer von einer Seite zur anderen. Auf ihnen mußte Pater Angilbert gestanden haben, bevor er herabstürzte.

«Und nun möchte ich da hinauf», teilte Bischof Bernhard mit und erhob sich schnaufend.

«Wo hinauf?» fragte Amalburga, unsicher, ob sie sich nicht verhört habe.

«Da hinauf!» Er streckte seinen rosa Zeigefinger triumphierend senkrecht nach oben in die Vierung, und die Praeposita schauderte. Der Bischof forderte ein Wunder.

Denn weder hätten Hochwürden mit seinen Wurstfingern über seinen Bauch hinweg die Leiterholme erreichen können, noch hätten die Sprossen ihn ausgehalten. Es blieb nur eins: Hochwürden mußten wie ein riesiger Stein mit der Tretmühle hochgehievt werden. Gleich vier schnell herbeigerufene Knechte mußten, so mager wie sie waren, in die Mühle, um mit ihrem Gewicht den Bischof dem Himmel näherzubringen.

Es war nicht einfach; auf halber Höhe wurde ihm schlecht, und oben mußte man ihn stützen, weil ihm schwindlig war. Als er wieder Farbe bekam, raffte er entschlossen die Soutane, steckte die Zipfel in den Gürtel, sank jammernd auf die Knie und kroch auf allen vieren auf den staubigen Planken herum, die in luftiger Höhe die Vierung überspannten und nun unter seinem Gewicht bedenklich federten.

«Ich hab's, meine Tochter», rief er nach einer Weile nach unten zu Amalburga, «ich kann es im Staub deutlich sehen: hier seine Fußspuren, die plötzlich enden ...»

«Vielleicht, weil ihm schwindlig wurde?»

«... und hier die anderen Spuren, die von hinten kommen und genau bis an die Stelle führen, wo Pater Angilbert abstürzte.»

«Die Stelle, wo er erstochen wurde!»

«Von hinten? Man hat mir gesagt, daß der Dolch vorn in der Brust steckte.»

«Das heißt ...» stotterte Schwester Amalburga.

«Ja, das heißt es ...» nickte der Bischof.

Als der Bischof wieder heil auf der festen Erde stand, dankte er Gott kurz für die Bewahrung, um sich dann in seinem Geiste des längeren mit dem Dolch zu beschäftigen, während sie im Kreuzgang bis zum Brunnenhaus gingen und aufatmend einen Schluck Wasser tranken.

«Zunächst: Wer hat den Dolch? Ich möchte ihn sehen.»

«Den hab ich.»

«Du, Amalburga? Du hast den Dolch? Gehört er dir?»

«Er gehört – gehörte dem Beichtvater.»

Bischof Bernhard war schon wieder ernstlich erschüttert. «Soviel ich weiß, ist es nicht üblich, daß Beichtväter Dolche besitzen!»

«Nun ja, genaugenommen gehörte er auch dem Kloster,
[illegible] oder ganz genau unserem Markgrafen. Aber

setzten Griff. Die schlichte Scheide stammte erkennbar aus einer anderen Zeit.

Der Bischof wandte sich an die Äbtissin. «Hathui, berichte: Was weißt du über diesen Dolch?»

«Es war vor ein paar Monaten, zu Ostern», begann Hathui leise, «da hielt Kaiser Otto drüben in Quedlinburg einen Hoftag, an dem er mit den Edlen des Landes Gerichtstag hielt. Auch Markgraf Gero, mein Schwiegervater, war geladen. Es war ein prachtvolles Fest, Gesandtschaften aus aller Herren Länder waren da, aus Rom und Byzanz, aus Rußland, Ungarn und Bulgarien, aus Dänemark, Böhmen und Polen, sogar aus Afrika waren sie gekommen, richtige Mohren, die ganz anders rochen. Sie alle fanden sich ein, um dem Kaiser und der jungen Gemahlin des Kaisersohnes, der byzantinischen Prinzessin Theophano, ihre Reverenz zu erweisen.»

«Ich weiß», bemerkte der Bischof, «ich war auch geladen. Prinzessin Theophano ist eine bildschöne Dame. Otto, der einmal der Zweite heißen wird, hatte sie im Jahr zuvor in Rom geheiratet.»

«So ist es», fuhr die Äbtissin fort. «Und nun hört. Unter dem morgenländischen Hofstaat der Prinzessin befand sich in Quedlinburg auch ein Händler, ein Mann mit einem prächtigen Turban und einem noch prächtigeren Namen. Er kam zu Markgraf Gero und erzählte ihm, er komme soeben aus dem Heiligen Lande und habe unter unsäglichen Gefahren eine kostbare Reliquie mitgebracht, die er ihm und seinem Kloster anbieten wollte.»

«Den Dolch!»

«Den Dolch, ja. Die Geschichte unserer Heiligen Kirche kennt, wie Ihr wißt, zwei Märtyrer, die durch das Messer umgekommen sind. Zum einen den heiligen Angelus, der in Jerusalem geboren wurde und der am Jordan und am Berge Karmel als Einsiedler und Bußprediger lebte. Wenn er predigte, kamen Lilien und Rosen aus seinem Munde. Er wurde erstochen. Die andere ist die heilige Lucia. In den Heiligen Büchern wird sie abgebildet, wie ihr der prächtig gekleidete Paschavius das Messer durch den Leib stößt, weil es weder ein Ochsengespann noch tausend Männer vermocht hatten, sie dem Dirnenhaus zu überantworten.»

Bischof Bernhard spürte geradezu das Wehen des Heiligen Geistes um sich: Wenn da vorn auf dem Hocker der Dolch lag, durch den Santa Lucia in die ewige Seligkeit eingegangen war, dann konnte das Abendland dem HErrn und dem Kloster zu Gernrode ewig danken. Wenn diese kostbare Reliquie hier in der Kirche ausgestellt würde, dann würde das Kloster zum Wallfahrtsort sondergleichen werden, dann konnte man gleich noch ein paar Schlafsäle für Pilger anbauen. In einer Zeit, in der Gläubige klafterweise Splitter vom Kreuze Christi und meilenweise Stücke vom Gürtel Mariens verehrten, war eine solch neuartige, ja einmalige Reliquie etwas Besonderes.

«Es war klug und verdienstvoll, den Dolch von dem Fremden zu erwerben», verkündete der Bischof.

«Es war aber nicht, wie Ihr denkt, der Dolch der Lucia oder des heiligen Angelus», widersprach die Äbtissin, «wenn er es nur wäre! Es ist ...»

«In der Heiligen Schrift», so sprang jetzt Retarda, ihre Stellvertreterin, ein, «in der Heiligen Schrift wird berichtet, daß

lige Schrift kennt noch einen Sikarier, so hat uns der Fremde erklärt, einen, den wir sogar mit Namen kennen und der drei Jahre mit unserem Heiland zusammen war.»

Bischof Bernhard stieß unversehens an die Grenzen seiner Gelehrsamkeit und Bibelkenntnis, die eben noch so prächtig funktioniert hatten: Er sagte sich innerlich die Jünger Jesu auf, aber den Mann mit dem Dolch kannte er nicht.

Schwester Retarda sprang hilfreich ein: «Auch Pater Angilbert war in Zweifeln. Doch hört: Wir alle dachten bisher, daß der Zuname Ischkariot – auf hebräisch heißt Mann ja ‹isch› – der Mann aus dem Ort Kariot war. Aber der Fremde erklärte uns, daß Kariot kein Ort sei, sondern daß die Juden das lateinische Wort *sicarier* nicht verstanden und in ihrer Sprache einen *Ischkariot* daraus machten.»

«Das ist eine Sünde! Eine Sünde!» schrie der Bischof auf. «Judas Ischkariot, Judas der Dolchmann, der Mann, der unseren Herrn verriet! Selbst wenn das wirklich sein Dolch wäre: Dieser Dolch kann nie eine Reliquie sein, nie!»

In die Kutten kam Bewegung, rosig erregte Gesichter tauchten aus den Umrahmungen der Hauben auf, Blicke gingen hin und her, die Stille wurde zu Tuscheln, zu Reden, zu lauten Stimmen, während alle auf den Dolch starrten. Es schien, als wenn der Aufruhr in helle Flammen umschlagen würde, der seit Monaten im Kloster schwelte und die Bewohner entzweite, denn Pater Angilbert in seinem Ehrgeiz war fest entschlossen gewesen, den Dolch als Reliquie auszustellen. Was war demgegenüber schon die Reliquie des heiligen Cyriacus, der Arm eines unbekannten Diakons, der dem Kloster und der Kirche den Namen gegeben hatte?

Als damals der Beichtvater mit der neuen Reliquie angekommen war, hatten die einen von Gottes unerforschlicher Güte gesprochen, von Blasphemie und Gotteslästerung die anderen – obwohl beide Seiten mit Dankgebeten jedes Marterwerkzeug der Geißelung Christi ausgestellt hätten, das ja auch nicht gerade von Heiligen stammte.

Die Äbtissin hatte geschwiegen, wie so oft; Amalburga, die handfeste Praeposita, hatte Blitze geschleudert, dem Beichtvater sogar einen Tonkrug vor die Füße geschmettert und verlangt, den abscheulichen Dolch irgendwo tief im Walde zu vergraben. Auch Retarda, die Stellvertreterin, war von Anfang an gegen den Dolch gewesen. Sie hatte wie die anderen Angst, sie alle würden große Sünden auf sich laden, wenn sie eine Waffe des Judas Ischariot verehrten. Mit ihrem leisen Sanftmut hatte sie daher erst dem Beichtvater ins Gewissen geredet und es dann mit Sühnegebeten versucht. Vergebens. Ihr Gewissen blieb unruhig, und Pater Angilbert hatte sich mißverstanden gefühlt. Er wollte doch nur Gutes für das Kloster, hatte er immer wieder gesagt, und so hatten ihn ja auch viele seiner Beichtkinder verstanden. Wochenlang war es so gegangen, der Unfriede unter den Nonnen war geblieben – bis zum Mordtag. Und jetzt hatten sie alle Angst. Es lag ein Fluch auf dem Dolch.

Es dauerte eine Weile, bis der Sturm unter den Kutten nachließ und die erregten Reden im Parlatorium wieder zu einem Gewisper wurden.

Bischof Bernward winkte, und Notburga, eine junge Nonne, brachte ihm den Dolch. Hochwürden wog ihn in der Hand, zog das Messer aus der Scheide, betastete den kostbaren Griff.

«Er hatte keine guten Augen mehr.»

Der Bischof zuckte mit den Schultern, richtete den Blick ergeben nach oben und dachte an den Wert anderer Reliquien: Selig jedenfalls, die nicht sehen und doch glauben. Dann wandte er sich wieder dem Dolch zu, kniff die Augen zusammen und betrachtete zuerst eingehend die Spitze der schlichten Scheide, danach den kostbaren Griff. In jedem Falle ein gutes Stück. Kein Wunder, daß alle aufschrien, als er den Dolch plötzlich fallen ließ. Er schlug mit der Spitze zuerst auf den Boden.

«Sehr gut», sagte Bischof Bernhard, «ich dachte es mir. Wer auch immer die Sünde begangen hat, die Klinge ins Herz des Priesters zu stoßen, hat zwar böse gehandelt, ihn aber nicht getötet.»

Noch bevor die ungläubig blickenden Nonnen den Bischof mit Fragen überschütten konnten, ertönte die Glocke zum Vespergottesdienst, den kurz entschlossen Kanonikus Wunibald hielt. In langer Reihe zogen sie erregt wispernd in die Kirche, um Gott zu loben, wie sie es achtmal am Tag nach den Worten des Psalmisten taten: «Ich lobe dich des Tages siebenmal, und mitten in der Nacht stehe ich auf, dir zu danken.» Heute fiel ihnen das Danken allerdings schwer, denn gestern zur gleichen Zeit hatte Pater Angilbert noch gelebt.

Nur Bischof Bernhard war fröhlichen Gemüts. Er hatte schon einiges herausgefunden, und – nicht zu verachten – es gab dann die Abendmahlzeit. Zwar hatte der heilige Benedikt Fleisch verboten, und am Karfreitag gab es überhaupt nur Wasser und Brot. Aber manche Klöster hatten im Laufe der Zeit herausgefunden, daß Geflügelfleisch, ähnlich wie die erlaubten Fische, eigentlich gar kein Fleisch war und infolgedessen gegessen werden durfte. Fleisch hatten nur Vierbeiner. So gab es heute Truthahn mit Zwiebeln, Lauch und Brot, dazu ein Maß Wein, wie es der heilige Benedikt in seiner Güte gestattet hatte, schließlich stand ja in der Heiligen Schrift, daß der Wein des Menschen Herz erfreue.

So gestärkt und von den Damen verabschiedet, verließen Bischof und Kanonikus das Kloster, um nebenan in der Burg über Nacht Gast des Markgrafen zu sein.

Markgraf Gero, ein Recke alten Schlages, laut, ungebildet, unbelehrbar und ohne jedes Taktgefühl, empfing sie, wie ein Hirsch röhrend, bereits an der Zugbrücke.

«Na, Hochwürden, seid Ihr dem Hühnerstall da drüben noch mal lebend entkommen? Angilbert, der alte Hexenjäger, hat jedenfalls jetzt Ruhe. Immerhin, ein Gutes hatte er: Er war es, der mich auf die Idee brachte, Hathui zur Äbtissin zu machen. Auch wenn sie ihn deswegen nicht liebt.»

Es nützte nichts, daß Kanonikus Wunibald bei jedem Wort zusammenzuckte.

«Andere mochten ihn ja auch nicht. Aber sonst ein guter Mann, der Pater. Hathui, meine Schwiegertochter, hat mir erzählt, daß manche ihre Sünden nur richtig genossen haben, wenn Pater Angilbert die Beichte abnahm. Vor lauter Beichten kamen sie zu nichts mehr. Jedenfalls, Holdwine, die Küchennonne, klagte, das Essen würde manchmal schon wieder kalt, bis die Mädels wußten, wieviel Rosenkränze sie sich diesmal erbeichtet hatten.»

herbeisprangen. In seiner Wut versprach er, diesen levantinischen Gauner mitsamt seinem prächtigen Turban aufzuhängen, zu vierteilen und zu rösten, jedenfalls den Dolch der byzantinischen Prinzessin zurückzugeben und das viele Geld zurückzuverlangen.

Nach dem dritten Humpen Bier war der Markgraf dann aber schon längst wieder bei seinem Lieblingsthema, dem Abschlachten der lästigen Slawen. Ja, das waren noch Zeiten gewesen, als man 933 die Ungarn gleich hier drüben an der Unstrut besiegte und wieder hinauswarf und zwanzig Jahre später unter Kaiser Otto unten bei Augsburg auf dem Lechfeld vernichtend schlug. Ha, und wie er zusammen mit Kaiser Otto im gleichen Jahr 955 hier oben den großen Slawenaufstand niedergehauen und dann die ganze Lausitz erobert hatte!

Freilich, manche hatten ihm übelgenommen, daß er bei einem festlichen Gelage die eingeladenen Slawenfürsten hinterrücks umbringen ließ. So etwas kam eben vor, er hatte ja dafür als Sühne das Kloster gestiftet, obwohl die Slawen wiederum aus Rache seinen Sohn getötet und Hathui zur Witwe gemacht hatten.

Nach dem fünften Humpen legte er den Kopf auf den Tisch und schlief ein, während Knechte die Gäste mit Fackeln zu ihrem Strohlager geleiteten.

Am nächsten Morgen nahm Bischof Bernhard seine Forschungen wieder auf, und weil ihm sein Schädel von Bier und Rauch schwer war, beschloß er, draußen vor der Burg in den Wald zu spazieren, um noch einmal alles zu überdenken. Was für ein Bild: linker Hand die steil aufsteigenden Hänge des Harzes, rechter Hand die weite Ebene, in der keine zwei Wegstunden entfernt Quedlinburg lag, dazwischen der geistliche Herr, der wie eine Kugel majestätisch durch die Wälder dahinrollte, nur begleitet von seinem bereits ins Überirdische vergeistigten Kanonikus.

Es war das reinste Sodom und Gomorrha, sinnierte er: Da stürzt offenbar jemand den Beichtvater hoch oben vom Gerüst herunter, und schon kommt der nächste und ermordet den Toten gleich noch einmal, indem er – oder viel eher sie – ihn mit dem Dolch ersticht.

Was mußte das für ein Haß gewesen sein, daß es zu diesem Doppelmord an einem Menschen kam! Wer den Mönch von oben herabgestoßen hatte, wollte seinen Tod, vielleicht um sich zu retten. Das konnte eine Art Notwehr sein, weil der Mönch etwas wußte, was er nicht wissen sollte. Aber wer dann den Dolch in einen Toten stieß, der wollte nichts verhindern, der handelte aus blankem Haß.

«Aber woher will man denn überhaupt so sicher wissen, daß Bruder Angilbert nicht gleich erdolcht worden ist?» fragte Wunibald.

«Erstens: die Spuren auf dem Dach. Und zweitens: weil die Scheide des Dolches an der Spitze verbogen ist, ganz einfach.»

«Aha!»

«Natürlich. Nicht weit von dem Toten war aus dem Steinboden ein Stück herausgeschlagen. Etwas Spitzes, Hartes mußte da aufgeschlagen sein. Als ich dann im Parlatorium den Dolch in der Hand hielt, bemerkte ich, daß die Spitze der Scheide verbogen und abgeplattet war. Ich ließ den Dolch absichtlich fallen, und er schlug, wie ich erwartet hatte, mit ebenjener Spitze nach unten auf den [illegible]

fand ihn dort und stieß ihn dem [illegible]

«Aus Haß!»

«So denke ich.»

«Und die erste Freveltat? Dieser [illegible]

Markgraf Gero, nannte den Pater [illegible]

wüßte nicht, daß es hier Hexen [illegible]

bekreuzigte sich. «Hat eine Hexe [illegible]

wilden Ritter Botho vom Hexentanzplatz aus über die Schlucht hinübersprang. Sie wurde gerettet, während der trunkene Botho abstürzte und seitdem als schwarzer Hund im Bodetal die herabgefallene Krone der Prinzessin bewachen muß.

Hier am Hexentanzplatz war es ja auch, wo zum Frühlingsfest die Fruchtbarkeitsgöttin Ostara, der Göttervater Odin und die Liebesgöttin Freya ihre Hochzeitsnacht verbrachten und wo zu Fastnacht, zu St. Michael, in der Johannis- oder der Neujahrsnacht, besonders aber zu Walpurgis unheimliche Dinge geschahen und der Teufel die Hexen auf dem Blocksberg erwartete.

«Warum sonst», so der Kanonikus, «zünden die Bauern noch heute in diesen Nächten Feuer an, um das Böse abzuwehren, knallen mit den Peitschen und bringen drei Kreuze an den Stalltüren an? Wenn man einen Kranz aus Tausendgüldenkraut aufsetzt, den Leib mit Baldrian umwindet oder sich um Mitternacht auf einem Kreuzweg auf die Lauer legt, kann man sie sogar fliegen sehen!»

«Wunibald!»

«Ja, und dann besprengt sie der Teufel mit Wasser aus dem Teufelsnapf, die Hexen müssen ihrer Religion abschwören und sich zum Satan bekennen, der sie ins Schwarze Buch einschreibt. Dann tanzen sie bei Feuerschein um einen Bock ihren Hexenreigen und küssen ihm das Hinterteil.»

«Wunibald!»

«Ihr wißt es selbst, daß die Leute hier noch heimlich den alten Göttern opfern und ihre Amulette dem Thiu, dem Donar und der Freya weihen lassen. Und wie wollt Ihr es ihnen verbieten, wenn wir Christen noch heute unsere Wochentage nach ihnen nennen? Den Dienstag nach Thiu, den Donnerstag nach Donar und den Freitag nach der Göttin Freya? Ich habe gehört, daß jenseits des Meeres auch Wotan noch seinen Tag hat, wenn sie *Wednesday* sagen.»

«Wunibald!»

«Warum soll nicht eine Nonne von einem der Geister,

Hexen und Teufel besessen sein? Pater Angilbert hat es gespürt …»

«… oder er hat es sich eingebildet. Wäre das nicht auch möglich?»

Der Kanonikus beschloß, nun auch für das Seelenheil seines Bischofs zu beten. Wenn selbst Bischöfe anfingen, Hexen zu verteidigen, begann der Boden zu wanken. «Bei einer Hexe könnte man durch Hexenbeschwörung wenigstens erfahren, wer den Pater hinabgestoßen hat», maulte er.

«Ja, es wird schwer sein, das herauszufinden», nickte der Bischof. «Es gibt keine Zeugen.»

«Was wollt Ihr also tun?»

Inzwischen waren sie im Tal der Bode angekommen und standen am Fuß von Roßtrappe und Hexentanzplatz. Es gehörte nicht viel Phantasie dazu, um diesen Platz mit Geistern, Teufeln und Hexen zu bevölkern.

«Ich weiß noch nicht. Vielleicht sagt es mir der Herr. Ich will ihn darum bitten», murmelte der Bischof und kehrte schweigend um.

«Wenigstens betet er noch», tröstete sich der Kanonikus und lief ihm hinterher.

Nach Bohnensuppe und Siesta gedachten Hochwürden dann, den Schlußpunkt zu setzen. Er hatte sich auf seiner Wanderung noch einmal alle Details und Reaktionen vergegenwärtigt, die mit dem Tode des Beichtvaters zusammenhängen mochten, und versucht, daraus Schlüsse zu ziehen.

Immer wieder ließ er sie vor seinem inneren Auge vorbeiziehen: die stille Waldegunde, die Pater Angilbert gefunden hatte, die zimperliche Retarda mit dem Böhnchenmund, die

Noch konnte er nicht mit einem Finger auf jemanden zeigen. Er konnte aber durch das, was er zu fragen und zu sagen gedachte, bestimmte Reaktionen provozieren. Wenn er scharf beobachtete und gut kombinierte, konnte es vielleicht gelingen.

Zunächst traf er sich, lieber ohne seinen Kanonikus, mit der Äbtissin. Nach einigen freundlichen und nichtssagenden Sätzen kam er auf das zu sprechen, was er gestern beim Markgrafen gehört hatte.

«Du weißt, der Graf ist sehr geradezu», begann er, «und sagte, daß manche den Beichtvater sehr mochten, aber er sagte es höhnisch. Und er erzählte, daß manche ihn nicht mochten, und das meinte er ernst. Daß es der Pater war, der dich als Äbtissin vorgeschlagen hatte, habe ich auch nicht gewußt. Und trotzdem: Du hast ihn nicht gemocht?»

Die Äbtissin schwieg einen Moment und blickte zu Boden. Dann sah sie ihn mit böse funkelnden Augen an. «Ich habe ihn gehaßt. Als sie meinen Gemahl umgebracht hatten, hat er meinen Schmerz ausgenutzt und alles darangesetzt, mich zur Klosterfrau zu machen. Ich war jung, ich war lebenslustig, ich hätte vielleicht wieder geheiratet – aber so?»

«So stimmt es, daß du den Schleier nicht aus freien Stücken genommen hast?»

«Ich weiß es nicht. Wie leicht denkt man einen Augenblick: Ja, ich will nichts mehr von der Welt sehen. Und im nächsten Moment, wenn es zu spät ist, weiß man, daß es der falsche Weg war. Der Markgraf jedenfalls war froh, daß ich versorgt war.»

Der Bischof faltete die Hände vor seinem Gesicht und schloß die Augen: Und diese Frau hatte er selbst damals zur Äbtissin geweiht ...

«Meine Tochter», begann er nach einer Weile mit leiser Stimme. «Ich sehe dich seit zwei Tagen unruhig, dein Blick zeigt, daß deine Gedanken woanders weilen, du findest keinen Schlaf, du weichst mir aus, schützt Kopfschmerzen vor – möchtest du mir vielleicht etwas sagen?»

Der Bischof bemerkte, daß sie ganz spontan eigentlich nikken wollte, dann aber fast unmerklich den Kopf schüttelte.

«Dann will ich es sagen. Kann es sein, daß du den Toten noch vor Schwester Waldegunde gefunden hast?»

Keine Antwort, nur ein hörbares Einziehen des Atems.

«Kann es sein, daß du ihn nicht nur gefunden hast, sondern daß du ...»

Sie sah ihn mit flehenden Blicken an wie ein gejagtes Tier.

«Kann es sein, daß du dann Rache genommen hast an einem Toten?»

Sie begann zu zittern, sank vor dem Bischof auf die Knie und umklammerte seine Füße. Bischof Bernhard nickte und schwieg lange. Er dachte an das Wort aus der Heiligen Schrift: «Richtet nicht, auf daß ihr nicht gerichtet werdet.» Das sagte sich leicht. Aber gab es nicht auch eine irdische Gerechtigkeit?

Der Bischof war verwirrt. War es so leicht, Schuldige zu finden? Er hatte nur auf den Busch klopfen wollen. Aber welche Schuld hatte sie denn? Er versuchte, sich in Hathui zu versetzen. Lange Jahre hatte sie still unter dem Beichtvater gelitten, der ihr Leben zerstört hatte, und ihm nichts angetan. Und dann fand sie ihn auf den Steinen liegend, sie sah den Dolch daneben, sie war allein. Da entlud sich plötzlich ihr lange aufgestauter Haß, und sie versetzte Pater Angilbert den vermeintlichen Todesstoß. Sie nahm endlich Rache. Doch sie hatte einen Toten erstochen. War sie nun vor einem irdischen Richter schuldig geworden? Kann man an einem Toten schuldig werden?

«Geh in deine Zelle, meine Tochter, und bete um Vergebung!» sagte er schließlich.

Der Bischof saß eine Weile schweigend da, dann bat er

Der Bischof versuchte, sie genau zu beobachten. Wer sah neugierig um sich, wer kam gedrückt herein, wer vermied den Blick? Sah jemand gar schuldbewußt aus, wer zögerte, wer war unruhig, wer setzte sich in eine entfernte Ecke?

«Ich habe euch zusammenrufen lassen», begann er, «weil eine von euch eine schwere Last auf dem Gewissen trägt, und ich will euch berichten, was ich dazu herausgefunden habe und was meine Gedanken sind.»

Und dann begann er zu erzählen, wie er die Stelle untersucht habe, wo man den Beichtvater gefunden habe, daß ihm die Scharte im Steinfußboden aufgefallen war und er den Gedanken gehabt habe, der Dolch könne von oben herabgefallen sein. Sie seien ja alle dabeigewesen, als er gestern den Dolch habe fallen lassen, um sicher zu sein, daß er mit der Spitze aufkomme, wodurch die Beschädigung an der Scheide erklärt werde. Er erzählte, wie er dann unter Mühen selbst die Spuren auf den Dachplanken untersucht habe: die Fußspuren des Paters und die Abdrücke von Frauenschuhen.

Der Pater, so habe man ihm erzählt, habe vor allem die alten heidnischen Bräuche und Zeichen bekämpft. Darum habe er immer wieder die Kirche bis unters Dach nach Runenzeichen und alten Göttersymbolen abgesucht, um sie mit Weihwasser und dem Dolch, dieser angeblichen Reliquie, wirkungslos zu machen.

Es sei ihm auch zu Ohren gekommen, daß der Pater ein Gespür für Hexen gehabt habe. Da brauchte jemand wohl nur weniger zu beichten als sonst, sich nicht oft genug zu bekreuzigen, das Weihwasser zu verunreinigen und mit gekreuzten Fingern zu beten. Vor allem Schwestern, die aus dem Grenzland kamen, wo noch die Heiden lebten, oder aus den finsteren Tälern des Harzes, habe der Pater besonders beobachtet, weil sie seiner Ansicht nach besonders gefährdet gewesen seien.

«Ich denke mir nun», fuhr der Bischof nach einer kurzen Pause fort und sah in die Runde, «daß eine von euch zu Recht oder Unrecht in den Verdacht geraten ist, eine Hexe zu sein und im Dienste des Teufels zu stehen. Auch wenn sie unschuldig ist, wenn sie nur im Glauben unsicher ist, wird sie Angst bekommen haben, denn wir alle wissen: Hexen und Zauberer werden hierzulande immer noch und immer wieder durch Schwert und Feuer gerichtet.»

Es herrschte atemlose Stille im Parlatorium. Alle hielten die Köpfe gesenkt, alle hatten die Hände in den weiten Ärmeln versteckt, keine bewegte sich. Sie saßen wie erstarrt, nichts raschelte. Der Bischof überlegte. So würde er wohl nie herausfinden, wer die Schuldige war. Er mußte sie herauslocken, mußte etwas Provozierendes sagen.

«Ich denke mir nun», sagte er schließlich, «der Pater hat ihr ins Gewissen geredet, hat sie beschworen, bis sie nicht mehr aus noch ein wußte. Sie weiß, daß er an jenem Tage wieder auf die Emporen und das Dach steigen will, sie geht ihm voraus, erwartet ihn hinter einem Vorsprung. Als er über die Planken der Vierung gehen will, folgt sie ihm, tritt hinter ihn und stößt ihn mit einem Fluch …»

«Nein, nicht mit einem Fluch!»

Schwester Waldegunde hielt sich erschrocken den Mund und wurde totenblaß. Die Nonnen sahen sie erstaunt an. Der Bischof nickte, es war gelungen. Und gleichzeitig tat sie ihm leid, wie sie nun zitternd dasaß, die gefalteten Hände vor die geschlossenen Augen gepreßt.

«Er hat mich so gequält», flüsterte sie kaum hörbar.

«Ich dachte es mir», nickte der Bischof, während Schwester Amalburga neben ihr in einer plötzlichen Aufwallung den Arm um sie legte und sie an sich drückte.

«Sammle dich, meine Tochter», sagte der Bischof nach einer Weile zu Schwester Waldegunde und stand auf, «ich warte drüben im Beichtstuhl.»

3. so werden falsche freunde aufgespießt, wenn kreuzritter den rechten glauben verlieren

HANNS KNEIFEL

Ungläubiges Erschrecken, jäher Zorn und das Gefühl eines entsetzlichen Verlusts begannen in dem Augenblick, als Ritter Tjard die verkohlten Reste des Daches und der Obstbäume sah, die Brandspuren an den Mauern und die leeren Höhlen der Fenster und Türen. Er hielt sein Pferd an und stieg, als sei er von Lauschern umgeben, zögernd aus dem Sattel. Das Packpferd blieb stehen, als Tjard einen Buchenast zur Seite schob und über das Tal hinweg die verwüstete kleine Burg anstarrte, Sitz der Ahnen, seinen geliebten Besitz; sein einziges Heim. Zwischen den Schulterblättern fühlte er Eiseskälte, die sich über den Rücken ausbreitete und körnigen Schweiß aus den Poren trieb. Tjard hielt sich taumelnd am Pferdehals fest, als die Schwäche die Knie erreichte.

«O Gott im Himmel!» Er atmete schwer. Eine harte Hand preßte seine Kehle zu, er hörte sich ächzen. «Was haben sie getan! Blanka! Agnés! Die Diener ...»

Durch den Hauch langer Nebelschwaden am Boden des Tals, unter denen Mittagssonnenschein auf den Wellen des Bachs glitzerte, drang das Läuten einer einsamen Glocke. Die

Abtei, dachte Tjard, war also nicht verwüstet, und Abt Maurus lebte wohl noch. Je länger seine Blicke sich auf Burg Sondersfurth hefteten, desto genauer sah er die Zerstörungen, sah im Tal Bauern auf Kornfeldern arbeiten, sah Rauch aus den Dächern der Bauernhäuser steigen, die Schafherde und die Reihen der Rebstöcke.

Ein schläfriger Mittag lag über dem ärmlichen, aber wohlgeordneten Bachtal am Rhein. Die Abtei verbarg sich hinter dem Wäldchen, das auch das Glockengeläut dämpfte; der Jungwald war seit Tjards Abschied vor vier Jahren zwischen dem Burghügel und dem Wald an der Flußfurt hochgekommen. Ohne nachzudenken, ging Tjard einige Schritte weiter, entdeckte den Schutthaufen hinter dem Torhäuschen im Burghof und glaubte einige Atemzüge lang, den kalten Rauch des Brandes zu schmecken; plötzlich wußte er, daß er auf einen Punkt blickte, der das Ende einer Katastrophe zeigte. Er handelte, ohne sich zu besinnen; schließlich hatte er jahrelang lernen müssen, richtig zu handeln und zu kämpfen.

Leise und, wie er hoffte, von niemandem beobachtet, erreichte er das halbüberwucherte Burgtor, führte die Pferde über das Geröll und sattelte sie ab. Er fand im halbausgebrannten Stall neben dem Torpfosten einen löchrigen Eimer, vom letzten Regen feucht, und blickte in den Brunnenschacht. Tief unten spiegelten sich treibende Wolken und, winzig, sein Oberkörper. Er zog den gefüllten Eimer hoch, trank durstig und tränkte die Pferde, die im hohen, welkenden Gras zu fressen begannen. Tjard zog das Schwert, durchquerte die Trümmer des Dachs in der winzigen Kapelle und kletterte über schuttübersäte Steintreppen und knarrende, rissige Holzstufen, bis er ein brauchbares Versteck fand: die Schlafkemenate im Bergfried. Die Erinnerungen, die ihn heimsuchten, als er im rußigen Schutt seinen Besitz wiederzuerkennen versuchte, schob er gewaltsam aus seinen Gedanken. Eine Stunde später hatte er nach und nach seine gesamte Ausrüstung heraufgeschafft, schleppte Balkenreste und Steine weg und fegte mit einem Buchenast Staub und Schmutz von den wenig versehrten Bohlen. Aus einem senkrechten Fensterschlitz sah er in die Richtung des Baches, aus dem südlichen Fenster überblickte er den Einschnitt des abgelegenen Tals und die Rebenhänge. An einer Stelle, die keine Spuren eingedrungenen Regens zeigte, rollte er seine Decken und den Mantel aus, legte sich auf den Rücken und verschränkte die Hände im Nacken.

«Tjard von Sondersfurth», murmelte er und sah zu, wie der breite Balken Sonnenlicht, in dem Stäubchen fröhlich tanzten, über die Balken wanderte. «Du mußt listenreich sein und unsichtbar bleiben, wenn du wissen willst, was wirklich geschehen ist. Denk an den Weg nach Jerusalem und den schwierigen Ritt zurück.»

Hinter ihm, nach dem Abschied von der Heiligen Stadt, Anno 1099, säumen Entbehrungen, Kämpfe, Krankheit, Grausamkeiten, ätzender Ekel und tausend Wunder den abenteuerlichen Weg; spät hatte er gelernt, Wunderbares von Alltäglichkeiten in den Ländern der Muslime zu unterscheiden, entlang unwegsamer Pfade, in Karawansereien, Herbergen, Basars und Sklavenmärkten. Sein Körper, voller Narben, von der Sonne versengt, hat alles überstanden. Sein Herz und sein Verstand schäumen über von Wissen, Kenntnissen und Enttäuschungen, die er mit sich trägt wie die Rosenzweige aus Konstantinopel, von Eyüb Ansais angeblichem Grab, des Fahnenträgers des Propheten Mohammed; Rosen für die liebenswerte Blanka und Agnés, ihre gemeinsame Tochter, die jetzt ein paar Monate jünger als fünfzehn Jahre ist. Hellrote und dunkelrote Rosen, die er den Stöcken im Burghof aufpfropfen wird. Die Ahnung, daß etwas Entsetzliches geschehen ist, hat sich zur Gewißheit gewandelt, ohne daß Tjard Beweise hat. Während mehr als vier Jahren haben solche Ahnungen ihm Dutzende Male das Leben gerettet; ihm und anderen Kreuzrittern.

Tjard nickte sich selbst aufmunternd zu, sah nach dem Sonnenstand und schloß den Dolchgurt um die Hüften. Die Pferde rupften ruhig an den Halmen. Tjard holte Wasser und begann das Fell des schweren Grauschimmels, den er vollständig gerüstet reiten konnte, zu waschen und zu striegeln, dann vergewisserte er sich, daß Läufe, Hufe und Hufeisen des schlanken Muslimpferdes, eines Rappwallachs mit Stirnblesse, in Ordnung waren. Er tränkte und zäumte ihn, schwang sich auf den Rücken des Tieres und ritt ungesattelt durch das Burgtor. Abseits seiner eigenen Spur trabte er durch den Niederwald bachaufwärts, durch den Bach und im Schutz des dunklen Sondersfurthschen Eichenhains auf der gegenüberliegenden Talseite zum Hügelkamm, wo die oberste Reihe der Reben begann. Er band den Zügel fest, zog den Dolch und näherte sich durch die Reihen der Rebstöcke geräuschlos dem Mann, der mit dem Rebmesser Stücke von einem harten Käse sägte. Am fehlenden letzten Finger der Linken erkannte Tjard den alten Michael.

Leise sagte er zum gekrümmten Rücken des Alten: «Erschrick nicht zu Tode, alter Michael. Ich bin's, der Totgeglaubte. Tjard, dein Burgherr.»

«Jesus im Grabe!» Michael zog sich an einem knarrenden Rebstock hoch. Der Käse und das Messer fielen zu Boden. Tjard senkte den Dolch und hob den knienden Michael auf, der die Hand des Ritters mit beiden Händen umklammerte. Der Alte schüttelte den Kopf. «Wir haben gehofft, Herr, daß Ihr früher zurückkommt. Es ist … Furchtbare Dinge sind geschehen.»

«Wo ist meine Frau? Wo ist meine Tochter? Wer hat die Burg geplündert und niedergebrannt?» Tjard schob den Dolch, dessen Griff mit Lederbändern, schwarz von Schmutz und Schweiß, umwickelt war, in die Scheide und starrte wie ein Falke ins runzlige, bärtige Gesicht des Alten. «Warum hätt ich früher kommen müssen?»

«Wir haben gebetet, Herr Ritter, zuerst, daß Ihr zurückkommen sollt, später, daß Ihr nie zurückkommen dürft. Zuletzt haben wir für das Heil Eurer Seele gebetet, ehrlich.»

«Warum hätte ich also viel früher oder gar nicht zurückkommen sollen?»

Tjard setzte sich zu Michael zwischen die Rebstöcke, deren reifende Trauben von Fliegen und Schmetterlingen umschwirrt wurden. Der Alte hob mit zitternden Fingern Messer und Käse auf und hielt sie Tjard hin. Der Ritter schüttelte den Kopf und schirmte die Augen ab, als er gegen die Nachmittagssonne die Wehrmauern der Abtei betrachtete.

Michael seufzte, holte mit pfeifender Kehle tief Luft und stotterte: «Ihr wart kaum ein halbes Jahr fort, Herr, da kam Abt Maurus mit seinen Landsknechten und einem Pferdekarren zur Burg. Eure Burgherrin – Gott hab sie selig! – hat ihn bewirtet, wie immer; Ihr wißt es, Ihr kennt ihn als trinkfesten Gast.»

«Er hat mich überredet, beschworen, fast gezwungen, den Weg nach Jerusalem zu gehen.» Tjard blinzelte und starrte die geschwärzte Ruine an. Er sah die Brandspuren auf dem Palas, die herausgebrochenen Steine, ausgekohlte Reste des Kapellendachs und Büsche, die auf dem Wehrturm wurzelten. «Was tat der Abt in meiner Burg, außer trinken und reden?»

Tjard erinnerte sich an den fuchsgesichtigen, weinliebenden Abt, als habe er noch gestern mit ihm gezecht und über jene Fragen gestritten, bei deren Antworten sie stets auf ihren unterschiedlichen Meinungen beharrten.

«Die Landsknechte haben's erzählt: Die Herrin, hat Maurus gerufen, hat falsche Götter angebetet, Zauberei getrieben und die Heiligen gelästert und Eure Tochter, das arme Ding, zum Abfall vom wahren Glauben verführt. Maleficium! schrie er ein ums andere Mal.» Michael schlug die wenigen schwarzen Zähne in eine Brotkruste. «Falsche Heilige sollen sie angerufen haben, zusammen mit dem Gesinde, Herr! Und in der Nacht, bei Vollmond, sind Geister um die Burg geflogen, schwarze Engel, so wie Luzifer.»

«Weiter! Mehr! Hat jemand aus dem Dorf dies dem Abt hinterbracht?» Jede leidlich junge Magd hatte Maurus, bartlos und breitschultrig, mit lüsternen Blicken verfolgt. Der schönen Herrin gegenüber trat er jedoch weniger schamlos auf, und Agnés war vor vier Jahren noch ein flachbrüstiges Kind ohne Hüften gewesen. «Rede, Michael!»

«Drei Mägde, zwei aus dem Dorf, und die Herrin mit dem Töchterchen haben die Landsknechte mit dem Karren weggefahren, zur Abtei. Wir haben viel Geschrei gehört, aber was sie gemacht haben, weiß ich nicht. Die Agnés ist später ausgerissen, hat ein Waffenknecht gesagt. Wir haben sie suchen müssen. Vor der Mündung, Herr, haben wir sie mit Stangen aus dem Wasser gezogen. Das ist die Wahrheit, Herr! Sie war voll furchtbarer Wunden.»

«Agnés. Tot!» Tjard griff nach seinem Herzen. «Du hast sie gesehen? Und … die Herrin? Wer hat die Burg niedergebrannt?»

«Blitzschlag oder ein Brandstifter, Herr, das weiß niemand. Vielleicht die Mönche und der Abt.» Der Alte zuckte zurück, als er den Blick hob und in Tjards gebräuntes, bärtiges Gesicht sah. «Oder die Knechte. Sie haben die Agnés begraben, auf dem Friedhof. Ob die Herrin noch lebt, Herr Ritter, weiß ich auch nicht. Jeder sagt, sie ist seit langem tot.»

Tjard war viele Atemzüge lang nicht fähig, klar zu denken. Seine Ahnung hatte ihn nicht getrogen, die Ruhe des Dörfchens wandelte sich in Totenstille. Er hatte zugehört, ohne den Sinn der Worte zu begreifen. In winzigen Schritten näherte sich seinem Herzen die Wahrheit. Es war, als kröche Frost aus dem Boden, während sich die rußschwarzen Wolken ins Tal senkten. Er schrak auf: Der letzte Glockenschlag verzitterte. Michael schwieg, sein Gesicht drückte Verwirrung und Furcht aus.

Zweimal setzte Tjard zum Sprechen an, dann sagte er heiser und stockend: «Du hast mich nicht gesehen, ich bin nicht da. Es gibt mich nicht, hörst du?» Er zog den Dolch und deutete mit der Spitze zwischen Michaels Augen. «Für dein Schweigen werde ich dich belohnen. Verrate mich nicht, bevor ich nicht alles weiß. Im Morgenland hab ich viele töten müssen – zwing mich nicht dazu, dich zu bestrafen.»

«Herr Ritter Tjard», flüsterte Michael und grinste kläglich, «ich bin drei Tage im Weinberg. Ich schlaf oben, in der Hütte.»

«Besser so. Ich hab mich im Wald versteckt.»

«Wollt Ihr Wein, Herr?» Michael deutete hangaufwärts.

Tjard nickte und folgte dem Greis durch die trockene, heiße Erde bis zu seiner Hütte aus Flechtwerk und Lehm, mit einem Boden aus gestampfter Erde und einem schwärzlichen Strohdach. Als der Alte ihm einen schweren, wachsversiegelten Tonkrug in die Arme legte, sagte Tjard: «Danke, Alter. Denk dran: Du weiß nichts, hast mich nicht gesehen.»

«Ich schwör's, Herr Ritter. Bei den Martern aller Heiligen!»

«Ja. Bei allen Martern.» Tjard schleppte den Krug zum Waldrand, zog sich an der Mähne des Pferdes hoch und stellte den Krug auf die Kruppe. Während er zur Burgruine ritt, blickte er sich immer wieder um; es schien, als habe ihn niemand gesehen und gehört. Seine Gedanken und Empfindungen waren wie ein unhörbares, rasendes Gewitter: Heiße Wut, Angst vor Entdeckung und Vorsicht, schwarze Verlassenheit, Nichtverstehen und eisige Rachsucht vermengten sich wie Blitz, Donner und Wolken. Er stellte den Krug zu seinen Habseligkeiten, packte die Satteltaschen aus und suchte die Rosenästchen. Sie waren in geöltes Leder eingeschlagen und noch feucht; vor drei Tagen hatte er sie ins Wasser einer Quelle getaucht. Er fand die welken Rosenbüsche, neben denen er die Reste von Blumensträußen zu sehen glaubte, goß die Wurzeln mit Brunnenwasser und schnitt trockene Triebe zurück. Dann führte er keilförmige Schnitte aus, spitzte die mitgebrachten Enden an und band sie sorgfältig mit Grashalmen fest. Er lokkerte mit dem Dolch die Erde zwischen Wurzeln und Mauer, scharrte altes Laub und Steine zu einem halbkreisförmigen

Wall auf. Der ausgedörrte Boden schluckte zwei weitere Eimer Wasser auf. Tjard trat ein paar Schritte zurück, betrachtete sein Werk und merkte plötzlich, daß Tränen über seine stoppeligen Wangen liefen.

Er reitet auf dem Rückweg im Land der Franken, am linken Rhône-Ufer. Der Strauchritter mit dem schwarzen Topfhelm schießt ihm einen Pfeil in die linke Schulter; die Spitze bleibt im Kettenhemd stecken, ohne ihn ernsthaft zu verletzen. Niemand ist in der Nähe. Dann kämpfen sie, mit Stoßlanze und Schwert. Tjard tötet den Fremden, dessen Besitz an den Sieger fällt: das prächtige Pferd, ein Gürtel, überraschend schwer. Später merkt er, daß er voller goldener und silberner byzantinischer Münzen ist. Und der Dolch, dessen einfache Lederscheide am zweiten, gleich schweren Gürtel hängt. Er wickelt die Stoffbänder, die schmutzig sind vom Gebrauch, vom Griff der Waffe und sieht funkelnde Edelsteine im Griff und an der Parierstange; Rubine, Smaragde und eingelegte Almandine, und er entziffert die Buchstaben in der glänzenden Klinge: KAROLUS. Er zerschneidet den Lederriemen, an dem der Schild des Toten hängt, und taucht ihn ins Flußwasser, bis er geschmeidig ist. Dann wirft er das Stoffband weg und schützt die kostbare Waffe vor gierigen Blicken, indem er sie eng mit dem Leder umwickelt. Er plündert den Besitz des Raubritters, belädt den schlanken Rappen mit Köcher und Bogen, Gepäck, Waffen und Ausrüstung und begräbt den Fremden am Flußufer. Als er weiterreitet, das Saumtier am langen Zügel hinter sich, beginnt die Pfeilwunde zu schmerzen.

Ein Ritt von zweieinhalb Tagen trennte Sondersfurth vom Rhein und von der nächsten Ansiedlung, und die Straße war kaum mehr als ein halb unkenntlicher Karrenpfad. Im Dörfchen lebten, als Tjard gläubig, aber widerstrebend mit dem Kreuz auf dem Reitermantel fortritt, eine Handvoll mehr als dreihundert Leibeigene und sicherlich nicht mehr als drei Dutzend Mönche, Klosterknechte und Bewaffnete in der Abtei. Daran würde sich wenig geändert haben.

Tjard hatte einen Fensterschlitz verhängt, saß auf der obersten Stufe des Treppenrestes und sah hinunter auf die Verwüstung, in deren Mitte die Pferde grasten. Bald brauchten sie eine neue Weide. Tjard spülte das öltropfende, steinharte Brot mit einem Schluck von Michaels Wein hinunter und versuchte, seine Gedanken zu ordnen. Was der Alte erzählt hatte, entsprach der Wahrheit; Tjard zweifelte nicht daran. Noch immer fand er sich nicht damit ab, was Abt Maurus getan hatte: Es waren zwei Welten, in denen gequält, geschändet und getötet wurde – eine davon hatte er im Heiligen Land überlebt. Jetzt hockte er in der anderen, in seiner eigenen Hölle und schnitt Scheiben vom salzigen Schinken. Abt Maurus! Gott hatte ihn verlassen: Hatte den gelehrten Vorsteher der Abtei der Wahnsinn geschlagen?

Tjard beendete sein karges Mal und nahm einen Schluck aus dem Krug, dessen schartiger Rand in seine Lippen biß. Er trieb mit einem Schlag der flachen Hand den Holzkorken in den Krugschlund zurück und hängte sich den Schwertgurt über die Schultern. Er suchte die Büchse mit Feuerstein, Schwamm und Zunder aus der Ausrüstung und knüpfte den Beutel an den Gürtel. Nach einigem Zögern wand er das Seil aus geflochtenem Leder um die Hüften. Im letzten Licht des Tages verließ er die Ruine und schlich am westlichen Waldrand, im weiten Bogen an Ställen, Hütten und Häusern vorbei, ungesehen wie ein Dieb, zur Abtei. Nicht einmal ein Hund verbellte ihn.

Er hat lang um Blanka geworben, die schöne Schwarzhaarige aus dem Süden. Das Lachen Blankas hallte sommers wie winters zwischen den Mauern der kleinen Burg. Leidenschaftlich trieben sie miteinander niedere und hohe Minne. Tjard sieht die Aufgabe seines und ihres Lebens darin, Burg,

Dorf und Abtei Sondersfurth abseits aller Straßen zu schützen, die Menschen glücklicher zu machen, mit besserem Wein, größeren Vorräten und reicherer Ernte, sie mit der Hilfe des Abts und der Mönche zu mehr Sauberkeit und Vernunft zu erziehen und die Dumpfheit aus den Bauernschädeln hinauszutreiben wie Fliegen aus dem Stall. Nach drei Jahren bringt Blanka die Tochter zur Welt. Abt Maurus tauft sie auf den Namen von Tjards Mutter. Agnés, fröhlich, verträumt, wie ein blonder Wirbelwind, und Blanka: tot! Grausamkeit gegen Grausamkeit, denkt Tjard und lauscht den Lauten des frühnächtlichen Waldes. Auf dem Weg nach Jerusalem hat er vieles lernen wollen: für eine hellere Burg, bessere Ernten, fetteres Vieh. Aus dem Wald kam Knacken, Windgesäusel, Käuzchenschrei und von fern vages Wolfsgeheul. Der Wald und die Welt sind nachts voller Wunder, Geister und Dämonen; Gottes Wirken ist in jedem Zweig, jedem Harztropfen. Wenig ist wahr von diesem Glauben, muß Tjard in tausend Nächten zwischen Sondersfurth und Jerusalem lernen. Verstehen, begreifen, weil seine Finger die vorgeblichen Wunder berührt und seine Augen unfaßbare Schrecken gesehen haben: Kreuzritter dringen, obwohl er sich ihnen mit einigen anderen entgegenstellt, in die Kirche Allahs ein, die Moschee von el-Aqsa. Dort erschlagen sie Hunderte Muslime, alt und jung; die Wände und Pfeiler sind sieben Ellen hoch blutbespritzt. Die Muslime sagen: Jesus ist, ebenso wie Mohammed, ein Prophet Allahs, Gottvaters also. Siechtum und Tod überfallen Fromme und Gläubige ohn' Unterschied; Beten hilft nichts und niemandem. Diese Wahrheit kennt Abt Maurus nicht. Tjard ist bereit, ihn zu strafen, zu vernichten. Aber zuerst muß er die Wahrheit kennen.

Vielleicht eine Stunde später ragten vor ihm Mauern, Tor und Glockenturm vor den Sternen und dem wachsenden Mond in den Nachthimmel. Er wartete im Schatten am Rand des Fischteichs. Die Abtei war wie ausgestorben, ohne Licht, ohne jedes Geräusch. Tjard kannte jeden Winkel des langgestreckten Bauwerks, so wie Maurus kein Raum der Burg fremd war.

Tjard murmelte: «Wunder, Maurus? Sollst du haben. Mehr als dir und deinen geilen Mitbrüdern lieb ist.»

Das massive Tor der Abtei war geschlossen. Lichtschein geisterte im Viereck des Kreuzgangs, die letzten Töne des Chorgesangs verhallten. Die uralte Eiche breitete schützend die Äste über eine Seite des Kapellendachs, gelb wie ein Eulenauge schob sich der Mond durch das Gespinst der Nachtwolken. Tjard schleuderte das Lederseil in die Höhe, knüpfte eine Schlinge für den Fuß und kletterte höher ins Geäst, nachdem er das Seil eingeholt hatte. Vorsichtig schob er sich vorwärts und setzte sich in eine Astgabelung, schlang dicke Knoten ins geflochtene Leder, wartete zwischen den Blättern und sah und hörte zu, wie Mönche und Klosterknechte leise den Tag beendeten. Maurus aber sah er nicht.

Er kam vom Glockentürmchen der Kapelle und betrat den Kreuzgang. Seine Schritte schienen in der Stille der Abtei zu dröhnen, aber Tjard bewegte sich leiser als sein Schatten. Nacheinander drang er in menschenleere Räume ein und suchte jene Dinge zusammen, deren Fehlen oder Zerstörung den Glauben an nächtliche Wunder hervorrufen oder das Wirken des Gottseibeiuns beweisen würden. Eine Katze huschte über die Steinplatten des Kreuzganges, als Tjard einen ersten Arm voll Lanzen, Morgensternen und Schwertgehängen ins Badehaus trug. Er häufte unter den Waffen Stroh, Reisig, etliche Schemel und Feuerholz auf und lief auf Zehenspitzen in die Kapelle. Dort nahm er die fetten Altarkerzen aus den Leuchtern, ließ die gebündelten Leuchter bei der Tür stehen, steckte das schwere Buch in den Gürtel und rannte zur Küche. Dort baute er über einem Brett aus Kesseln, Pfannen und anderem Gerät einen Turm auf und stellte eine Kerze unter den Rührlöffel, der das Ende des Brettes stützte. Aus Ruß streute er einen Druidenstern auf das Mehl im Kasten und zündete die erste Kerze am Glutkern des Herdfeuers an. Ihre Flamme berührte das Holz des Löffels, als Tjard, nachdem er Schinken, wurstgefüllte Därme, Brotlaibe, ein Butterfäßchen und einen Beutel Salz in einen Sack gesteckt hatte, die Tür leise schloß.

Alle Bewohner schienen zu schlafen. Tjard schnitt im Badehaus eine Kerze in zwei Teile, schlug Funken und blies in den Zunder, bis der Docht brannte. Er befestigte die Kerze mit tropfendem Wachs und schob um den Schaft herum Stroh zusammen, so daß nach einiger Zeit zuerst das Stroh und daraufhin das Reisig unter dem Holzstapel brennen mußten. Er balancierte von der Treppe auf die Mauer, wechselte aufs Dach, zog den schweren Sack und die Leuchter ins Geäst und kletterte zu Boden. Er bemühte sich, jedes Geräusch zu vermeiden und keine Spuren zu hinterlassen, als er ohne Eile zu seinem Versteck ging. Mondlicht fiel auf den sandigen Weg zwischen Dörfchen und Kloster; Tjard stellte die Leuchter quer über den Weg und ritzte Buchstaben in den Sand; *Beelzebub* schrieb er.

Er hatte die Hälfte der Entfernung hinter sich gebracht und blieb stehen, setzte den Sack ab und legte das Altarbuch hinein. Durch die Nacht schepperte, krachte und klapperte der zusammenbrechende Turm in der Küche. Tjard nickte, ohne zu lächeln. Einige Atemzüge lang mußte er warten, dann hörte er aufgeregte Stimmen, daraufhin Geschrei und Gebrüll, zuletzt sah er die Flammen aus dem Strohdach des Badehauses schlagen. Rauch wolkte ins Mondlicht und trieb über den Dächern nach Osten.

Tjard hob den Sack auf die Schulter, stieg zur Burgruine hinauf und räumte seine Beute auf. Am Brunnen zog er sich aus, wusch sich und setzte sich, in den Mantel gehüllt, auf die Stufen zum Haupthaus, neben sich Michaels Weinkrug. Die Wolken waren fortgezogen, der Lärm aus dem Kloster klang wie von einer Insel herauf, und Tjard starrte in den Mond und in die Sterne. Seine wilden Gedanken beruhigten sich und machten einer Entschlossenheit Platz, die er aus den Stunden der Kämpfe und Schlachten kannte. Im Dorf schien niemand aufgewacht zu sein, die Glocke schwieg; Tjard hatte das Glokkenseil im Türmchen auf dem Kapellendach durchschnitten.

Es sind die gleichen Sterne, wie er sie auf dem Heimritt entlang der Rhône schaudernd bewundert hat, im flachen Land bei Aigues Mortes. Oder in den Nächten, in denen er wacht und sich nach Blanka sehnt, im Gebirge oder abseits einsamer Lagerfeuer. Jetzt starren sie auf sein Elend und die Ruine herunter, auf seine Heimatlosigkeit, ebenso wie damals auf die verbrannten Körper und Maulbeerbäume in der Ebene von Aschdod, wo das Heer der Kreuzritter viele Krieger El-Afdals bei lebendigem Leib verbrannt hat. Auch seine Burg niedergebrannt! Da ist kein Rat, kein froher Empfang, nur Schrecken und Hoffnungslosigkeit. Und eisige Wut, die der Schlaf nicht tilgen kann und die Tjards Träume beherrscht.

Noch vor Sonnenaufgang schlug Tjard das Buch in ein trockenes Tuch ein, vergrub es und führte die Pferde den Burgberg hinunter und in den Wald, vielleicht eineinhalbtausend Schritte weit, auf eine Lichtung unweit der Quelle. Er kannte im Umkreis der Burg jeden großen Stein und jeden alten Baum. Er legte den Pferden Fesseln an den Vorderbeinen an, so daß sie nur kleine Schritte machen und sich nicht weit entfernen konnten. An den Steigbügeln hängte Tjard die Sättel in halber Höhe in eine Buche und stand vor den Rosenbüschen, als die ersten Sonnenstrahlen die Zinnen des Bergfrieds erreichten. Zunächst sammelte er, um seine Spuren zu verwischen, die Pferdeäpfel ein, sah alten Schafdung zwischen den Halmen. Er mischte den Kot mit der Erde, schüttete Wasser darauf und streute trockenes Laub darüber.

«Außer mir und den Mönchen kann keiner schreiben und lesen», brummte er. «Das weiß auch der Abt.»

Es genügte, wenn das abgefressene Gras bemerkt wurde. Tjard versteckte die acht Ellen lange Lanze und fand im Gewölbe eine zerbrechlich aussehende Leiter. Bald war Tjards gesamte Habe im Bergfried versteckt, auf dem Gebälk des Bodens, der zur Hälfte heruntergebrochen war. Er stieg die Steinstufen zu den Zinnen hinauf, stützte sich auf die Quader und betrachtete das Tal, die Felder und Rebenhänge, den breiten Weg, der von der Abtei hinter der Waldzunge durch das Dorf bis zum Kreuzweg und um den Burghügel herum zur Ruine führte. Rinder und Schafe weideten in völliger Friedlichkeit, Frauen und Männer arbeiteten auf den Feldern, ein Gespann fuhr Strohballen zur Scheune. Bisher war die Glocke nicht geläutet worden; wahrscheinlich war Maurus unschlüssig, was er tun sollte, nachdem er die Leuchter und die Schrift gesehen hatte.

«Für seine Brüder war es Teufelszeug», sagte Tjard leise, «Spuk und Nachtdämonen für die Bauern. Vielleicht ahnt Maurus, daß ich zurückgekommen bin. Ich warte.»

Er aß und trank und blickte ins Tal. Lange Zeit, bis Mittag, geschah nichts, das Tjard beunruhigte. Plötzlich, als er den Becher an die Lippen setzte, kamen Reiter hinter dem Rand des Wäldchens hervor und galoppierten zum Dorf und an den Häusern vorbei, ohne sich umzusehen. Tjard duckte sich und verschloß den Krug, kletterte hinunter und versteckte die Leiter. Wieder wartete er in der Sonnenhitze auf dem Bergfried, seine Unruhe wuchs, als er zwei Männer erkannte, mit Waffen, die er nachts übersehen hatte. Hin und wieder verschwanden die Reiter hinter Bäumen, aber sie trabten auf dem Weg und näherten sich der Brücke und dem Haupttor. Tjard hängte die Sehne ins Bogenende, zog einen Pfeil aus dem Köcher und spannte prüfend die sarazenische Waffe. Die Pferde fielen in Trab, Tjard hörte die Stimmen der Reiter, konnte aber kein Wort verstehen, bis sie vor der Brücke anhielten.

«Hier war keiner», sagte ein Reiter. «Keine Spuren. Erst recht keine Hufspuren.»

Tjard nickte und lehnte sich im Winkel der Zinnen an die Wand. Die Pferdehufe klapperten auf dem Geröll, der andere Reiter stieg aus dem knarzenden Sattel.

«Ich seh auch nichts. He! Das Gras dort drüben.»

«Schafe, allhier. Der Schäfer sperrt sie manchmal hier ein.»

Hat der Schäfer auch die Blumen gebracht? fragte sich Tjard. Die Männer ließen die Pferde stehen und stapften geräuschvoll durch Schutt und Trümmer, gingen ins Gewölbe und stiegen ins Haupthaus, soweit die steinernen Stufen reichten. Durch einen Spalt der Balken sah Tjard auf den rostigen Helm des Landsknechts unter ihm. Er packte den Bogen fester.

«Seit Jahren hat hier keiner Feuer gemacht. Leer, wie seit es damals gebrannt hat.» Die Stimmen verloren sich zwischen den steinernen Wänden. «Da haben auch keine Strolche gehaust.»

«Hier gibt's nichts mehr zu holen. Seit damals.»

«Ihr Besitz ist an die Kirche gefallen. An die Abtei.»

Ein rohes Lachen ertönte. Die Schritte entfernten sich. «An den Abt und an uns.»

«Wir reiten zurück.»

«Noch einen Rundgang durch den Hof.»

Tjard rührte sich nicht, bis er den Hufschlag auf der Burgstraße hörte. Einige Atemzüge später hob er den Kopf und spähte zwischen den Zinnen ins Tal. Die Reiter durchquerten den Wald am Fuß des Hügels. Eine Gestalt hatte auf derselben Straße das Dorf verlassen und näherte sich auf seltsame Weise. Tjard sah mit wachsender Verwunderung, daß sie mehrere Male den Weg verließ; schließlich sah er, daß es eine Frau war, die am Wegrain Blumen pflückte. Als sie offensichtlich den Hufschlag der Landsknechtpferde hörte, rannte sie geduckt zur Seite und verbarg sich im Buschwerk. Tjard hängte Bogen und Köcher über die Schulter und verließ die Plattform des Bergfrieds. Ins schauerliche Bild schienen sich andere Farben zu fügen, sagte sich Tjard und füllte, während er die Straße beobachtete, seinen Becher mit gemischtem Wein.

Die braunhaarige Frau, die einen Bauernkittel, ein Schultertuch und strohgeflochtene Sandalen trug, hielt einen großen Strauß Feldblumen im Arm und legte ihn zwischen den Rosenbüschen ab, dorthin, wo Tjard die verdorrten Stengel gefunden hatte. Sie hielt den Kopf gesenkt und summte selbstvergessen eine Melodie, die er nicht kannte. Er saß im tiefen Schatten der ehemaligen Küche und sah zu, wie die Frau den Holzeimer holte und ihn gefüllt aus dem Brunnen heraufdrehte und auf den Brunnenrand stellte. Dann streifte sie den Kittel über den Kopf und begann sich, wiegend und tänzelnd, mit seltsamen Armbewegungen zu waschen; es war wie eine Beschwörung, eine unbewußte Liebkosung des Körpers. Die Fremde war nicht alt, ohne Geburtsmale, mit glattem Bauch, vollen Brüsten und runden Hüften, ihre Bewegungen waren, als träume sie in der grellen Nachmittagshitze des Sommers. Sie leerte den dritten Eimer über ihrem Kopf aus und trocknete sich flüchtig mit dem Tuch ab, bevor sie sich dorthin setzte, wo Tjard gestern Wein getrunken und in den Mond gestarrt hatte. Wieder begann sie zu summen und zu singen. Tjard lehnte sich an den Torpfosten und verstand nach einer Weile, daß sie von toten Schwestern, rächenden Rittern und Liebe im Reigen und in Freiheit sang.

Wenn der Abt klug war, dachte Tjard, würde er versuchen, den einsamen Ritter mit einer Frau zu ködern und abzulenken, bis er wehrlos war. Nun, er war gewarnt.

Sie ließ ihr Haar trocknen, indem sie immer wieder mit allen Fingern durch die schweren Strähnen fuhr. Tjards Schatten legte sich über den Stein und auf ihre Schultern. Ihr summender Singsang riß ab; nach langem Schweigen sagte sie:

«Seit heut nacht weiß ich, daß ein Fremder, ein Ritter sich hier versteckt. Seid Ihr Tjard von Sondersfurth, Herr?»

Er ging um sie herum, sah in ihr Gesicht und glaubte, ferne Ähnlichkeit mit Blanka erkennen zu können. Es war eine verfluchte Täuschung, dachte er. Seit fünfzehn oder mehr Monaten hatte er bei keiner Frau gelegen.

«Ja. Wer bist du? Aus dem Kloster?»

«Arneida, Herr. Magd im Dorf. Mich hat ein Händler vergessen. Die Herrin nahm mich auf. Seit sie tot ist, bring ich ihr Blumen. Ihr und der kleinen Agnés.»

Tjard legte den Pfeil auf die Stufe und sah in Arneidas Gesicht, in große braune Augen, die ihn verwirrt, aber nicht angstvoll musterten.

«Warte hier», sagte er, holte den Weinkrug und den Becher. Arneida trank, gab ihm den leeren Becher zurück und blinzelte in die Sonne. Das Tuch rutschte von den Schultern; sie schien sich der Nacktheit nicht bewußt zu sein.

«Kannst du mir berichten, was meiner Frau und unserer Tochter wirklich geschehen ist – und der Burg?»

Arneida nickte und wartete, bis er getrunken hatte. Sie stützte die Ellbogen auf die Knie und das Gesicht in die Hände; dann begann sie mit eintöniger Stimme zu reden.

Als Anno Domini 1098 sich das Jahrhundert zu runden begann, mehrten sich die Zeichen kommenden Weltuntergangs: Schauer von Sternsplittern zuckten durch den Himmel. Seltsame Sterne leuchteten und verschwanden. Feuerrote Schwärze fraß den Vollmond und gab ihn zögernd frei. Die Ernte mißriet, der Wein begann nach Moder zu stinken, und kein noch so inbrünstiges Gebet fruchtete. Ein Viertel der Bauern starb an Krankheiten, von denen nichts in den klugen Büchern der Mönche geschrieben stand. Siebenhundert Tage bis zum Anbruch der Ewigkeit, rief Abt Maurus beschwörend, und alle Seelen müssen gerettet werden.

«Die Sternsplitter hab ich auch gesehen. In der Nacht vor dem Kampf», sagte Tjard leise. «Aber die Welt ist nicht untergegangen.»

«Nein. Aber damals hat Wahnsinn die Menschen geschlagen. Einige, die längst unter Qualen gestorben sind, liefen zur Abtei und sagten, daß Eure Herrin Zauber treibt: mit wundersamen Steinen, Liedern und Totenvögeln ...»

Maurus kam mit den Landsknechten zur Burg. Es gab großes Geschrei, aber alle Bewohner wurden weggeschleppt und eingekerkert. Später holten die Knechte die Truhen, Teppiche und den Hausrat samt der Vorräte. Abt Maurus prüfte Tjards Knechte und Mägde, ließ einige eingekerkert und andere frei. Aber er verbot ihnen nach wenigen Tagen, in der Burg zu wohnen, denn sie war eine Stätte des Aberglaubens. Da Blanka sich keiner Schuld bewußt war, aber Maurus darauf beharrte, sie als schuldig zu erkennen, begann für sie und ihre Tochter eine Zeit der Qualen. Kerkerhaft, karges Essen, Geißelungen und Exorzismus, um die Abgesandten der Hölle auszutreiben, mehrten sich. Zu einer unbestimmten Stunde dieser Tortur überkam es den Abt, und er schändete Blanka. Er schien den Bruch seines Schwurs zu bedauern und betrank sich und sah nicht, daß einige Mönche das gleiche taten wie er. Im Rausch verfolgte er Agnés durch die Abtei und verging sich an ihr, Blanka lag auf dem Boden, gefoltert und nackt am Kreuz festgebunden, und mußte zusehen. Zwischen Reue und Raserei, Trunkenheit und weinerlicher Bußfertigkeit verging ein Jahr, in dem die betrunkenen Landsknechte aus dem Dorf Töchter und Mägde holten und die Abtei zu einem unchristlichen Tempel der Wollust und zum Sündenpfuhl machten. Agnés gelang es, nachts zu fliehen. Sie ertrank im Bach, an der tiefsten Stelle; als Blanka den Leichnam in der Abtei aufgebahrt sah, riß sie sich die Adern der Fußgelenke und der Handgelenke an der schartigen Steinkante des Verlieses auf und verblutete.

Der Abt erschrak zutiefst. Der Tod der Opfer brachte Maurus näher zu Gott. Binnen einer Stunde, am Tag der Heiligen Drei Könige, veränderte sich alles. Alle Frauenzimmer wurden aus der Abtei gejagt, das Leben der Mönche und Maurus' gehorchte den strengsten Klosterregeln, noch bevor Agnés begraben und Blanka am Fuß des Burgbergs an einer Stelle verscharrt wurde, die außer Maurus keiner kannte. Die nächste Ernte geriet wohl, der Wein war würzig und stark wie nie zuvor, und eines Nachts schlugen Flammen aus den Dächern der

Burg. Arneida legte den Arm um Tjards Schultern, ihr langes Haar berührte sein tränennasses Gesicht.

«Ich war die letzte Frau, die man in die Abtei geholt hat. In der Nacht vor dem Fest.» Sie richtete sich auf und legte die Hand auf die Brust; Tjard konnte keine Verschlagenheit erkennen. «Ich bin davongekommen. Nun wißt Ihr alles. Seid Ihr gekommen, um diesen Teufel zu bestrafen?»

Er wischte mit ihrem Tuch über sein Gesicht. «Ja. Wer hat die Burg angezündet?»

«Niemand weiß es, niemand hat's gesehen. Nicht der Fuchsschnäuzige. Vielleicht seine Landsknechte. Soll ich gehen?»

Er legte das Tuch über ihre Schultern und breitete dann die Arme aus, in einer Geste völliger Ratlosigkeit.

Der Lichtschein der Kerze reichte nur drei, vier Ellen weit. Die Flamme brannte fast unbewegt in der windstillen Nacht, aber Tjards Herzschlag dröhnte in seinen Schläfen wie ein großes Tympanon; jeder Trommelschlag war ein Takt zu Arneidas gesummtem Lied. Beide Körper, auf dem Futter des Reitermantels ausgestreckt, waren schweißübergossen, Arneidas Kopf lag auf Tjards Schulter, auch die Frau schien in die Sterne zu blicken. Fünf Tage fehlten zum Vollmond. Tjards Überlegungen hatten, wie ein durstgeplagter Wüstenreiter den schattigen Oasenbrunnen, einen endgültigen Entschluß erreicht. Auch Arneida, ein Lockvöglein oder nicht, änderte daran nichts.

«Wirst du mir helfen? Ich weiß, wie ich den Fuchs Maurus aus seiner Höhle locken kann.»

«Ich tu, was Ihr wollt, Ritter.» Sie beugte sich über ihn. «Sagt mir, was ich tun muß. Was macht Ihr, wenn er seine Abtei verläßt?»

Er zuckte mit den Schultern. «Gott kennt die Seinen. Er wird, was immer ich dem Abt antu, seine Entscheidung treffen. Wie ich ihn dorthin locke, wo ich ihn haben will, sag ich dir am Morgen.»

Tjard schob den Arm unter ihren Rücken und spürte den Druck der Brustspitzen auf der Haut. Wieder erwachte seine Leidenschaft und lenkte seine Empfindungen vom Vorsatz der Rache ab. Erschöpft und schwer atmend lagen sie später nebeneinander, und Tjard merkte nicht, wie er einschlief. Um Mitternacht wachte er fröstelnd auf, deckte Arneida mit der Hälfte des Mantels zu und tastete sich im Licht des Kerzenstummels hinunter zum Brunnen.

Er ist dabei, als die Heere im Juli Anno Domini 1099 die Heilige Stadt erobern, mit der Hilfe Gottes und mächtiger Belagerungsmaschinen, wie sie sagen: Tancred, Fürst Galiläas, und Graf Reimund von Aguilers. Unter den Kreuzrittern bricht Raserei aus, ihr Blutdurst reißt die Reste ritterlicher Gebote und alle Ehre hinweg. Sie erschlagen und morden Tausende: Kinder, Frauen, Männer. In den Gassen Jerusalems watet Tjard von Sondersfurth bis zu den Knien im Blut zwischen den Leichen. Er weiß, daß das Entsetzen nicht mehr zu steigern ist, und irrt: Als Kreuzritter die Große Synagoge anzünden, in die sich alle Juden der Stadt geflüchtet haben und in der sie qualvoll sterben, ekelt es ihn vor Priestern, Bischöfen, Äbten und einem Gott, in dessen Namen die Greuel begangen werden. Ob Abt Maurus im Bett stirbt oder qualvoll von der Hand Tjards, bedeutet nichts.

Auge um Auge, Zahn um Zahn, dachte Tjard. Die erste Seite aus dem Altarbuch, mit einem Stein beschwert, hatte ein Dorfbewohner gefunden und war damit zur Abtei gerannt. Abt Maurus schickte vier berittene Landsknechte – die Abtei besaß nur vier Reitpferde – aus. Sie fanden an drei Tagen weitere Seiten: zwei Seiten am zweiten Tag, dann drei, dann vier. Jeder Fund lag weiter von der Abtei entfernt, und jeden Tag wartete Tjard auf Maurus selbst. Er hatte den starken Grauschimmel gesattelt, trug Kettenhemd, Schild und Schwert.

Aber auch am fünften Tag wagte sich Maurus nicht aus dem Schutz der Abtei heraus. Von seinem Versteck hinter der überwucherten Burgmauer beobachtete Tjard die Straße zur Furt. Michael war aus dem Weinberg ins Dorf zurückgekehrt, Arneida kam jeden Abend singend zur Burg; Tjard glaubte, sicher zu wissen, daß Maurus sie beobachten ließ. Ob sie mit dem Abt sprach, war ihm fast gleichgültig geworden.

«Ich hab warten gelernt, Maurus», brummte er und zupfte an der Bogensehne. Der surrende Ton marterte seine Ohren. «Wenn's sein muß, bis zum Winter.»

Von Arneida hatte er erfahren, daß die Mönche angstvoll zitternd an nächtliches Teufelswerk glaubten. Sie hatte es von Bauern gehört, jene von den Bewaffneten und den Insassen des Klosters. Seit vorigem Mittag läutete die Glocke wieder, aber auch ihr Klang schien zaghafter, zittriger zu sein als bisher. Tjard machte es nichts aus, geduldig zu warten. Sein Zorn, sein Haß auf Maurus waren gespannt wie ein Bündel Sehnen, das sich in seinem Arm fortsetzte bis in die Schwertspitze.

Am sechsten Abend kletterte Arneida mit frischem Wein im Krug abseits der Burgstraße den Hang herauf und blieb keuchend und schwitzend vor Tjard stehen. In weniger als einer Stunde begann die Nacht, das Warten war für heute vorbei. Tjard hatte den Grauschimmel abgesattelt und striegelte das Tier.

«Morgen werden sie nach dem Dieb suchen, der das Buch gestohlen hat», sagte sie, tauchte ihr Tuch in den Eimer und kühlte sich ab. «Die jungen Bauern müssen helfen.»

Tjard ließ sich einen vollen Becher reichen, trank und lächelte, trotz seines Argwohns, in ihre Augen. «Ist mein Name gefallen? Weißt du mehr?»

«Ich hab Euch zum erstenmal lächeln gesehen, Herr Ritter.» Arneida schüttelte den Kopf. «Niemand spricht von Euch. Sie glauben an böse Geister und Zauberei.»

«Und so soll es bleiben», sagte er vorsichtig. «Willst du unser Essen richten? Ich führ das Pferd zur Weide.»

Er legte die trockene Satteldecke auf, darüber locker den Sattel und brachte den Grauschimmel zum Fuß des Hügels, wo gutes Gras wuchs. Den Sattel versteckte er zwischen Buchengebüsch und schonte seine Kräfte, als er die Straße zum Burgtor nahm. Er holte die Lanze aus der Ecke hinter dem Torpfosten und lehnte sich gegen den Turm des Bergfrieds; das letzte Licht der Dämmerung schwand. Er schlug Feuer, um die Kerze anzünden zu können. Sie aßen, redeten leise miteinander und trieben heftig niedere Minne, von Mückenschwärmen umtanzt, im Licht des Vollmonds. Weit in der Ferne wetterleuchtete es, aber sie hörten keinen Donner.

vier stunden nach sonnenaufgang, nach dem zweiten Läuten, öffnete sich das Tor der Abtei. Maurus von Sondersfurth ritt heraus, von drei Landsknechten zu Pferd geschützt. Im Dorf warteten zwei Dutzend junge Bauern. Die Lanzen der Bewaffneten waren mit Kirschbaumholz neu geschäftet; jeder war behelmt und bis zum Gürtel gerüstet. Maurus hielt im Dorf kurz an, deutete zum anderen Ende des Tals und gab seinem Pferd die Sporen.

Zwischen den Pappeln auf halber Höhe des Burghügels saß Tjard im Sattel und sah zu, wie die Gruppe am letzten Haus vorbei auf der Straße näher kam. Was die Knechte und die Dörfler wirklich suchten, dachte er, blieb rätselhaft. Sie konnten tagelang, in noch größerer Zahl, sich durch jene Wälder kämpfen, in denen gerodet worden war, ohne ihn zu finden. In die undurchdringlichen Waldstücke wagte sich niemand. Ob sie zur Burg kamen, zeigte sich vielleicht, wenn sie am Kreuzweg waren.

Tjard lehnte sich auf den Lanzenschaft und wartete im Schatten. Mächtige weiße Wolken ballten sich im Westen und krochen in die Höhe. Ein Landsknecht rief etwas, deutete nach vorn und galoppierte los. Er sprang vom Pferd, bückte sich und schwenkte die Buchseite, die mitten auf dem Kreuzweg gelegen hatte. Wenig später sammelte sich die Gruppe, teilte sich, und mehr als ein Dutzend, darunter Maurus und ein Berittener, näherten sich in weit auseinandergezogener Linie langsam dem Burgberg. Tjard wartete, bis sie hinter dem Waldstück verschwunden waren, dann lenkte er das Pferd rückwärts zwischen den Bäumen hinaus und ritt im Schritt den Weg hinunter. Einen Steinwurf vor der Stelle, an der sie ihn sehen mußten, hob er die Lanze und rammte sie tief ins weiche Erdreich, so daß sie senkrecht steckenblieb. Er nahm den Bogen auf die Schulter, zog einen Pfeil aus dem Köcher und schloß den Kinnteil des Kettenhemds. Jetzt sahen nur die Augen und das rußgeschwärzte Gesicht zwischen den Ringgliedern hervor; den Bart hatte er mit dem Dolch geschoren, nachdem ihn gestern Arneida verlassen hatte.

Sein Pferd wechselte in Trab. Als die ersten Gestalten zwischen dem Buschwerk auftauchten, setzte Tjard die Sporen ein und galoppierte bergab. Er drehte den Oberkörper, spannte den Bogen und schoß dem Landsknecht aus kurzer Entfernung den Pfeil durch die Kehle. Im Galopp schoß er den zweiten Pfeil ab, voller Bedauern; das Geschoß traf Maurus' Pferd in den Bug. Noch während der Landsknecht aus dem Sattel fiel und die Bauern schreiend auseinanderstoben, keilte Maurus' Pferd aus, stieg in die Höhe und warf den Abt aus dem Sattel. Der Helm rollte hohl polternd über den Boden.

Tjard holte tief Luft und brüllte: «Weg mit euch, Gesindel!»

Er warf den Bogen auf den Rücken, donnerte auf Maurus zu und zog das Schwert. Maurus hielt einen Streitkolben in beiden Händen und holte weit aus, als Tjard ihn erreichte und niederritt. Der Grauschimmel drehte auf der Hinterhand, Maurus kam auf die Füße, und Tjard sprang zu Boden. Er parierte den Schlag, zerhieb den Schaft der Waffe in zwei Teile und traf Maurus mit der flachen Klinge wuchtig am Kopf. Der Abt sackte zusammen. Tjard sprang auf Maurus zu, fing ihn mit der Schulter auf, ehe der Körper den Boden erreichte, und pfiff. Er stemmte sich mit der Last hoch, als auf den Pfiff sein Hengst herantrabte, und warf Maurus bäuchlings über das

Sattelhorn. Er nahm, während er das Schwert in die Scheide stieß, aus dem Augenwinkel wahr, daß das verwundete Pferd weggaloppierte und von zwei Bauern eingefangen wurde. Tjard stellte den Fuß in den Steigbügel, zog sich in den Sattel und hielt Maurus am Gurt fest.

Die Bauern rannten davon. Zwei von ihnen standen neben dem Toten. Tjard ritt den Weg zum Burgberg hinauf, riß die Lanze aus dem Boden und drang einige Atemzüge danach in den Wald ein, wo er sie an einen Stamm lehnte. In diesem Wald war er aufgewachsen, und nach einem wilden Galopp zügelte er das Pferd, ritt im Kies eines Bächleins aufwärts, in dessen Wasser sich das Blut aus Maurus' Wunde spurlos auflöste, wechselte auf Nadelboden, der den Hufschlag unhörbar machte, dann auf einen trockenen Pfad durch Erlenwald. Der Pfad führte auf die Dämme jener Uferlandschaft, die bei jedem Hochwasser überschwemmt wurde. Ein Urwald aus abgestorbenen Bäumen, frischem Niederwald, Kiesstreifen, Brükken aus modernden, niedergebrochenen Riesenbäumen und Felsen, die unvermittelt aus dem Boden wuchsen, hatte nach einer Stunde Tjard und seinen Gefangenen verschlungen.

Er hielt das Pferd an und lockerte den Griff. Abt Maurus, noch immer ohne Bewußtsein, rutschte vom Pferderücken. Tjard schleppte ihn zum nächsten Baum, entfernte die Rüstung und zog Maurus splitternackt aus. Das Kreuz an der goldenen Kette hängte er ihm wieder um den Hals. Dann zerriß er Maurus' Hemd, verband ihm mit dem mehrfach gefalteten Streifen die Augen und knotete einen Knebel, der sich zwischen seinen Zähnen spannte. Mit Lederschnüren, die er aus dem Seil entflochten hatte, zog er die Arme des Abts um die schorfige Ulme und band die Handgelenke so wenig straff aneinander, daß der Gefangene sich noch zu bewegen vermochte. Das gleiche geschah mit den Beinen.

Maurus atmete heftig und schien aus der Besinnungslosigkeit zu erwachen. Das verrottete Lederband des Dolchgriffs riß, und Tjard wickelte den Rest ab und warf ihn weg. Zweimal vergewisserte er sich, das sich sein Gefangener weder losreißen noch die Fesseln durchscheuern konnte; während er die Rüstung in die Kleider einwickelte und zu einem Bündel schnürte, verdunkelte sich über den Baumkronen der Himmel. Leises Donnern rollte durch die Baumstämme heran.

Tjard blickte schweigend zu Boden: Ameisen begannen auszuschwärmen. Der Geruch des kalten Schweißes, der den weißen Körper bedeckte und die Haut aussehen ließ wie den Bauch eines Fisches, umgab Maurus wie eine Wolke, die schon sirrende Stechmücken anlockte. Als Tjard das Bündel hinter dem Sattel festschnallte, kam Maurus zu sich, begann zu stöhnen und an den Fesseln zu reißen, murmelte undeutliche Flüche oder Gebete und drehte den Kopf hin und her.

Tjard bedeckte seinen Mund mit der Hand und sagte: «Nicke, wenn du mich verstehst. Gott, der die Bösen straft, hat dich hierhergeführt. Dein Leiden beginnt jetzt.»

Ein lauter Donnerschlag beendete Tjards Rede. Hinter dem Knebel stöhnte Maurus kopfschüttelnd Undeutliches. Schweiß lief in breiten Spuren über seinen Körper. Tjard packte das Sattelhorn und stellte den Fuß in den Steigbügel.

«Dein Peiniger wird zurückkommen, wenn es an der Zeit ist.»

Als er sich im Sattel zurechtsetzte, schlug weit entfernt der Blitz ein. Weißes Licht zitterte durch den dämmerigen Wald. Rauschend schüttelten sich die Wipfel, das schrille Summen der Mücken nahm einen bösartigen Ton an. Tjard wendete den Grauschimmel und trabte auf den lichteren Teil des Waldes zu, dorthin, woher er gekommen war. Ohne Mühe fand er die Lanze; er hatte die Waffe nicht gebrauchen müssen. Das grelle Licht der Blitze wurde häufiger, die Donnerschläge lauter; das Gewitter näherte sich dem Tal. Als Tjard den Schimmel in den Bachlauf lenkte, fuhren die ersten Sturmstöße durch den Wald. Aus wenigen Tropfen, die schwer wie Steine ins Blätterdach und in die Büsche schlugen, wurde Schlagregen, der Roß und Reiter durchnäßt hatte, als Tjard den löchrigen Schutz des Torhäuschens erreicht hatte und aus dem Sattel stieg.

Von einem Hinterhalt oder einer Falle war nichts zu spüren. Arneida wartete, wie sie versprochen hatte, mit trockenen Laken und Tüchern, frischem Brot und Nachrichten. Tjard war sicher, daß Arneida, falls sie im Auftrag des Abts zu ihm gekommen war, inzwischen die Seiten gewechselt hatte. Sie hatte alles, was der Ritter besaß, in den ersten Raum des Burggewölbes geschafft, in den es nicht hereinregnete, und eine Kerze angezündet. Sie half Tjard aus dem Kettenhemd, den Rüstungsteilen und den nassen, klebrig stinkenden Kleidern. Er blickte in den winzigen Spiegel, einer Beute aus Akkon, und erschrak: Durch Schweiß und Regen war sein geschwärztes Gesicht zu einer schmierigen Fratze der Entsetzlichkeit geworden.

«Sie trauen sich nicht mehr aus dem Kloster heraus, Herr», sagte Arneida durch das Geräusch des Regens. «Sie zittern und beten. Den Landsknecht haben sie ohne Segen verscharrt. Ich hab mit Michael geredet. Er weiß von nichts. Lebt Maurus noch?»

«Er ist allein mit sich, seinen Sünden und dem Gewitter.» Tjard hob ein paar Tücher auf; Arneida hatte das Gewölbe, in dem der Donner widerhallte, so sauber und wohnlich gemacht, wie es gerade möglich war. «Und mit Ameisen, Stechmücken und der langen Nacht. Wenn ihn der Blitz erschlägt, stirbt er gnädig.»

Sie strich sich das Haar aus der Stirn, deutete auf einen wassergefüllten Kessel über einem Holzstoß und hob die Schultern. «Legt Eure Kleider über die Büsche. Der Regen tut ihnen wohl; nachher wasch ich sie.»

«Nimm viel trockenes Holz», sagte er. «Sie werden im Gewitter den Rauch weder sehen noch riechen.»

Er nickte ihr zu, raffte zusammen, was er brauchte, und rannte die saubergefegte Steintreppe hinauf, in den strömenden Regen und zum Brunnen. Während er den guten Geruch wiedererkannte und genoß, der aus den trockenen Gewächsen aufstieg und aus dem Wald heranwehte, empfand er die gründliche Waschung wie eine Erleichterung, eine kühle, strömende Absolution aus den Wolken.

Nur tiefrote Glut war vom Feuer übrig, das Gewölbe war trocken geblieben. Im Gewitter, auf dem nassen Gras, hatte Tjard die Frau genommen, nachdem ihn ihr nackter Körper verführt hatte. Um Mitternacht, als der milde Regen endgültig aufgehört hatte und sich nach dem Gewitter wieder die Sterne zeigten, sah Tjard schläfrig zu, wie Arneida die gewaschenen Tücher und Kleider in den Burghof trug. Bis Mittag würde die Sonne sie getrocknet haben. Obwohl es undenkbar schien, daß sich jemand in die Burg wagte, lagen Tjards Waffen griffbereit auf den Resten eines Türblatts, unmittelbar neben dem Mantel und dem Lager aus Laub, Heu und raschelndem Blattwerk. Er blickte ins Kerzenflämmchen, begrübelte das Vergangene des Tages und was er nach Tagesanbruch zu tun hatte. Er schlief ein und erwachte lange nach Sonnenaufgang. Tief, gesund und traumlos war sein Schlaf gewesen.

> Arneida, die Blanka immer noch Blumen bringt, läßt Tjard unsicher werden wie auf dem nächtlichen Markt Edessas: Im klaren Plan seiner Rache hat sie keinen Platz, und es ist, als lenke sie die Waffe zur Seite oder ließe die Schneiden stumpf werden. Die Zufriedenheit nach leidenschaftlichen Nachtstunden kühlt und mindert seine heiße Wut und macht, daß er glaubt, angreifbar zu sein. Zudem trägt er Verantwortung für sie. Seit den Raubzügen auf dem Weg nach Konstantinopel, wo Petschenegen und Byzantiner die plündernden Ritter angriffen und wo Tjard beinahe gegen die eigenen Leute kämpfen mußte, braucht er sich nur um sich selbst zu sorgen. Nun ist Arneida da, bietet ihm in der Vollmondnacht ihren Körper an und hilft bei täglichen Ver-

richtungen. Zu spät, sie wegzuschicken; er will es auch nicht. Wenn seine Rache ihr Ziel erreicht hat, wird er Arneida vergessen.

Tjard hielt den Rappwallach an, knotete den Zügel an ein nasses Bäumchen, zog den Dolch und stapfte unter den tropfenden Baumkronen auf Maurus zu. Irgendwo heulte ein Wolf, ein anderer antwortete. Am Hang des Damms keckerte ein Fuchs. Der Gefangene hing in den Fesseln, er stand im eigenen Kot, über den schillernde Käfer wieselten. Über den Körper verlief eine Straße schwarzer Ameisen, die Haut war von eiternden Mückenstichen übersät. Maurus atmete keuchend und hob den Kopf, als er die Schritte hörte. Tjard versuchte, den festgezogenen Knoten des Knebels zu öffnen, aber der Stoff war naß und hart; er durchtrennte ihn mit der Dolchschneide.

Ohne die Stimme zu verstellen, sagte er: «Du hast erst eine Nacht hinter dir. Burgherrin Blanka, die kleine Agnés und die anderen haben monatelang gelitten.»

«Ihr seid Ritter Tjard, nicht wahr? Bindet mich los, um Gottes Barmherzigkeit willen.»

«Ja. Gott mag bisweilen barmherzig sein», sagte Tjard und ritzte ein Kreuz in Maurus' Brust. Blut quoll aus der Schnittspur. Der Abt kreischte und wimmerte, riß den Kopf hin und her. «Ich bin es nicht. Nicht erst seit Jerusalem weiß ich, wie es sich qualvoll stirbt – du wirst es erfahren, Schinder.»

Er schob den Dolch zurück und holte einen Holzbecher voll unvermischtem Wein, setzte ihn an Maurus' rissige, blutende Lippen und wartete, bis er ihn keuchend geleert hatte. Dann holte Tjard einen Ledersack Wasser und schüttete ihn über dem Abt aus. Die Gewitternacht als blinder und stummer Gefangener, allein mit sich selbst, hatte ihn mehr gezeichnet als Mücken und Wunden.

Maurus atmete mit rasselndem Keuchen und stieß hervor: «Was wollt Ihr, Ritter? Habt Erbarmen – wir wußten, daß

Weltuntergang und Jüngstes Gericht nahe sind. Sündenfrei und rein wollten wir dem Herrn gegenübertreten.»

Tjard hörte sich lachen und fragte sich, ob auch sein Verstand sich zu verwirren begänne.

«Dem Herrn wirst du zweifellos gegenübertreten, Abt. Die Stunde bestimme ich.» Tjard ließ die Arme sinken und betrachtete die Jammergestalt. In seinem Inneren regte sich nichts. Er erschrak: Selbst seine Wut schien gestorben zu sein. «Ich werde dich schänden, so wie du Blanka und Agnés geschändet hast; auf meine Art. Sei beruhigt: Ich hab's gut gelernt, Greuel im Namen des Herrn zu verüben.»

«Nehmt meine Binde ab, Ritter Tjard!»

«Noch nicht. Du sollst das Grauen der ewigen Finsternis erfahren, bis zu deinem verdammten letzten Atemzug. Daraufhin wird's wieder hell, Abt. Rot, Flammen, ewiges Feuer der Hölle. Und all die silbernen Pokale voll von unserem Wein, Abt Maurus von Sondersfurth, die du am Tisch meines Vaters und an meinem Tisch getrunken hast, werden die Höllenglut nicht löschen können.»

Während Tjard die Fesseln prüfte, streckten sich die Finger des Abts zitternd nach dem Dolchgriff aus und zogen sich wieder zurück.

«Du bleibst. Ich komme wieder.» Er achtete nicht auf die Bitten, das Winseln und Schreien des Gefangenen und stieg in den Sattel. Auf dem Damm, neben dem das brackige Wasser mehr als eine Handbreit gestiegen war, ritt er zurück. Einmal wandte er sich um. Maurus' Geschrei hatte aufgehört, und im lehmsandigen Boden begannen sich die Hufspuren mit Wasser zu füllen.

Arneida hatte die trockenen Tücher gefaltet und den Reitermantel gewaschen. Er trocknete in der Mittagssonne, am heißen, wolkenlosen Himmel. Tjards gesamte Ausrüstung lag auf dem Boden ausgebreitet, geputzt und glänzend wie der Helm. Arneida war ins Dorf gegangen. Tjard setzte sich grübelnd an den Brunnenrand, und einer plötzlichen Eingebung folgend, begann er mit einem Rundgang durch die Trümmer, den Schutt und die erhaltenen Teile seiner Burg.

Abends, als Arneida summend den Burghof betrat, mit fröhlichen Schritten und einem schweren Korb auf der Schulter, saß Tjard auf den Stufen des Haupthauses, Krug und Becher neben sich.

Er klatschte sich auf die Schenkel und sagte: «Setz dich zu mir. Morgen oder in zwei, drei Tagen sollen der Dorfschulze, der Küfer Michael und der älteste Bruder aus der Abtei, einer, der sich nichts hat zuschulden kommen lassen, am Kreuzweg bei der Furt warten. Ich sag dir, was ich entscheide.»

«Geht Ihr fort, Herr Ritter?»

«Noch nicht», sagte er, legte den Arm um ihre Schulter und streichelte ihre bebende Brust. «Erst wenn Abt Maurus genug gelitten hat.»

AM NÄCHSTEN TAG prüfte Tjard auf der versteckten Weide die Pferde, deren Läufe, Hufe und Eisen. Er brachte beide Sättel zur Burg, trocknete und fettete sie ein, ebenso wie das Kettenhemd. Nachts lief er zu den Weinbergen und verkleidete einen Weinstock mit Gewändern und Teilen der Rüstung als Abt Maurus und band der Fetzengestalt das Altarbuch in den Arm. In der Burg packte er seine Habe in die Satteltaschen, bis auf die schweren Gürtel voller Münzen, die er vergraben hatte. Er handelte äußerlich unbewegt, als habe er einen langbedachten Plan, und ritt am Morgen zu seinem Opfer.

An Maurus' Waden und Knien hatten Wölfe oder der Fuchs gefressen; die Wunden erinnerten Tjard an das Blutbad in Jerusalem. Der Abt war wach und hing mit abgestorbenen Händen in den Lederschnüren. Geschwüre bedeckten seinen Körper von der Stirn bis zu den Zehen. Die Goldkette und das juwelengeschmückte Kreuz bildeten einen irrwitzigen Gegensatz. Tjard flößte ihm Wein und Wasser ein und sprang zurück, als Maurus schreiend seine Blase leerte.

Dann sagte er: «Drei Nächte, Maurus, gegen sechzig oder neunzig Tage und Nächte. Wie geht es dir?»

«Tötet mich.» Die Stimme war so verkrustet wie die Wunden. «Erlöset mich. Ich hab's schon seit damals ... bereut.» Er hob den Kopf. «Gott hat uns damals mit Verwirrung geschlagen und mit Üblerem. Macht ein Ende, Ritter.»

«Es ist nicht an der Zeit», sagt Tjard kalt. «Du bist noch nicht bereit für die Ewigkeit.»

«Aber ...»

«Es gibt kein Aber im Angesicht der Hölle, Abt.» Tjard schob die Augenbinde mit dem Dolch auf Maurus' Stirn.

Der Abt blinzelte mit roten, geschwollenen Augen, dann fiel sein Blick auf den Dolch, dessen Steine im Sonnenlicht blitzten. Er zuckte zusammen und schluchzte auf, dann stammelte er: «Der Dolch ... Quedlinburg ... Nein, Gernrode! Wie kamt Ihr zu dem kostbaren ...?»

Tjard bewegte die Schneide vor Maurus' Augen, so daß er die Buchstaben erkennen mußte. «Du kennst ihn?»

«Die Reliquie von Gernrode!» Der Abt schluchzte und stotterte. «Der Dolch des Judas ... Die heilige Lucia soll mit ihm erstochen worden sein! Aber die Äbtissin wurde betrogen ... Es war der Dolch Kaiser Karls!»

Tjard betrachtete den Waffengriff, zuckte mit den Schultern und näherte die Spitze der Nasenwurzel des Abts. Maurus schloß die Augen und schien zitternd den tödlichen Stoß zu erwarten. Tjard zerrte mit der Waffe die feuchte Binde wieder über die Augen des Abts und trat einige Schritte zurück. Er sicherte den Dolch, reinigte den Rand des Bechers und schüttete ihn voll Wein, trank mit kleinen Schlucken und spürte, wie Übelkeit in seinem Magen heraufkletterte. Er zwang sich, den Blick abzuwenden, bestieg den Rappwallach mit der Stirnblesse und ritt, ohne sich umzudrehen, zur Burg.

Die drei Männer hockten am Wegrain, standen auf und warteten unsicher, bis der Ritter sein Pferd zügelte. Er war gerüstet, als ginge es in den Krieg. Weder sein Schild noch der Waffenrock trugen ein Wappen, auch das Fähnlein an der Lanze war ausgeblichen. Aus den Löchern und Schlitzen des Topfhelms dröhnte seine Stimme:

«Ihr werdet in der Burg silberne und goldene Münzen finden. Bezahlt Handwerker oder tut es selbst. Zimmert neue Dächer, schafft den Schutt weg, macht Burg Sondersfurth bewohnbar, bis Tjard eines Tages aus dem Heiligen Land zurückkehrt und in seinem Besitz leben will, zum Wohle für alle.»

«Herr!» sagte Michael. «Wer seid Ihr, daß Ihr uns befehlen könnt?»

«Der Blutsbruder von Tjard von Sondersfurth. Wir trafen uns fernab des Landes und wurden Freunde. Mir gab er das Gold, mit dem ihr alles bezahlen könnt.»

«Seid Ihr es gewesen, der unseren Abt Maurus hat verschwinden lassen?»

«Ich habe Tjards Rache vollzogen. Der Abt ist nicht ganz aus dieser Welt verschwunden; folgt eines Tages den Spuren, die aus der Burg hinausführen, in den Uferwald. Wenn ihr ihn findet, werdet ihr sehen, daß er sein gerechtes Ende gefunden hat.»

«Herr Ritter», sagte der Dorfschulze. «Warum bleibt Ihr nicht hier und sagt uns, was wir tun müssen?»

Langsam senkte der Ritter die Lanze. Sonnenlicht funkelte auf dem Stichblatt. Lange Zeit sagte der Gerüstete nichts, der Grauschimmel stand reglos wie ein Fels; nur seine Ohren spielten.

«Ich gab Tjard von Sondersfurth mein Wort. Ich muß weiter. Dorthin, wo ich unter Menschen bin, die Tjard lieben könnte. Tut, was ich befohlen habe. Geht jetzt! In sieben Tagen kommt zur Burg. Lauft mir nicht nach; es ist sinnlos, und die Welt außerhalb dieses Tales ist voller Hader, Krankheit und Wirrnis. Und du, Mönch, sag deinen Mitbrüdern, daß Weltuntergang, Armaggedon und Jüngstes Gericht noch tausend Jahre auf sich warten lassen.»

Er deutete mit dem Stichblatt der Lanze nacheinander auf die drei Männer, hob die Waffe, bis sie senkrecht aufragte, und kitzelte das mächtige Pferd mit den Sporen. Im dumpf polternden Galopp ritt er zur Burgstraße, deren Sand noch dunkel war vom Gewitterregen.

Die Spitze der Dolchschneide glitt hinter den Stoff. Mit einer raschen Bewegung durchtrennte Tjard die Augenbinde. Sie fiel in den stinkenden Kot, in dem Maurus' Füße schwärten. Er war zu schwach, um zu erschrecken, aber er richtete den blinzelnden, tränenden und taumelnden Blick auf Tjards gebräuntes und eingeöltes Gesicht. Das einstmals fuchsige Gesicht und der Körper waren kaum mehr von dieser Welt.

«Daure ich Euch nicht, Ritter?» brachte der Abt stockend hervor. «Kein Mitleid? Ihr könnt nicht verzeihen. Vielleicht vergibt mir Gott.»

«Rechne nicht damit.» Langsam hob Tjard den Dolch, näherte dessen Spitze seinen Augen und zog die Schultern in die Höhe, als käme eisiger Winter über ihn und Maurus. «Nicht Gottes Gnade, sondern, wenn überhaupt, meine vermag dich zu erlösen.»

Er spannte die Muskeln und versenkte seinen Blick in Maurus' Augen. Die Tiefe des Einverständnisses ließ Kälte über seine Haut streichen; die Härchen richteten sich auf. Es war wie eine Folge von Blicken aus der tiefsten Hölle hinauf zu den Lebenden. Blanka. Agnés. Er selbst, Arneida. Die Fragwürdigkeit allen Lebens. Tjard holte weit aus und rammte mit all seiner Kraft, ohne den Blick aus Maurus' flackernden Augen zu lösen, den Dolch durch dessen Brust bis tief in den Baum hinein. Der Abt starb schweigend, mit einem stillen, stinkenden Hauch aus der Kehle, der ihm Erlösung sein mochte.

Nach dem Morden und Schänden, nach dem Blutbad in der Mitte der Heiligen Stadt hat sich Tjard abgewandt. Von den weltlichen Herrschern und von einem Gott, der solcherart geschehen läßt, ohne die Mörder mit seinen Blitzen zu erschlagen. In vier Jahren hat er Schönes und Schreckliches erlebt; die Heere der Fürsten, Bischöfe und des Papstes zehren das Land aus, durch das sie sich wälzen, mit Wagen voller Dirnen, Waffen, mit eigenem Schmutz, Ungeziefer, mit Intrigen, Krankheiten und eigener Gewalttätigkeit. Auf dem Ritt zurück nach Norden, als er nach al-Khadisiya, nach Jerusalem, zurückblickt, ist er gewiß, daß der sicherste Weg nach Hause ein einsamer Ritt sein wird. Gesund, unverwundet und reich hat er Sondersfurth erreicht.

Das silberne Licht des Sonnenaufgangs ließ die frühherbstliche Färbung der Blätter aufleuchten. Als Tjard zwei Drittel der Burgstraße hinuntergeritten war, mit all seiner Habe und beiden Pferden, ausgeschlafen, aber auf rätselhafte Weise gleichermaßen erschöpft und die Wohltat des Vergessens anzunehmen bereit, trat ihm Arneida in den Weg.

«Nehmt mich mit, Herr Ritter», sagte sie.

Tjard straffte die Zügel und betrachtete sie lange und schweigend, dachte an leidenschaftliche Nachtstunden und gewaschene Kleider und Tücher und daran, daß sie vielleicht die Vertraute des toten Abts war.

«Nein, Schönste», sagte er schließlich, halb in der Gegenwart und halb in fragwürdiger Zukunft befangen. «In der Art Leben, dem ich entgegenreite, hat eine Frau keinen Platz. Du müßtest viel entbehren und leiden; wozu? Hier lebt es sich allemal besser.»

«Wohin reitet Ihr, Ritter?» fragte sie und knotete einen prallen Proviantsack ans Sattelhorn. «Alles würde besser sein als hier.»

Sie lief neben ihm her. Er lenkte die Pferde zur rheinaufwärts gelegenen Furt und schwieg. Als die Vorderhufe des Grauschimmels ins Wasser tauchten, sagte er: «Besser?» Er zuckte unter dem Kettenhemd mit den Schultern. «Kaum.

Folg meinen Hufspuren in den Wald. Der kostbare Dolch gehört dir – zieh ihn heraus.»

«Ich tu's. Werdet Ihr zurückkehren? Zur Burg?» Sie blieb stehen und weinte, hob zaghaft eine Hand. «Allein oder mit einer anderen, Herr Ritter?»

In der Mitte der Furt, die Stiefel bis zur Mitte der Waden im Wasser, drehte er sich halb herum und sagte: «Ich weiß es nicht.»

4. Von der blutigen Mission eines Tempelherrn und warum die Kathedralen auf dem Dolch des Kaisers fugen

THOMAS R. P. MIELKE

Ja, es trifft zu – ich bin ein dreifacher, von aller Welt gesuchter Mörder! Und ich bereue nichts. Aber ich habe einfach keine Kraft mehr, und deshalb bin ich verzweifelt und verfolgt, vor Kälte und Erschöpfung eher dem Tode als einer Rettung nahe, vor dem Kirchenportal des ehrwürdigen Damenstifts auf dem Hügel von Quitlingaburg in der Diözese Halberstadt zusammengebrochen. Wenn überhaupt, dann hätte ich nur hier die Rettung finden können, die mir sämtliche Großen der Kirche und die verfeindeten Könige im Abendland verwehren …

Ich spüre noch das wilde Schneegestöber. Es dringt bis unter meinen halblangen französischen Wollmantel. Ich hatte ihn in Köln mit einem Sud aus Waidpflanzen blau färben lassen, damit mich weder meine Verfolger noch die Eingeweihten, zu denen ich einmal gehört hatte, allzuleicht erkannten. Die kaum vernarbten Wunden in meinem Gesicht, mit denen ich mich durch meinen alten Dolch absichtlich entstellt habe, schmerzen und brennen nicht mehr.

Viel schlimmer ist der andere Schmerz – diese grausame Gewißheit, daß ich niemals mehr den Schlußstein über den

Gewölben der großen, prächtigen Kathedrale einsetzen werde, mit der ich alle anderen endgültig übertrumpfen wollte …

Mit dem linken Arm habe ich vergeblich versucht, den Bronzegriff des Kirchenportals zu erreichen. Ich halte mit dem anderen Arm den Ledersack umklammert – den Sack, in dem ich jenen Pergamentfetzen verwahre, der allein erklären kann, was nach der Eroberung Jerusalems am 15. Juli des Jahres 1099 mit den Tempelrittern, den neuen gotischen Kathedralen und dem Dolch Karls des Großen wirklich geschehen war.

Zweihundert Jahre, nur wenig mehr als zweihundert Jahre und doch alles, alles vertan …

Ich spüre kaum noch, wie sich ein abgezehrt wirkender, nur schemenhaft im Schneegewirbel auftauchender Mann vorsichtig über mich beugt und meine Taschen und meine Joppe unter dem kurzen Mantel schnell und mit harten Fingern durchsucht.

Ich fühle mich beinahe wie eine tote Kreatur auf den Stufen neben dem Kirchenportal. Mit letzter Kraft versuche ich einen Hilferuf. Ob er so klagend klingt, wie ich ihn bereits dreimal von meinen Opfern gehört habe? Drei Männer sind von mir in den vergangenem fünf Jahren getötet worden – zwei davon Päpste und einer von ihnen sogar mein eigener Vater. Dennoch habe ich mit diesen sorgsam geplanten Morden nichts verhindern können: weder die großen Veränderungen im Abendland noch den Zusammenbruch meines Traums von der größten und endlich vollkommenen, himmelwärts strebenden Kathedrale …

Eine angenehme, aber befehlsgewohnte Frauenstimme verscheucht den hageren Schatten im Schneegestöber, der mich schon gar nicht mehr kümmerte.

«Hierher, Mitschwestern! Hier liegt er … wenn er es wirklich ist!»

Huschende, dunkelgekleidete Schatten bekreuzigen sich, ehe sie sich über mich beugen und mich mit einem entschlossenen Ruck aufnehmen.

«Nicht über den Platz! Bleibt dicht an den Mauern!»

Sie schleppen mich durch die alles verbergenden, alles zum Schweigen bringenden Schneeflocken in der kalten Nacht. Ist dies die Rettung? Ich finde keine Antwort mehr, und alles wird dunkel.

Irgendwann sagten sie mir, daß ich an den Ort meiner Kindheit zurückgekehrt war und Roland von Quitlingaburg heiße. Der Name bedeutete mir nichts, obwohl mir alles, was sich um mich herum ereignete, seltsam vertraut war. Ebensowenig konnte ich mich daran erinnern, was sich außerhalb der schützenden Mauern befand.

Die Wochen gingen dahin, wir feierten Epiphanias, das Fest der Erscheinung Christi; anschließend wurde es noch einmal sehr kalt, und auch der Beginn der Fastenzeit des Jahres 1308 blieb grau und unfreundlich. Erst als sich mit dem Sonntag Palmarum das erlösende Osterfest näherte, schien auch die Natur ein Einsehen zu haben. Draußen wie drinnen regte sich wieder Leben, das lange verborgen gewesen war.

Mit den Forsythien und Weidenkätzchen am Ufer der Bode kam auch das Lachen der Nonnen von Quitlingaburg zurück. Eigentlich hätten sie damit noch warten müssen, bis die dunklen Tücher der Trauer und Passion von den Altären und Kreuzen genommen waren, aber nach diesem langen Winter wollten Farben und Fröhlichkeit nicht länger warten.

In der Karwoche wurde es noch einmal kalt. In der Nacht zum Gründonnerstag kam erstmals ein wenig von meiner Erinnerung zurück wie ein scharfer, durch mein Gehirn stechender Dolchstoß. Ich saß nach Mitternacht allein mit meinem Lederbeutel und einer Kerze im Refektorium. Der plötzliche Schmerz ließ mich aufschreien, wodurch auch die Narben in meinem Gesicht wieder schmerzten.

Ich konnte nicht verhindern, daß mein Greinen durch die Stille des Nonnenklosters klang und die Schwestern aufschreckte. Einige kamen Kreuze schlagend ins Refektorium, um nach mir zu sehen. Selbst die ängstlichen, aber neugierigen Novizinnen schlichen sich bis zum Schein der einzigen Kerze, die hier seit Palmarum nach Mitternacht im hohen Speisesaal flackerte.

Ich hörte sie stöhnen und tuscheln.

«Er ist wieder wach und bei Sinnen!» flüsterten sie.

«Nein ... er phantasiert vom Dolch Karls des Großen ...»

«... und er will beichten!»

Ich konnte mich nicht erinnern, etwas Derartiges gesagt zu haben. Wie schon in den vergangenen Nächten hörte ich Bertrade III., die gestrenge Äbtissin. Sie kam wie stets mit festem Schritt über den Kreuzgang näher. Dann sah ich ihre hohe Gestalt. Sie trug ein Öllicht vor sich her. Und so wie stets war sie auch in diesen dunklen Nachtstunden vollständig und nach der Regel ihres Ordens angekleidet. Es war, als würde sie Nacht für Nacht nur darauf warten, daß ich endlich aus meinem Wachschlaf erwachte. Sofort verschwanden die jüngeren Nonnen wieder in der Dunkelheit ...

Bertrade hatte mir erzählt, daß sie sich väterlicherseits – ebenso wie ich – bis auf die Grafen Lando und Düdo von Hartzhorn an der Straße von Northeim uff Sesen zurückführen konnte. Diese waren schon vor einem halben Jahrtausend beim Beginn der sächsischen Kriege an Kaiser Caroli Magni Seiten zu Rittern und Herren über alle kaiserlichen Feuer ernannt worden.

Über mich selbst hatte sie zudem erwähnt, daß ich auch mit vornehmen italienischen Familien verwandt sein sollte. Ich nahm alles auf, aber es sagte mir nichts, auch wenn ich sah, daß sie ihre Enttäuschung darüber kaum verbergen konnte.

Mit der Zeit erinnerte ich mich, allerdings dunkel, daß meine Mutter niemals den Namen meines Vaters genannt hatte – nur daß er edel, gebildet und über die Mauern der Stadt Anagni hinaus mächtig und hoch angesehen war, hatte ich damals gehört.

Ich erfuhr von Bertrade, daß ich wochenlang zwischen Leben und Tod geschwebt hatte. Doch jetzt stand sie Nacht für Nacht auf und setzte sich zu mir, nachdem sie mich eine Stunde lang mit meinen wichtigsten, aber geheimnisvollen Utensilien im Refektorium allein gelassen hatte. Sie sagte, daß sie von Anfang an unter Androhung allerschwerster Strafen verboten hatte, daß ein Arzt hinzugezogen oder auch nur ein einziges Wort über mich aus dem Stift nach draußen getragen wurde …

Bertrade, die ihr vierzigstes Lebensjahr gerade erreicht hatte und sich noch immer aufrecht und eher stolz als in christlicher Demut bewegte, sah mich wie so oft mit einer eigenartigen Mischung aus Ablehnung, Neugier und distanziertem Mitleid an. Ob es an meiner geringen Körpergröße lag oder an meinem weichen braunen Haar oder meinen dunklen Augen – ich hatte nie sehr viel auf die sehnsüchtigen Blicke von irgendwelchen Weibsleuten gegeben. Doch irgendwie hatte ich in dieser Stunde die ferne Ahnung, daß dies nicht immer so gewesen war …

Ich saß an einem der langen Bohlentische im Speisesaal des Klosters. Mein abgegriffener Lederbeutel lag zusammengefaltet neben einer frisch angesteckten Kerze aus Bienenwachs. Bis auf ein paar Pergamentrollen, einen Stapel Büttenpapier, Schachteln mit Schnüren und ein Tintenfaß mit einer Feder war der große, lange Tisch leer.

«Weißt du endlich, wo du bist – und wer du bist?» fragte sie, aber noch immer schwangen Trauer und Entsagung in ihrer Stimme mit. Ich war mir plötzlich ganz sicher, daß all das etwas mit mir und ihr zu tun hatte …

«Es ist jetzt fünfundzwanzig Jahre her, seit wir beide einander entsagen mußten», sagte sie schließlich, als hätte sie meine Gedanken gelesen. «Ostern des Jahres 1283 habe ich den Schleier anstelle des Brautkranzes genommen. Du aber hast vor fünfundzwanzig Jahren die Hartzberge verlassen, um bei den großen Meistern in den Bauhütten in Frankreich zu lernen, was Zahl und Maß, Winkel und Lot wirklich bedeuteten.»

«Vor fünfundzwanzig Jahren?» fragte ich verwundert.

Sie nickte. «Du warst gerade achtzehn und ich erst fünfzehn. Doch eigentlich habe ich immer gewußt, daß du eines Tages zu mir zurückkehren wirst.»

Ein angenehm warmes und heimeliges Gefühl rann durch meinen Körper. Jetzt erinnerte ich mich wieder. Stück um Stück, und es war wie ein Nachhausekommen ...

In all den Jahren hatten wir nur über Dritte voneinander gehört. Nur einmal wären wir uns bei einer Wallfahrt nach Altötting beinahe im Palast des Bischofs von Freising begegnet. Bertrade war wegen ihrer Kräuterkenntnisse dorthin gerufen worden, ich selbst benötigte ein Empfehlungsschreiben für die Bibliothek des Klosters von Sankt Gallen. Dennoch hatten wir uns nur durch die Steinrosen im Kreuzgang gesehen ...

«Wie geht es dir?» fragte ich jetzt leise.

Sie zwang sich zu lächeln, dann mußte sie sich an der schweren Tischplatte festhalten. Sie setzte sich mit großem Abstand zu mir auf eine der lehnenlosen Bänke. Ich fragte mich, wie oft sie sich ganz andere Begrüßungen, Küsse, Umarmungen und jubelnde Schreie ausgemalt haben mochte, in ihren schwachen, einsamen Stunden, in denen sie nicht allein Braut von Jesus Christus sein konnte.

«Du fragst also, wie es mir geht?» meinte sie nach einer Ewigkeit. Sie schüttelte kaum merklich den Kopf. «Das sollte ich eher dich fragen, Roland. Du bist doch erst zu mir zurückgekommen, als du von aller Welt gejagt wurdest ...»

«Nein, nicht von aller Welt – nur vom König von Frankreich und den Häschern seines willfährigen französischen Papstes Clemens V. Sie wollen gemeinsam alle ausrotten, die mit uns Templern zu tun hatten, und dann den Vatikan nach Avignon in den Machtbereich des Königs verlegen!»

«Auch ich werde dich deinen Richtern übergeben, wenn du gesund genug dafür bist ...»

«Also kein Asyl?» fragte ich und preßte die Lippen zusammen. «Keine große Liebe mehr? Kein Mitleid mit dem Blutsverwandten?»

«Asyl? Du willst Asyl?» fragte sie entrüstet. «Kannst du mir irgendeinen Grund nennen, warum man dich nicht gleich wie einen tollwütigen Wolf mit Sauspießen zu Tode stechen sollte?»

«Das ist nicht gerecht!»

«Nicht gerecht?» empörte sie sich ohne Rücksicht auf meinen noch immer bedenklichen Gesundheitszustand. «Ist es denn falsch, daß der große und mächtige Templerorden durch deine Taten angreifbar wurde und der Bau von Kathedralen zum Erliegen gekommen ist? Und dann kommst du ausgerechnet zu mir, der du nicht einmal die Wahrheit über deine Herkunft erzählen konntest?»

Ich mußte schlucken und die Nase hochziehen. Verlegen wie ein kleiner Junge wischte ich mehrmals mit dem Handrükken über die Nasenlöcher und hustete wieder ein wenig.

«Aber du bist immer noch krank», sagte sie und legte die Stirn in Falten. «Du warst fast tot, als wir dich fanden ...»

«Ich war schon so oft tot in den vergangenen Jahren, daß ich auch jetzt nicht weiß, ob ich noch lebe.»

«Immerhin bist du so lebendig, daß du heute nacht durch dein Jammern erneut das gesamte Stift aufgeweckt hast», sagte sie etwas strenger. Ich spürte, wie mir heiß wurde.

«Was ist wirklich geschehen, Roland? Willst du es nicht erzählen? Wenigstens mir ... als Beichte, um dein Gewissen zu erleichtern. Ich kann nach heißem Würzwein schicken ...»

«Ich habe nichts zu beichten, weil niemand mir vergeben kann. Kein Papst, kein Bischof und auch du nicht! Es würde außerdem zu lange dauern, und ihr habt viel zu tun bis zur Auferstehungsfeier in der Osternacht ...»

«Du hast den einen nicht erwähnt, dem du dich immer anvertrauen kannst», sagte sie sanft. «Nicht mir, Roland. Du kannst dich nur noch Gott anvertrauen ...»

Ich lachte trocken. «Was glaubst du, wie oft ich das schon vergeblich versucht habe! Aber der Gott der Christen will mich ebensowenig wie der Gott des Propheten Mohammed und der Eroberer Jerusalems. Sie wollen mich nicht, weil ich von Anfang an ein verfluchter Bastard war, der dann auch noch zum Dieb und Mörder wurde.»

«Ich lasse keine Messe und kein Gebet aus und höre dir in jeder anderen Stunde zu, wenn du mir jetzt die Wahrheit sagst.»

Ich sah sie lange an, dann seufzte ich sehr tief und hob zwei Finger wie zum Schwur.

Sie strich mit ihrer eigenen Hand abwehrend durch die Luft. «Die ganze Wahrheit», sagte sie streng, «und nicht die doppelte ...»

In diesem Augenblick zerbrach der Widerstand in mir. Ich schloß für einen Moment die Augen. Mein Haß verflog, und ich hatte nur den einen Wunsch, alles zu gestehen. Ich wollte beichten, wie ich zum Mörder wurde ...

«Du mußt sehr weit mit mir zurückgehen, wenn du verstehen willst», sagte ich. «Mehr als zweihundert Jahre ...»

Sie sah mich an, nickte und lächelte so rein und schön, wie ich sie vor einem Vierteljahrhundert gesehen hatte. Ich aber begann noch sehr viel früher ...

Im Frühling des Jahres 1104, sieben Jahre nach der Eroberung Jerusalems durch die Kreuzritter, begleitete ein junger Adliger namens Hugo de Payens den Grafen der Champagne auf einer Pilgerfahrt ins Heilige Land. Hugo hatte Besitzungen, eine hübsche Ehefrau und einen Sohn im Gebiet der Bischofsmetropole Sens, der auch die Bischöfe von Orleans, Troyes oder Paris unterstellt waren.

Nichts hätte den Pilger Hugo über Hunderte von anderen jungen Adligen herausgehoben, wenn er nicht ... ja, wenn er nicht kurz hintereinander zwei ungewöhnliche Erlebnisse gehabt hätte ...

Zum einen wurde er auf der Straße von Tyros nach Sidon am Mittelmeer am hellen Tage überfallen und ausgeraubt. Das war in jenen Jahren ganz und gar nicht ungewöhnlich. Dann aber entschuldigte sich der Wesir des Sultans bei ihm und schickte für eine Nacht eine nicht mehr ganz junge, aber offensichtlich sehr einflußreiche Nebenfrau an sein Krankenlager.

Nach einer in christlicher Nächstenliebe verbrachten Nacht schenkte ihm Arneida, die Nebenfrau des Sultans, einen Dolch, der die Buchstaben KAROLUS auf seiner Klinge trug.

Sie sagte ihm, daß den Dolch ein Geheimnis umgab, das bisher keiner seiner Besitzer erkannt hatte, nicht einmal der Kreuzritter, der ihr die Waffe geschenkt hatte und dem sie immer noch in großer Liebe zugetan sei. Sie selbst habe das Geheimnis erst im Orient gelüftet, wohin sie auf der sehnsüchtigen Suche nach ihrem Ritter gereist sei. Da Hugo sie an ihren Geliebten erinnerte, schenkte sie ihm den Dolch, doch das Rätsel, was es mit der Waffe auf sich hatte, müsse er selber lösen.

Hugo dachte lange über das eigenartige Geschenk und die Worte des Weibes nach, doch seit jener Nacht fühlte er sich als Auserwählter. Er trug den Dolch des Kaisers mit seinen verborgenen Fähigkeiten stets bei sich – auch in den Jahren zwischen 1118 und 1137, als sich sein Lebenstraum erfüllte und er der erste Großmeister des von ihm gegründeten Ordens der Armen Ritter Christi vom Tempel Salomonis zu Jerusalem war …

«Was hat der Dolch des Kaisers mit deinen Mordtaten zu tun?» fragte die Äbtissin.

«Er ist ein Schlüssel für alles», antwortete ich. Der lange Bericht hatte mich sehr erschöpft.

«Möchtest du jetzt etwas trinken?» fragte sie.

Ich schüttelte den Kopf. Sie stand dennoch auf und ging zu der Stelle an der Stirnseite des Refektoriums, an der zwischen dem Kamin und dem Durchgang zur Küche ein kleines Tischchen stand. Auf ihm lagen nebeneinander Lebensbeschreibungen von Heiligen, aus denen während der Mahlzeiten oft vorgelesen wurde. Im Wasserkrug für die Vorleserinnen war noch ein Rest vorhanden. Sie füllte einen Becher und brachte ihn mir. Diesmal setzte sie sich ein wenig näher an mich heran.

«Trink und sprich weiter, sobald dir danach ist.»

Ich dankte ihr und fuhr mit meiner Beichte fort:

«In seiner Eigenschaft als Großmeister eines Ordens war Hugo mehrmals in Rom, aber auch bei seinem Schwager Henri Sanglier, dem Erzbischof von Sens. Dort, wo die Île-de-France, die Champagne und Burgund zusammentreffen, war schon zu Zeiten der Römer eine Hauptstadt des christlichen Glaubens entstanden, deren Prälaten den Titel ‹Primas von Gallien und Germanien› trugen. Am östlichen, sanft ansteigenden Ufer der Ysere wollten der Erzbischof und die Edlen von Sens schon seit längerer Zeit eine neue Kathedrale bauen, die ihre Macht und ihren Anspruch weithin verkünden sollte ...»

«Jetzt übertreibst du aber!» unterbrach die Äbtissin. «Kathedralen werden als Dome zu Ehren Gottes gebaut!» Sie sah mich vorwurfsvoll und ohne jede Bereitschaft an, mir nach meiner frevelhaften Behauptung länger zuzuhören.

«Du glaubst mir nicht?» fragte ich nach kurzem Überlegen. «Dann laß mich erklären, was du für unglaublich hältst! Ich bin ein Baumeister, Bertrade, und muß das sehen, was meine Auftraggeber haben wollen. Und auch erkennen, was hinter allem steht ...»

«Sag, was du willst», stieß sie empört hervor, «aber ich werde dir bei deinen gotteslästerlichen Behauptungen keinesfalls zustimmen!»

«Kannst du bestreiten, daß durch den neuen, den gotischen Stil alles ganz anders geworden ist?» fuhr ich unbeirrt fort. «Die altchristliche Basilika war doch zuerst nichts anderes als das Haus der Gemeinde, das sie sich selbst für ihre Andacht und Zusammenkunft geschaffen hatte. Damals reichten der Bischofssitz – die *cathedra* – und eine in der Apsis umlaufende Bank für alle anderen Priester vollkommen aus.»

Ich sah, daß sie mir folgte, aber noch immer gegen mich war.

«Es sprach auch nichts dagegen, daß der Raum allmählich dort erweitert wurde, wo sich immer mehr Gottesdiener aufhielten», fuhr ich mit zunehmender Kraft fort. «Ja, so entstand der Chor östlich der Apsis ... dann auch ein Querhaus auf der anderen Seite des Altars. Doch irgendwann begann eine Art Gotteslästerung, denn statt des einen Opfertisches wurden immer mehr Altäre eingerichtet. Auch die Heiligen und die Reliquien beanspruchten mehr Platz für die Verehrung. Immer größere Kathedralen – immer mehr Macht und Einfluß für die Kleriker! Und schließlich nahmen sie sich und ihre Rituale wichtiger als Gott selbst ...»

Bertrade war so erschrocken über meine Worte, daß sie nicht einmal mehr protestierte.

Ich sprach immer heftiger auf sie ein: «All dieser weltliche und falsche Pomp, all diese Nichtigkeiten wurden zu eitlem Tand ... als durch den ersten Großmeister der Tempelherren etwas ganz Neues, Überragendes, nie zuvor Gesehenes begann und ...»

Ich brach mitten im Satz ab, hob den Kopf und blickte in die warme Dunkelheit des großen Raumes. Ich sah ganz einfach über Bertrade hinweg und spürte, wie ich mich immer weiter entfernte. Es war, als würde ich hinübergleiten in jene fernen Jahre.

Der Erzbischof von Sens wollte nach den alten und berühmten Plänen der Mönche von Sankt Gallen eine Hauptkirche errichten, die beispielhaft für die Sens unterstellten acht Bistümer werden sollte. Auch Hugo de Payens hatte bei den ersten Schachtarbeiten noch nichts anderes vor. Doch dann, eines Abends, zeigte der Erzbischof Hugo eine der wertvollsten Reliquien des Abendlandes.

«Sie ist eines der vielen Geschenke von Karl dem Großen an die Kirche von Sens», erklärte er, während er zu einer noch sehr neu aussehenden Reliquientruhe ging. Er öffnete den Kasten, an dessen Seiten golden schimmernde Figuren mit reliefartig ausgebildeten Köpfen auf einem blauen Untergrund aus Grubenschmelz zu sehen waren. Dann nahm er mit einem weißen Seidentuch ein schmales goldenes Kreuz heraus.

«Hast du je etwas Schöneres gesehen?» fragte der Erzbischof ergriffen. «Es heißt, daß dieses Kreuz aus fünf Stücken des Kreuzes Christi angefertigt wurde. Wenn ich jetzt noch die Krone des Erlösers bekomme, für die ich schon sehr viel Gold gezahlt habe, dann wird Sens ein zweites Jerusalem ... wichtiger als Konstantinopel und strahlender als Rom ...»

Es muß die Kraft dieser großartigen Reliquie gewesen sein, die den Großmeister der Tempelherren schwach werden ließ. Er mußte all den Schätzen des Erzbischofs etwas entgegensetzen. Er zögerte lange, dann zeigte er ihm den Dolch des Kaisers ...

Das allein hätte vielleicht schon ausgereicht für einen anerkennenden Blick seines Schwagers. Doch Hugo ging noch weiter. Behutsam zog er einen der hellen Schmucksteine aus seiner Einfassung am Griff. Er ließ den Erzbischof von Sens durch den ovalen Kristall blicken.

«Siehst du etwas?» fragte er.

«Der Stein vergrößert ... spiegelverkehrt.»

«Leg ihn hier auf die kleinen Buchstaben auf deinem Plan für die neue Kathedrale. Du weißt doch, was sie bedeuten ...»

«Natürlich weiß ich das! Jeder Mönch und jeder Baumeister kann die karolingischen Minuskeln lesen. Wie die Unzialen zählen sie schließlich zum Erbe des großen Karl.»

«Und diese kleinen, zierlich und rund gezeichneten Buchstaben gehören zu den Erklärungen der Mönche von Sankt Gallen?» fragte der Großmeister der Templer.

«Ich nehme es an, jedenfalls sagt man das.»

«Und du hast niemals etwas anderes in ihnen erkannt?» bohrte Hugo weiter.

Der Erzbischof schüttelte verneinend den Kopf.

«Weil ihr bisher alle falsch gelesen und gesehen habt!» sagte Hugo de Payens erregt. Er nahm den ovalen, nach oben perfekt gerundeten und an der Unterseite glattgeschliffenen Stein. «Ein *Beryllos*», sagte er dann. «Drehe ihn um und halte ihn so vor ein Auge, daß du die karolingischen Minuskeln auf dem Plan der Mönche deutlich erkennen kannst!»

«Beryllos?» fragte sein Schwager verständnislos.

«*Beryllos!* Die griechische Bezeichnung dieses Steins, der auch als Smaragd bekannt ist.»

Der Erzbischof tat, was der Großmeister der Templer sagte. «Die Buchstaben stehen auf dem Kopf. Ich kann nichts mehr entziffern ...»

«Aber ich kann es!» sagte Hugo de Payens triumphierend. Er nahm seinem Schwager den Stein aus den Fingern, hielt ihn vor sein rechtes Auge und begann stockend zu sprechen ...

«Was soll das? Ich verstehe dich nicht!» unterbrach ihn der Erzbischof.

Hugo nahm die *Beryllos*-Linse herunter und lächelte überlegen. «Ach ja, ich vergaß ... du kannst ja weder Arabisch lesen noch verstehen ...»

«Moment mal! Arabisch? Auf den Plänen der Mönche von Sankt Gallen?»

«Ja», sagte Hugo und verriet damit ein Geheimnis, das bereits Karl der Große, sein obskurer Berater Alkuin und die Runde der Eingeweihten gekannt hatten, wenn sie sich zu ihren streng geheimen Beratungen zurückzogen.

«Karl der Große konnte kaum richtig Latein schreiben und lesen, geschweige denn Arabisch», wandte der Erzbischof ein.

«Aber er und seine engste Gefolgschaft hatten nachweislich eine diebische Freude an Rätselspielen, geheimnisvollen Versmaßen der Antike, Salomons Zaubersprüchen und an doppelsinnigen Gedichten und Gerätschaften, in denen immer mehr steckt, als für Uneingeweihte zu erkennen ist.»

«Dann hätten Bagdad und Aachen ja jederzeit geheimste Nachrichten austauschen können, die nur von denen zu entziffern waren, die das Geheimnis der *Beryllos*-Linse kannten.»

«Genauso ist es!» bestätigte der Großmeister der Tempelherren. «Es gab schon immer Hinweise auf eine geheime Zusammenarbeit zwischen dem Verteidiger der Christenheit und Kalifen des Islams.» Er sprang auf, lief erregt in dem nur von einer einzigen Öllampe beleuchteten Raum auf und ab. «Du weißt genausogut wie ich, daß wir uns nie erklären konnten, warum die Mönche von Sankt Gallen höchst ungewöhnliche Pläne für eine ideale klösterliche Stadt zeichneten und Kaiser Karl vorlegten. Du weißt auch, daß dies geschah, lange bevor Jerusalem von den Kreuzrittern zur Stadt des Himmels und der Tempel Salomonis zum Tor ins Jenseits bezeichnet wurde.»

«Ja, das weiß ich», bestätigte der Erzbischof.

«Aber erst mit dem *Beryllos* können wir endlich die wahren Geheimnisse all dieser Pläne erkennen!»

«Und du meinst, wir sollten nicht nach der bewährten Zahl und Regel bauen, sondern nach den verborgenen Anweisungen auf diesen Plänen, die, wie du sagst, aus Bagdad oder Jerusalem stammen?»

«Ex oriente lux!» antwortete Hugo de Payens. «Das alte Wissen geht bis auf die Pyramiden und den Turmbau von Babel zurück. Und wir können verwirklichen, was jenen und auch den Mönchen von Sankt Gallen nicht gelungen ist!»

«war das die doppelte wahrheit?» fragte Bertrade bis aufs äußerste gespannt.

Ich hörte ihre Stimme, aber ich fühlte mich auf einmal unsagbar alt und müde. Ich klammerte mich an mein Wasserglas, dann schlief ich ein. Ich merkte nicht mehr, wie sie tief Luft holte, aufsprang und mich allein zurückließ.

Wir sahen uns erst wieder in der nächsten Nacht. Diesmal war sie selbst erschöpft von den vielen Klagen und Gebeten zum Karfreitag.

Als hätte es den Dolch, die *Beryllos*-Linse oder das Geheimnis der Kathedralen nie gegeben, sprachen wir eine Weile über die Angelegenheiten des Klosters, das Schneegestöber draußen vor den Mauern und darüber, daß der neue Papst Clemens V. nach wie vor irgendwo in Südfrankreich residierte.

«Warum eigentlich nicht in Sens?» fragte sie dann, wie um mich zu locken. Ich verstand und setzte meinen Bericht mit leiser Stimme fort.

Die Kathedrale von Sens wurde ganz anders gebaut als bisherige Gotteshäuser. Monat um Monat wuchs in der Baugrube von Sens etwas auf eine verschwörerische Art Unheimliches heran. Es war, als würde sich ein gewaltiger steinerner Dämon mit krausen, doch kunstvollen Verzierungen wie bei arabischen Buchstaben in den Himmel erheben. Und dann wurde aus Furcht, Unverständnis und Ablehnung zunehmend Bewunderung. Nie zuvor hatte irgendein Priester oder Bischof etwas derartig magisch zum Himmel Hinaufstrebendes gesehen. Und sogleich wollte auch Sankt Denis, die Grablege der Merowinger und Karolinger, eine ebenso phantastische Kathedrale haben.

Einige Monate später traf auch die Christuskrone in Sens ein. Der Erzbischof zeigte die neue Reliquie voller Stolz seinem Schwager. Doch der konnte noch nicht beweisen, daß sein Werk mindestens ebenso groß und bedeutend sein würde, sobald der letzte Schlußstein der Kathedrale eingefügt war. Die beiden Männer schickten alle Bediensteten fort und stritten weiter bis lange nach Mitternacht.

Am nächsten Morgen fanden junge Priester den toten Großmeister der Tempelherren neben der verschlossenen Reliquientruhe mit den Kreuzstücken. Er roch noch stark nach Wein. Sie sahen keinen Dolch – nur ein kleines Pergamentstück mit winzigen krakeligen Zeichen, die aber niemand zu entziffern vermochte. Offensichtlich hatte der sterbende oder auch zu stark bezechte Großmeister vergeblich versucht, noch irgendeine Nachricht aufzuzeichnen ...

Der Erzbischof von Sens ließ verbreiten, daß sein Schwager

im Rausch tödlich gestürzt sei. Er wurde der nächste Besitzer des Dolches und der geheimnisvollen letzten Botschaft Hugos, die den schnell entstehenden Gerüchten zufolge irgend etwas mit den gotischen Kathedralen zu tun haben sollte. Das, was er selbst aus den Gesprächen mit Hugo verstanden hatte, gab er unter strengster Geheimhaltung an vertrauenswürdige Baumeister weiter. Da das neue Gotteshaus noch lange nicht fertig war, ließ der Erzbischof ein eigenes festes Gebäude für die Krone Christi bauen. Und direkt unter all seinen Kostbarkeiten verbarg er das Vermächtnis und den Dolch des Tempelherrn …

Die nächsten Jahre und Jahrzehnte waren wie ein einziges unerklärbares Wunder: Überall auf den Bauplätzen für neue große Gotteshäuser kehrte sich die gesamte Baukunst um. Mauern und Wände der Kirchen öffneten sich. Es war, als würden schwere, tragende Steinmassen wie Vorhänge zur Seite gezogen und mit all ihren unsichtbaren Kraftlinien von Zug und Druck, Schutz und Trutz leicht und wie von Engelshand zu zierlichen Säulen zusammengebunden. Durch die weit nach oben schießenden Pfeiler schienen die Gewölbe und das Dach nur noch zu schweben. Jegliche Schwere fiel von den riesigen Bauten ab, und fast schien es, als würden die neuen, die gotischen Kathedralen sich von ihrer Verankerung in den Grundmauern lösen wollen, um gen Himmel zu steigen. Buntes Licht wogte durch hohe Glasfenster. Und alles, was die erhebenden Gefühle einschnüren oder stören konnte, war nach außen verbannt, in eine steinerne Rüstung aus Strebwerk und stützenden Pfeilern, die wie ein aus Stein geschlagener Kokon den heiligen Lichtraum umhüllten …

Auch in der Nacht zum Ostersamstag schlief ich vor Erschöpfung im Refektorium ein. Diesmal sorgte die Äbtissin dafür, daß einige der älteren Nonnen mich in meine Kemenate zurücktrugen. Sie polsterten mein Lager mit Kissen und deckten mich warm zu.

Vielleicht war es die Fürsorge, vielleicht auch die Summe

vieler Gebete, die mich bereits am frühen Abend des Ostersamstags wieder aufwachen ließen. Bertrade hatte eigentlich überhaupt keine Zeit, als sie kurz nach mir sah. Ich bat sie dennoch, für ein paar Minuten zu bleiben.

«Ich muß dir alles erzählen», sagte ich und griff nach ihrer Hand.

«Nun gut», antwortete sie, «aber nur kurz! Die Osternacht beginnt, und wir bereiten die Feiern zur Auferstehung des Herrn vor.»

«Ich halte dich nicht lange auf», versprach ich und tauchte zum letztenmal in meine Erinnerungen ein ...

Thomas von Aquino, der bei Albertus Magnus in Köln studiert hatte, fand den Dolch mit der *Beryllos*-Linse und das Pergamentstück, als die Christuskrone in die fertiggestellte Kathedrale von Sens überführt werden sollte. Ehe er Dolch und Pergament nach Rom mitnahm, zeigte er beides dem Philosophen Ibn Ruschd aus Cordova, der sich zu dieser Zeit ebenfalls in Sens aufhielt. Beide schrieben damals unabhängig voneinander auf, was kurz darauf als die «doppelte Wahrheit» in die Kirchengeschichte einging. Diese war nichts anderes als die Erkenntnis, daß es für die gleiche Sache stets mehr als einen Blickwinkel geben konnte. Sie bestätigte die Gleichzeitigkeit von Vorstellung und Wirklichkeit. Und sie besagte, daß jede Tätigkeit der Phantasie, alles Fühlen und Denken nur durch den Weg über das Übersinnliche zur göttlichen Vollkommenheit im Sinnlichen gelangen kann.

Das und nichts anderes ist das Geheimnis der himmelwärts strebenden Gotik. Unwissende sehen nur wirre Pfeiler und Türmchen. Aber die Eingeweihten erkennen jene von Licht und Farben, schwebender Leichtigkeit und Glücksschauern erfüllten Portale zu Gott ...

«Und warum mußtest du selbst dann dreimal morden?» fragte Bertrade verständnislos.

Ich lachte bitter. «Hast du nicht mitbekommen, daß alles zu Ende ist?» Ich wußte, daß ich mich zynisch anhörte. «Zweihundert Jahre nach der Eroberung Jerusalems durch die Kreuzritter ist das Heilige Land und damit die große Vision von der himmlischen Stadt mit dem direkten Zugang zum Paradies für immer verloren. Die Johanniter sind auf die Insel Rhodos geflohen, und die Herren des Tempels Salomonis, durch deren ersten Großmeister Hugo de Payens auch die ersten Kathedralen in Frankreich entstanden, machten den Fehler, sich ausgerechnet nach Frankreich zurückzuziehen ...»

«Du meinst, wegen der Schulden, die der König bei ihnen hatte?»

«Viel schlimmer», sagte ich. «Was Karl der Große noch als Bereicherung geschätzt hatte, galt den Beratern von König Philipp als Gotteslästerung. Sie fürchteten sich vor dem fremdartigen und oft geheimen Wissen, das die Ordensmänner aus dem Orient mitbrachten, und wollten ausrotten, was sie nicht verstanden. Auch Papst Bonifatius VIII. gelang es nicht mehr, Johanniter und Templer zu einem einzigen und gegen die weltlichen Könige starken Orden zu vereinen ...»

«Und warum gelang das nicht?» fragte Bertrade ahnungslos.

«Weil ich ebenso wie alle anderen Templer dagegen war», antwortete ich wahrheitsgemäß. «Wir durften das Wissen von Hugo de Payens nicht noch einmal teilen oder verlieren!»

Sie sah mich lange an. «Du hattest einen Begleiter, der dich durchsuchte, als wir dich fanden ...»

«Uns Templern wird gerade auch das vorgeworfen», schnaubte ich ärgerlich.

«Daß ihr stets zu zweit auf einem Pferd reitet? Zu zweit aus einem Breinapf eßt?»

Ich konnte darüber nur lachen. «Das sind nur üble Verleumdungen jener, die nicht verstehen, was die ‹doppelte Wahrheit› ist. Es ist die Furcht vor dem magischen durchsichtigen Schmuckstein vom Dolch des Kaisers, den die Feinde der Kirche niemals gesehen haben und dessen wahre Bedeutung nur eine Handvoll Eingeweihter kennt. Aber es hätte noch eine Gelegenheit für die letzte und endgülige Kathedrale gegeben, denn ich wollte endlich verwirklichen, was weder Hugo de Payens noch irgendein anderer Großmeister der Templer bis auf den heutigen Tag geschafft hat ...»

«Mit dem *Beryllos*-Stein aus dem Dolch des Kaisers ...»

«Ja», sagte ich nur.

«Ich denke, er war verschollen ... im Vatikan im Rom ...»

«Genauso war es, und dort habe ich viele Jahre später alles zum erstenmal gesehen, den Stein, den Dolch des Kaisers und das Vermächtnis von Hugo de Payens. Ich holte schließlich alles aus dem Geheimkabinett von Papst Bonifatius VIII. heraus, der in den Kirchenbüchern von Anagni unter seinem eigentlichen Namen Benedikt Gaetani eingetragen ist ...»

«Du sprichst in Rätseln», sagte die Äbtissin.

«Benedikt Gaetani ist dort geboren – in Anagni, Bertrade. Sagt dir das nichts?»

Sie schüttelte den Kopf.

«Benedikt Gaetani wurde am Weihnachtsfest 1294 Papst in Rom. Aber er war auch einmal als Priester in Freising ... wie wir beide einige Jahre später, Bertrade ...»

Die Äbtissin blickte mich mit ihren großen Augen an. «Nein!» stieß sie entsetzt hervor.

«Doch, es ist so», sagte ich und lachte kurz. «Papst Bonifatius VIII. war mein Vater.»

«Und du hast ihn ...»

«Höre mich an, ehe du mich verurteilst», bat ich eindringlich.

Sie wehrte sich, aber ich griff ihre Hand. Sie war heiß und wollte sich der meinen mit aller Kraft entziehen.

«Bitte, Bertrade!»

Sie schloß die Augen, stöhnte auf und schüttelte den Kopf. Dann rannen Tränen über ihre Wangen. Ich ließ ihre Hand los. Sie stand nicht auf. Und auch wenn ich nicht mehr mein eigener Herr war, ging ich noch einmal in meiner Erinnerung zurück. Wenige Jahre nur, doch am Verlauf dieser Jahre war ich bereits beteiligt, deshalb war das, was ich jetzt erzählte, schon eher Klage als Bericht.

«Wir Kathedralenbaumeister spürten als erste die Folgen des Falls von Jerusalem: Plötzlich, von einem Tag zum anderen, kamen die Brüder mit den Säcken voller Silbermünzen nicht mehr. Sie wurden von Philipps Häschern abgefangen und sofort eingekerkert. Überall verödeten die Baustellen. Meister und Gesellen wanderten ab. Auch bei meiner Kathedrale in Frankreich waren gut zwei Jahre lang nur noch ein Dutzend Getreuer auf den Gerüsten. Sie zurrten Seile fest und sicherten die Steinblöcke, die nicht mehr mit Mörtel in den Bau eingefügt worden waren ...»

Ich starrte vor mich hin. Es dauerte sehr lange, bis ich weitersprechen konnte.

«Es herrschte nicht nur verletzter Stolz in mir, keine Selbstsucht und kein Bedürfnis nach Ehre oder Ruhm. Wie viele andere große Baumeister fühlte ich mich eingebunden in das gemeinsame Werk. Ich wollte Gott mit meinem ganzen Herzen dienen und ihm nahe sein ...»

Ich spürte, wie sich Tränen in meinen Augen sammelten.

«Zwei weitere Jahre lang bin ich Tag für Tag um den verlassenen Bau gelaufen. Ich streifte durch die verfallenen Hütten, stieg über halbbehauene Steinblöcke, sammelte Werkzeuge ein und versuchte in schlaflosen Nächten, Fehler in meinen Plänen zu erkennen. Denn irgend etwas fehlte ...»

Bertrade war der erste Mensch, dem ich meine eigene Unzulänglichkeit beichtete. Wie alle anderen Baumeister gotischer Kathedralen vor mir war auch ich an jenen Punkt gekommen, an dem das letzte große Geheimnis blieb. Wir konnten Kirchen bauen, die weit hinauf bis in die Wolken ragten, aber noch niemals war es gelungen, was seit dem ersten Großmeister der Tempelherren das eigentliche Ziel gebildet hatte, nämlich den Weg zu finden, der von der Erde in den Himmel hinauf, ins Jenseits und ins Paradies führte.

«Inzwischen hatten einige Mächtige vom *Beryllos* gehört, den manche sogar als den Stein der Weisen bezeichneten», fuhr ich fort. «Auch König Philipp der Schöne erkannte, wie groß die Gunst der Stunde für ihn nach dem Fall von Jerusalem war. Gestützt auf seinen eigenen Klerus und seine Juristen unter Wilhelm Nogaret wollte er nicht nur einzelne unserer Geheimnisse für sich, sondern alles. Deshalb bestritt er die durch Thomas von Aquino behauptete Vorrangstellung der Päpste über die weltliche Herrschaft.»

«Darüber mußt du mir nichts sagen», meinte die Äbtissin. «Ich weiß, wie sich Papst Bonifatius ... wie sich dein Vater Anno 1296 mit der Bulle *Clericis laicos* wehrte.»

«Dann weißt du auch, daß der König von Frankreich den Bischöfen verbot, zum anstehenden Konzil nach Rom zu gehen. Und daß sie ihm gehorchten.»

«Ja», sagte sie, «das weiß ich. Aber immerhin hat dein Vater nach der Niederlage des französischen Heeres gegen die Engländer bei Courtray die Bulle *Unam sanctam* als Antwort auf die Anmaßungen der weltlichen Könige verfaßt.»

«Woraufhin ihn König Philipp sofort von seinem Kämmerer Wilhelm Nogaret zum ketzerischen Verbrecher erklären und im September 1303 in Anagni gefangennehmen ließ!»

Sie sah mich so ungläubig an, als würde sie erst jetzt begreifen, daß viel mehr hinter meinen Morden steckte.

«Der Papst, mein Vater», sagte ich, «er wußte, wo der Dolch und mit ihm auch der Stein der Weisen waren! Mehr noch – er mußte wissen, wo sich die letzten und für die Kathedralen entscheidenden Aufzeichnungen des ersten Großmeisters der Templer befanden. Jene Aufzeichnungen, die Thomas von Aquino zusammen mit den Schätzen von Sens in den Vatikan gebracht hatte! Dieser Pergamentfetzen, Bertrade, war der eigentliche Grund für den erbitterten Kampf zwischen König und Papst! Und nur ich konnte verhindern, daß mein Vater das Geheimnis der Kathedralen verriet, wenn ihn die Folterknechte des Königs holten ...»

«Dann warst du an diesem Aufstand der Bürger von Anagni vor fünf Jahren beteiligt! Du bist in sein Gefängnis eingedrungen!»

Sie fragte nicht mehr, sondern stellte fest. Ich zögerte sehr lange, dann senkte ich den Kopf und nickte. Zum erstenmal seit langer Zeit rannen Tränen über meine Wangen.

«Ich habe alles Gold und Silber, das ich noch besaß, an Männer in den Wirtshäusern und Tavernen ausbezahlt. Die Bürger von Anagni stürmten das Gefängnis und befreiten meinen Vater. Als er mir dann viel zu leichtfertig verriet, wo sich der Dolch und das Pergament befanden, sprach er sein eigenes Todesurteil. Ich reiste unverzüglich mit Dokumenten, die er in seinem Versteck bei Anagni eigenhändig unterschrieben hatte, nach Rom zu hohen Würdenträgern im Vatikan, die ich kannte. Es war nicht einmal schwer, mit ihrer Hilfe das Vermächtnis des ersten Templergroßmeisters im päpstlichen Kabinett zu finden ...»

Ich schwieg und erlebte noch einmal die Schwere meiner ersten Mordtat. «Am 11. Oktober 1303 starb Benedikt Gaetani», sagte ich dann. «Er war mein Vater, aber ich mußte ihn töten. Wir wußten beide, daß er nicht noch einmal die Folter überstehen würde ...»

«Hast du ihn etwa mit dem Dolch ...?» fragte die Äbtissin.

«Es war sein letzter Wunsch.»

Im gleichen Augenblick klang der Gesang der Nonnen durch die Stiftsräume. Die Mitternachtsmesse begann. «Gelobt sei Jesus Christus!»

Ich wußte nicht, ob die Äbtissin mich oder den Mann am Kreuz gemeint hatte, als sie ihren verzweifelten Seufzer ausstieß. Aber ich wußte, daß sie keine Zeit mehr für mich hatte.

«Zum nächsten Papst wurde Nikolaus Bokasini gewählt, der Sohn eines Notars aus Treviso. Er war der Ordensgeneral der Benediktiner und nannte sich deshalb Benedikt XI. Er war derjenige, der mich ins Kabinett meines Vaters im Vatikan eingelassen hat. Ich durfte nicht riskieren, daß ihn die Häscher

Frankreichs holten, und vergiftete ihn bereits in seinem ersten Amtsjahr. Er starb am 7. Juli 1304.»

«Hör auf! Hör auf!» stieß sie hervor. «Ich kann es nicht mehr ertragen!»

«Der letzte, der dem Dolch des Kaisers, der *Beryllos*-Linse und dem Geheimnis der Kathedralen, der Brücken ins Paradies noch gefährlich werden konnte, war Wilhelm Nogaret, der Kanzler des Königs von Frankreich», fuhr ich unbeirrt und in heiligem Zorn fort. «Er griff zum letzten Mittel, um mich und die anderen, die an den Ereignissen von Anagni beteiligt waren, zu bannen ...»

Ich lachte leise.

«Am liebsten hätte ich ihn ebenfalls mit dem Dolch des Kaisers erstochen. Aber die Klinge und ihre Scheide waren mir viel zu wertvoll für das Blut jenes Mannes, der erklärtermaßen sämtliche Templer ausrotten und den Vatikan für immer unter französische Kontrolle stellen wollte. Er starb ebenfalls an Gift.»

Bertrade sprang auf. Doch auch ich stand, ohne zu schwanken, auf. Sie lief um den langen Eßtisch herum. Ich folgte ihr und hielt sie mit meinen Worten fest.

«Aber der dritte Papst nach meinem Vater lebt noch, Äbtissin Bertrade! Clemens V., der als Bertrand der Gote Erzbischof von Bordeaux und am 5. Juni 1305 Papst wurde, ist ein kränkelnder, ängstlicher Mann. Er steht ganz unter dem Einfluß Philipps, weigerte sich, zur Konsekrationsfeier nach Rom zu gehen und ließ sich statt dessen in Lyon weihen. Als Residenz wählte er die Grafschaft Venaissin ...»

Ich schnitt ihr den Weg zum Ausgang ab. Sie sollte jetzt nicht in die Stiftskirche. Noch nicht!

«Und noch ist nicht alles zu Ende, Bertrade. Der König von Frankreich hat im vergangenen Jahr nahezu alle Templer verhaften, foltern und bereits viele von ihnen hinrichten lassen. Noch zögert er mit dem endgültigen Prozeß, denn zur Auflösung eines Ordens der Kirche benötigt er ein Konzil ...»

Ich drängte sie in eine Ecke des Refektoriums und breitete die Arme vor ihr aus.

«Ein Konzil, Bertrade … eine ganz große Abrechnung mit uns armen Rittern vom Tempel Salomonis zu Jerusalem … den Eingeweihten … den Kathedralenbauern … Aber ich habe Papst Clemens V. zu einer anderen ‹doppelten Wahrheit› gezwungen! Er wird der Vernichtung der Templer nur zustimmen, wenn der König von Frankreich im Gegenzug den Prozeß gegen das Andenken meines Vaters, Papst Bonifatius VIII., nicht weiterführt. Nur so kann verborgen bleiben, was ich jetzt als einziger weiß!»

Ich war jetzt so dicht vor ihr, daß sich unser Atem mischte.

«Aber ich, Bertrade … ich schenke sie dir … die erste und einzig vollendete Kathedrale … wir können sie bauen, du und ich … hier auf dem Klosterhügel von Quitlingaburg am Hartz …»

Ich sah jedoch, daß sie mich verschmähte. Sie wollte mich nicht mehr.

«Es gibt ihn, den Weg ins Paradies!» keuchte ich flehend.

Sie starrte mich an wie einen häßlichen Dämon, dann riß sie sich los und floh durch die Tür des Refektoriums in den Jubel der Ostermesse …

«Christus ist auferstanden! Er ist wahrhaftig auferstanden!»

Ich spürte, wie sich die Freude der gläubigen Frauen in mein Herz krallte. Sie würden nie etwas anderes hören und sehen wollen …

Ich wußte inzwischen, daß ich den Dolch des Kaisers nicht mehr besaß. Mein Ordensbruder, mit dem ich ein Vierteljahrhundert lang ein Herz, ein Körper und eine Seele gewesen war und mit dem ich den Häschern des Königs von Frankreich in Köln gerade noch entkommen konnte, hatte ihn noch im Schneetreiben vor dem Kirchenportal an sich genommen. Aber der Stein war noch da … die *Beryllos*-Linse … und das kleine Stück Pergament …

Ich griff in meinen ledernen Beutel. Gleichzeitig spürte ich, wie mich meine Kraft endgültig verließ. Nein, Quitlingaburg in der Diözese Halberstadt war nicht der Platz für die eine, die endgültige Kathedrale, dachte ich noch, ehe das Ende kam …

Äbtissin Bertrade III. starb am 15. Mai desselben Jahres aus Gram und Entsetzen. Ein Jahr darauf verlegte Papst Clemens V. die Kurie nach Avignon. Während der Dolch des Kaisers längst ins Bistum Freising gelangt war, versank das Vermächtnis der Armen Ritter Christi vom Tempel Salomonis zu Jerusalem und mit ihm das Geheimnis der Kathedralen im Grab eines dreifachen Mörders.

Nicht eine einzige der rund hundertfünfzig begonnenen Kathedralen wurde endgültig fertiggestellt. Selbst bei den größten und schönsten fehlt noch immer der alles entscheidende Schlußstein für die Brücke ins Paradies. Ein Stein mit winzigen magischen Schriftzeichen, die wie arabische Buchstaben oder wie karolingische Minuskeln aussehen – je nachdem, wie der *Beryllos* aus dem Dolch des Kaisers über sie gehalten wird …

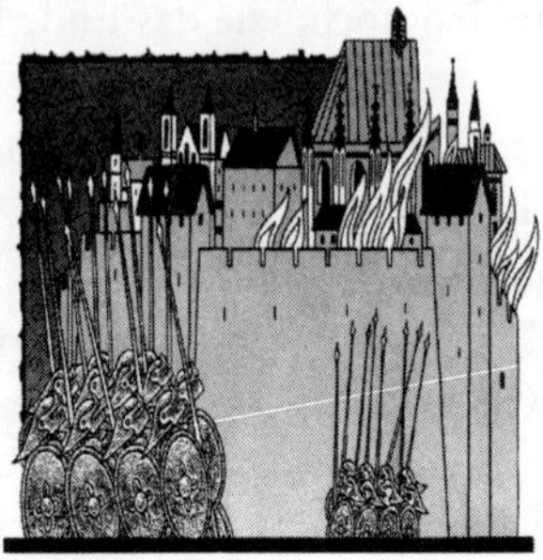

5. Weh dem falschen Waldemar! Die Mark Brandenburg bekommt einen siebenfachen Todesstoß

HORST BOSETZKY

Es war ein neblig trüber Nachmittag im September 1348, und hinter den Wällen Frankfurts floß die Oder dunkel und drohend wie ein märkischer Hades, von den Fackeln der Belagerer aber so weit erhellt, daß keiner auf den Gedanken kam, die eingeschlossene Stadt auf dem Wasserwege verlassen zu wollen.

Freidank, der Benediktinermönch vom Ammersee, den die Seinen schon lange wegen wahnhaften Eiferertums verstoßen hatten, zog durch die Gassen am Hafen, um nach etwas Eßbarem zu suchen. Als er nichts fand – wie denn auch, wo alles im Morast versank –, stieg er auf den Wall hinauf, um zu den eben entzündeten Lagerfeuern des Feindes zu blicken. Ganz nahe waren die Banner Anhalts zu erkennen, auch der rote Adler Brandenburgs und die Zeichen vieler Städte und Ritter. Dahinter, nach Pilgrim hin, das wußte Freidank, wehten die Fahnen der Herzöge aus Sachsen, und in Richtung Müncheberg flatterten die königlichen Adler. Ungeheuerliches war in der Mark geschehen, für ihn zumindest. Da hatten die Rebellen um den falschen Waldemar den Markgrafen Ludwig wie einen Strauchdieb vor sich hergetrieben, und der Bayer hatte sich eben noch bis hierher retten können. Bis auf Brietzen, das fortan Treuenbrietzen heißen sollte, und Frankfurt an der Oder hatten sich alle Städte von ihm abgewandt und jenem Schwindler gehuldigt, der sich als alter Markgraf ausgegeben hatte, als Waldemar der Große.

Freidank richtete die Augen zum Himmel hinauf und rief: «Weh dir, Waldemar, weh dir, Brandenburg! *Denn darum ist der Zorn des Herrn ergrimmt über sein Volk, und er reckt seine Hand über sie und schlägt sie, daß die Berge beben und ihre Leichname wie Kot auf den Gassen sind. Und in dem allen läßt sein Zorn nicht ab, sondern seine Hand ist noch ausgestreckt!*» Und dann flehte er: «O Herr, laß mich dein Werkzeug sein, daß ich deinen Willen vollstrecken und den falschen Waldemar wieder aus der Welt schaffen kann!»

Während er so sprach, kam ein Mann auf ihn zu, der bei seinen Worten schmunzeln mußte, der Kaufmann Balzer Börnicke aus Gransee in der Mark, der aber auch hier am Oderhafen Haus und Lager besaß.

«Nun, Freidank, wieder unzufrieden mit allem?» Sie kannten sich, seit der Mönch ihm hin und wieder beim Übersetzen half, denn manche Geschäftspost aus dem Süden war auf italienisch abgefaßt, was Freidank aufgrund der Nähe zu seinem Latein ganz passabel beherrschte. Auch war der Mönch erst seit kurzem so wunderlich geworden, «nicht mehr ganz richtig im Koppe», wie die Leute sagten, und Balzer Börnicke hatte ihn früher gern zu Tische gebeten. «Was macht Euch so zu schaffen, was arbeitet in Euch?»

«Was in mir arbeitet, das ist Gott: *Denn der Herr, dein Gott ist ein verzehrendes Feuer und ein eifriger Gott.* So steht es geschrieben im 5. Buch Mose, 4. Kapitel, Vers 24.»

«Ein verzehrendes Feuer, so ...» Balzer Börnicke fand, daß damit Freidanks Zustand sehr gut beschrieben war. Viel Zeit für ein Gespräch blieb nicht mehr, denn in diesem Augenblick kamen seine Knechte mit einem zweispännigen Planwagen die Gasse herauf und hielten vor dem Haus.

«Ah, gute Geschäfte?» fragte der Mönch.

«Nicht bei diesem Mehlsack da unten!» Balzer Börnicke zeigte in die Richtung, in der sich Waldemars Lager befand.

Daß den seine Feinde einen Mehlsack schimpften, hatte zweierlei Gründe. Einmal war sein langes Haar weiß bis mehlgrau, und zum anderen wurde er verdächtigt, in Wahrheit der Müller Jakob Rehbock aus Niemegk in der Nähe des Flämings zu sein. Wie auch immer, im Juli 1348, als sie in Magdeburg gerade die Heermesse zu Ehren des heiligen Märtyrers Mauritius gefeiert hatten, war ein Mann von fast schon sechzig Jahren vor den mächtigen Erzbischof Otto getreten und hatte angegeben, der alte Markgraf Waldemar aus dem Hause Askanien zu sein. Das hatte einen großen Aufruhr und eine lange Diskussion dieses Inhalts gegeben:

Der letzte Askanier sei doch aber im Jahre 1319 im Kloster Chorin beigesetzt worden, nachdem er im Land jenseits der Oder, der Neumark, gestorben war. Kinderlos. Außer dem Herrn Jesus Christus sei indes die Wiederauferstehung für keinen anderen vorgesehen worden, wie das wohl ginge?

Das sei nur so arrangiert worden, um ihm Gelegenheit zu geben, unerkannt ins Heilige Land zu pilgern und dort Buße für seine Sünden zu tun.

Ob er denn so große Schuld auf sich geladen habe?

Ja, dadurch, daß er seine blutsverwandte Cousine Agnes begehrt, besessen und sogar geheiratet habe.

Und wer läge dann statt seiner im Choriner Grab?

Ein Possenreißer, ein Bettler, der zufällig einen Tag zuvor gestorben war.

Wie man denn auf solche abstrusen Gedanken wohl käme?

Heinrich der Pilger sei das Vorbild gewesen, Mecklenburgs Herzog. Der war, das wußten alle um Erzbischof Otto herum, nach dem Heiligen Land gereist und den Sarazenen in die Hände gefallen. Sechsundzwanzig Jahre waren vergangen, ohne daß man über sein Schicksal die geringste Nachricht empfangen hatte, da kehrte er im Jahre 1298 ganz unvermutet zurück, nachdem sich schon einige Betrüger für ihn ausgegeben und ihre Kühnheit mit dem Tode gebüßt hatten.

Solches Schicksal fürchte er, der sich Waldemar nenne, offenbar nicht?

Nein, denn er sei ja der echte, und man möge sich nur die Narbe im Gesicht ansehen, die von einem Hieb herrühre, den er damals bei der Belagerung Stralsunds empfangen habe. Und an den müßten sich seine alten Weggefährten noch erinnern können. Auch habe er seinen Markgrafenring aus alter Zeit über die mehr als dreißig Jahre retten können, die seit Chorin vergangen waren.

In der Folge hatten der Graf von Anhalt und der Sachsenherzog Rudolf diesen Ring geprüft und für echt befunden, und nach einem längeren Verhör war Erzbischof Otto zu dem Schluß gekommen, daß der Mann, der vor ihm kniete, der alte Markgraf Waldemar war und man nun nicht lange zögern dürfte, ihn wieder in seine alten Rechte einzusetzen und den herrschenden Markgrafen Ludwig nach Bayern und Tirol zurückzuschicken.

«Ihr müßt die Mark nun wieder regieren, nur Ihr habt den Segen Gottes und die Liebe der Menschen. Der Beistand meines Erzstiftes ist Euch gewiß. Markgraf Waldemar, Ihr müßt der Stimme Gottes gehorchen und Euer Amt antreten.»

Das hatte der Mann, wer immer er war, auch alsbald getan, und die Menschen in der Mark hatten ihm fast alle zugejubelt, denn sie sehnten sich schon lange den Erlöser herbei, war doch ihr Land unter den kraft- und tatenlosen Bayern in Elend und Not, in Anarchie und Chaos versunken.

1323 waren die Wittelsbacher mit der Mark Brandenburg belehnt worden, und erster bayerischer Markgraf war Ludwig V. geworden, der älteste der drei Söhne Kaiser Ludwigs, der deshalb auch Ludwig der Ältere hieß. Ganz schlimm war es der Mark 1325 ergangen, als der Papst, um seinem Erzfeind Kaiser Ludwig zu schaden, die Litauer beauftragt hatte, das Land zu verwüsten. Schrecklich gemordet, geschändet und gebrandschatzt hatten sie und Tausende in die Sklaverei verschleppt. Nun waren die Kirchen und Klöster zerstört, die Felder blieben unbestellt, und Handel und Wandel lagen darnieder. Die Leute sangen Spottverse wie diesen: «Friedrich von Lochen, / Friedrich von Lochen, / 's ist heuer gar teuer, / Das Fleisch frißt der Bayer, / Uns läßt er die Knochen, / Friedrich von Lochen.» Das war der Feldhauptmann Ludwigs. Nur die Städte waren noch Inseln, wo man halbwegs überleben konnte, dazwischen aber herrschten Räuberbanden. Markgraf Ludwig haßte die flache, kalte und morastige Mark und lebte viel lieber in Tirol und seinen Bergen, weniger allerdings bei seiner Gemahlin, der Margarete Maultasch. Ob Adel oder Bürgertum, es gab keine schöne Frau, der er nicht nachgestiegen wäre, und mitunter mit einem solchen Erfolg, daß die gehörnten Männer hinter seinem Rükken die Fäuste ballten. Kein Wunder, daß nahezu alle Städte und Stände von ihm abgefallen waren und so schnell wie möglich dem neuen alten Markgrafen gehuldigt hatten, gleichviel, ob das nun der echte Waldemar oder der falsche Waldemar war, zumal er ihnen viel mehr Privilegien zugestand als zuvor die Wittelsbacher.

Doch Freidank sah das alles anders. Jeder Gedanke an diesen Mann, der dabei war, seinem geliebten bayerischen Markgrafen Brandenburg zu rauben, löste bei ihm eine neue Haßtirade aus. «Er ist eine stinkende Ratte, eine Kreatur des Teufels, dieser Waldemar, und zu nichts anderem als zum Schweinehirten taugt er. *Auf, Herr, und hilf mir, mein Gott! Denn du schlägst alle meine Feinde auf den Backen und zerschmetterst der Gottlosen Zähne.*»

In diesem Augenblick hoben die beiden Knechte des Kaufmanns Balzer Börnicke eine schwere Truhe vom Wagen, um sie ins Haus zu tragen, rutschten aber mit den Füßen weg, weil das Pflaster naß und glitschig war, und das Behältnis krachte derart auf den Boden, daß der Deckel aufsprang und eine Menge feinsten Tuchs zum Vorschein kam. Auf diesem aber lag ein Dolch, den Balzer Börnicke nun mit einem gewissen

Stolz hervorzog. Er erzählte Freidank, daß er ihn auf einem Markt in Freising gekauft habe. «Es geht das Gerücht, daß er von Karl dem Großen stammt und mit ihm schon viele Leben ausgelöscht worden sind. Erst vor wenigen Jahren soll sich damit der letzte Tempelritter erdolcht haben, um den Häschern des französischen Königs zu entgehen.»

Da war es Freidank, als würde sich eine glühende Pfeilspitze in seinen Schädel bohren. Er schrie auf vor Schmerz, preßte beide Hände gegen die Schläfen und hörte eine Stimme aus himmlischen Höhen: *«Verschaff dir diesen Dolch und nimm ihn, um damit Waldemar zu töten. Ich befehle es dir! Nur der Dolch des Kaisers und der Tempelherren ist eine würdige Waffe für deine große Tat!»*

Von nun an wußte Freidank, wozu er lebte: als Werkzeug Gottes. Denn daß dieser Waldemar schnellstmöglich aus der Welt mußte, war klar. *Jedermann sei untertan der Obrigkeit, die Gewalt über ihn hat. Denn es ist keine Obrigkeit ohne von Gott* … Und Ludwig war von Gott zum Markgrafen Brandenburgs eingesetzt worden. *Wer sich nun der Obrigkeit widersetzt, der widerstrebt Gottes Ordnung: die aber widerstreben, werden über sich ein Urteil empfangen.* Darum weh dem falschen Waldemar, denn über den hatte der Herr sein Urteil lange gesprochen.

So erregt der Mönch auch innerlich war, so ruhig blieb er äußerlich und sah mit seiner langen, dürren Gestalt in der schwarzen Kutte, die ihm um die Glieder schlotterte, wie eine Vogelscheuche aus, über die man kräftig lachte. Daß man ihn so wenig ernst nahm, war ihm indes nur lieb, denn um so leichter kam er an den Dolch und in die Nähe Waldemars. Doch noch lag die Waffe in Balzer Börnickes Truhe und wurde gerade in den Lagerschuppen hinterm Haus getragen, er hatte also zu warten, bis sich im Hause des Kaufmanns alle zur Nachtruhe begaben. Das konnte noch gute sieben Stunden dauern, denn gerade eben war es ja dunkel geworden. So mußte er, nachdem er sich von Balzer Börnicke verabschiedet hatte, noch ein Weilchen durch die Stadt streifen. In Frankfurt an der Oder herrschte, wohl als Folge der Belagerung, eine Stimmung, wie er sie nur aus dem Fasching bei sich zu Haus in Bayern kannte. Aus vollen Trinkstuben erklang froher Rundgesang, und überall gab es Gelage und Bankette. In den Gewölben und Torbögen scharten sich vermummte Gestalten zusammen und zogen ausgelassen tanzend durch die Stadt. Wenn die Züge vor das Rathaus kamen, schrien sie den Bürgermeister, den Syndikus und den hohen Ratsherren Eike Wins herbei, vor allem aber ihren Markgrafen Ludwig. «Hoch soll er leben, hoch soll er leben, dreimal hoch!»

Und als dessen Kämmerer jetzt das Rathausfenster öffnete, erschien Ludwig selbst und sprach ein paar lobende Worte zu seinen treuen Frankfurtern. Freidank verfolgte diese Szene mit Tränen in den Augen. Ja, so hatten's die Wittelsbacher allemal verdient. *Siehe, das ist mein Knecht – ich erhalte ihn – und mein Auserwählter, an welchem meine Seele Wohlgefallen hat.*

Da nahte ein anderer Aufzug, und die Fanfaren schmetterten noch lauter, und die Trommeln wirbelten noch schneller. Die hier gingen nicht zum Maskenball, sondern strebten auf die Wälle, um gegen Waldemar und für Ludwig zu kämpfen. Sie trugen Pickelhauben auf dem Kopf und hatten ihre Leiber mit Büffellederwesten, Harnischen und Schienen geschützt. Die Hellebarden und Morgensterne, die Streitkolben und Streitäxte flimmerten hoch über ihren Häuptern. Sehr martialisch sahen sie aus, wenn auch einige dieser wehrhaften Bürger Frankfurts ihre Schilde wie Regenschirme trugen. Oben auf den Wällen angekommen, pflanzten sie das Stadtbanner neben die Bayernfahne und warteten auf den nächsten Angriff der Waldemarischen, der bald erfolgen mußte, denn schon sah man sie mit Sturmleitern und Rollwagen immer näher kommen. Auf den Wagen lagen große Reisigbunde, die sie vor Pfeilen schützen sollten. Bis sie an die Gräben kamen und dann die Bunde hinabwarfen, um sie aufzufüllen und mit ihren Leitern bis zum Fuß der Mauer zu gelangen.

Diesmal nun hoffte Freidank auf einen möglichst kraftvollen Ansturm der Waldemarischen Ritter und Reisigen, denn je größer die Panik und das Durcheinander in der Stadt, um so eher war er in der Lage, den Dolch des Kaisers an sich zu bringen. Zuerst aber spülte ihn die Menge ins Rathaus hinein, und er hoffte, Ludwig wieder einmal aus der Nähe zu sehen.

Er liebte ihn wie seinen eigenen Sohn. Als Achtjährigen hatte er Ludwig zum erstenmal zu Gesicht bekommen, im Jahre 1323, als der Sohn des Kaisers nicht nur mit der Mark Brandenburg belehnt, sondern auch mit Margarete verheiratet worden war, der Tochter des Dänenkönigs, die zehn Jahre älter war als er. «Übernimm du, Bruder, seine geistliche Erziehung», hatte ihn der Kaiser gebeten, und Freidank hatte freudig angenommen. Armer Ludwig, er hatte ihn oft trösten müssen. Alles war gutgegangen, bis er, Freidank, vom Hufe eines Pferdes schwer am Kopf getroffen worden war und danach immerfort Stimmen hörte, die Gottes wie seiner Propheten, die ihm befahlen, mit den Heiden aufzuräumen. *Der Herr haßt den Gottlosen und die gerne freveln. Er wird regnen lassen über die Gottlosen Blitze, Feuer und Schwefel …* Da hatten sie ihn hinausgeworfen aus Schloß Tirol, obwohl Ludwig noch die Arme nach ihm ausgestreckt hatte. Auch bei sich zu Hause auf dem Dorfe am Ammersee wie in den Klöstern wollten sie ihn nicht mehr haben, so daß er gezwungen war, bettelnd durch das Reich zu ziehen, doch er sah es weiterhin als seinen Auftrag an, für Ludwig dazusein. Und jetzt hatte ihn der Herr gerufen und berufen, Ludwig zu retten.

Freidank wurde in die halboffene Tür eines Saales gedrückt, in dem Ludwig gerade mit Eike Wins, dem Sprecher des Rates, um neue Gelder rang, die Frankfurt ihm jedoch nicht mehr gewähren wollte.

«Unser Handel ist tot, die Straßen sind gesperrt durch Waldemars wie des Königs Heer, nichts kommt mehr über die Oder hinüber, unsere Kähne liegen brach.»

Ludwig nahm einen Schluck aus seinem Pokal und wurde

zunehmend unwirscher. «Das weiß ich ...» Und er nannte die Summe, die er brauchte.

Eike Wins wand sich. «Die aufzutreiben, durchlauchtigster Markgraf, ist uns leider unmöglich.»

«Schert Euch zum Henker!» Ludwig sprang auf und ging mit großen Schritten auf und ab. Da fiel sein Blick auf Freidank und verklärte sich sofort, ohne daß er den Grund dafür zu wissen schien. Er wollte auf den Mönch zugehen und mit ihm reden, da kam draußen im Gang eine große Unruhe auf, denn ein Herold des Königs erschien, der nun seinen Stab aufpflanzte und im Namen seines Herrn Ludwig eine Vorladung brachte.

«Der König ist gekommen in die Marken gegen das Slawenland, weil er Kunde davon erhalten hat, daß ein Mann daselbst aufgestanden, der sich Waldemar nenne und fürgebe, Markgraf Waldemar der Alte, des Markgrafen Konrad Sohn zu sein, und daß dies mancherlei Irrungen verursacht, ob er es sei oder fälschlich fürgebe, darum ist er in eigener Person gekommen und will gutes Gericht halten als Richter und höchster Schiedsherr im Römischen Reiche. Und was er entscheidet mit seinen Räten, das soll recht sein. Und das Gericht wird er halten in seinem Lager zu Heinersdorf bei Müncheberg ...»

Weiter konnte Freidank der Szene nicht folgen, denn er wurde von den Wachen aus dem Saal gedrängt, und die Tür fiel zu. Doch eines wußte er jetzt: daß er schnellstmöglich handeln, also an den Dolch gelangen mußte. Und das Schicksal wollte es, daß ihm dabei ausgerechnet Waldemar zu Hilfe kam – dadurch nämlich, daß er seine Ritter und Reisigen abermals gegen die Wälle und Mauern anstürmen ließ. Drinnen in der Stadt warf keiner mehr ein Auge auf ihn, wenn es auch zu hell für sein Vorhaben war, denn überall brannten die Pechfackeln und schossen die Flammen aus den Feuerbecken hoch.

Der Türmer stieß ins Horn und die Trommeln wirbelten, als Freidank in die Nähe des Hauses von Balzer Börnicke kam. Der war voll damit beschäftigt, zusammen mit seinen Knechten den heißen Brei aus Pech, den seine Frau und seine Mägde in der Küche kochten, zur Mauer zu tragen, wo man ihn den anstürmenden Waldemarischen auf die Köpfe goß. Aus großen Schleudern folgten Feldsteine und Eichenklötze hinterher, und auch die Bogenschützen mit ihren Pfeilen taten offenbar das ihre, so daß sich Freidank umsonst ängstigte, der Feind könne die Stadt erobert haben, bevor es ihm gelungen war, den Dolch aus Balzer Börnickes Truhe zu nehmen.

Doch dies schien unmöglich zu werden, weil Balzer Börnicke mit seinen Knechten nun, da der Angriff Waldemars völlig abgeschlagen war, im Lager stand, um Inventur zu machen, jedenfalls alles, was er an Waren hatte, zählte und auf andere Regale schichtete. Freidank hatte sich von einer schmalen Nebengasse aus über die Mauer geschwungen und kauerte nun, alles verfolgend, auf Balzer Börnickes Hof, von einem Stapel Brennholz gut gedeckt. Jetzt, Freidank durchlief ein feines Zittern, nahm der Kaufmann den Dolch des Kaisers zur Hand und legte ihn auf einen Ballen von altrosa schimmernder Seide. Fünf Schritte und Freidank hätte ihn gehabt ... Doch Sekunden später hätten ihn Balzer Börnicke und seine Knechte gepackt und zu Boden geworfen. Und sie wurden und wurden nicht fertig, schienen die ganze Nacht zur Arbeit nutzen zu wollen.

Freidank wußte, daß es ohne List nicht ging. Also schlich er auf die Straße zurück und suchte nach etwas Brennbarem. Nach einigen vergeblichen Versuchen fand er eine Handvoll Werg. Dieses Gewöll setzte er nun an einem der aufgestellten Feuerbecken in Brand, lief zu Balzer Börnickes Haus zurück und warf es durch ein offenes Fenster.

Wenig später erscholl der Ruf «Feuer! Feuer!», und alle hatten mit dem Löschen zu tun. Im Nu war Freidank wieder im Hof und griff sich den Dolch. Ohne jedwede Mühe und Gefahr kam er aus Balzer Börnickes Gasse heraus, und als er dann über den Markt ging, fiel er keinem mehr auf. Alle waren dabei, lärmend zu feiern, daß sie die Leute Waldemars abermals so glorreich abgewiesen hatten. Nur lief es sich mit dem Dolch unter der Kutte nicht mehr so leicht und locker wie ehedem, denn seine Spitze stach ihm immer wieder in den Oberschenkel. Doch das verschmerzte er wohl.

Wie aber sollte er nun aus der belagerten Stadt herauskommen und zu Waldemar gelangen? Einen Augenblick lang überlegte er, ob er einfach die Mauer hinunterklettern sollte, jetzt, wo keiner mehr kämpfte ... Nein, irgendwo standen sicher noch Wachen. Blieb ihm also nur die Oder. Er schlich zum Fluß hinunter und suchte nach dem Kahn eines Fischers. Das war in der Dunkelheit nicht einfach, und die ersten, die er entdeckte, waren angekettet. Schließlich aber fand er einen, der nur mit einem Strick an einen Pfahl gebunden war. Und da konnte er seinen Dolch zum erstenmal einsetzen. Schon trieb er auf den Strom hinaus. Bald war es Zeit, die Ruder einzusetzen, denn er wollte kurz unterhalb Waldemars Lager wieder anlanden.

Da aber merkte er, warum der Kahn nur an einem Strick gehangen hatte: Leck war er! Das Wasser im Kahn stieg immer schneller an, reichte ihm schon weit über die Knöchel. Und schwimmen konnte er nur schlecht, zumal in der Kutte mit dem Dolch unter dem Gürtel. Nein, es war nicht mehr zu schaffen! *«Ich rufe von ganzem Herzen, erhöre mich, Herr! Siehe mein Elend und errette mich!»*

Im Jahre 1348 waren die Augen Deutschlands, ja ganz Europas auf einen Flecken Land gerichtet, der selten zuvor im Mittelpunkt gestanden hatte: die Mark Brandenburg. Eben noch als wertlos verspottet, galt sie plötzlich fast als geostrategischer Nabel der Welt, denn wenn es Karl IV. gelang, sie in Besitz zu nehmen, hatte er die Brücke zwischen Luxemburg und Böhmen geschlagen und war so mächtig, daß Engländern und Franzosen, Spaniern und Schweden, Dänen und Polen und nicht zuletzt den Wittelsbachern und den Habsburgern angst und bange werden konnte, ganz zu schweigen von den zahllosen kleinen Fürsten wie denen von Lüneburg, Braunschweig, Anhalt, Kursachsen, Pommern oder Mecklenburg. Wer die Mark Brandenburg mit ihren Teilen, als da waren: die Prignitz, die Alt-, die Mittel- und die Uckermark, die Grafschaft Ruppin, das Land Stargard, das Land Lebus und die Terra Transoderana, also das Territorium jenseits der Oder, wer das alles besaß, der konnte zur stärksten Macht Europas werden – und deutscher Kaiser. Die Gewichte verschoben sich ohnehin nach Osten, und Prag wurde mehr und mehr das neue Paris. So kam die Waldemar-Affäre König Karl überaus gelegen, denn letztendlich lag es bei ihm, Waldemar als Markgrafen auszurufen oder aber als Betrüger hängen zu lassen. Manche sagten sogar, dieser Waldemar sei seine Kreatur, in die Welt gesetzt, um die Bayern zu schwächen.

Wie auch immer, Karl berief das Fürstengericht, das über Waldemars Echtheit zu entscheiden hatte, zum 2. Oktober 1348 in sein Heerlager ein, das er in der Gegend von Heinersdorf und Müncheberg aufgeschlagen hatte, also etwa in der Mitte zwischen Berlin und dem Oderstrom. Ohne die förmliche und juristisch einwandfreie Wiederanerkennung durch den König und seine erneute Belehnung war Waldemar nur ein vogelfreier Usurpator.

Selten nur in dieser Zeit war ein größeres Heer zusammengekommen als hier, wo es gegen Ludwig den Älteren aus Bayern ging. Auf dem linken Flügel, westlich der Johanniter-Komturei Lietzen, standen Herzog Barnim von Pommern, Herzog Johann mit seinen Mecklenburgern, die Fürsten Waldemar und Albrecht von Anhalt, ersterer ein Neffe des letzten Askaniers, Erzbischof Otto mit den Magdeburgern und Teile der Sachsen, geführt von einem ihrer jüngeren Herzöge. Das Zentrum lagerte bei Heinersdorf, wo auch die Reichsfahne wehte, denn hier stand König Karl mit seinen Böhmen und Mähren und einem Teil des Reichsheeres. Auf dem rechten Flügel bei Tempelberg lagerten Markgraf Waldemar und Herzog Rudolf der Ältere von Sachsen mit ihren Soldaten. Zudem befanden sich viele andere hervorragende Männer im Lager, so Johann, Karls Bruder, der Herzog von Kärnten, und die Persönlichkeiten, die Karl in die «Commission zur Recognition Waldemars» berufen hatte. Schriftliche Zeugnisse besaß der Mann, der anbzw. vorgab, Waldemar zu sein, nicht mehr, und wenn er wirklich der echte Waldemar war, so konnte man dies der Welt nur glaubhaft machen, wenn es jene Männer schworen, die mit ihm zusammen aufgewachsen waren und deren Charakter über alle Zweifel erhaben waren. Sicher mochten seine erbberechtigten Verwandten in Versuchung geraten, den König anzulügen, aber welch großen Schaden nahmen sie doch, wenn sich erweisen sollte, daß sie ein höchst verwerfliches Subjekt in ihren Stammbaum aufgenommen hatten?

Wie auch immer, für Freidank war dies alles ein abgekartetes Spiel, und er faßte sich an den Kopf, Karl meinend, als er von einer kleinen Anhöhe aus den König vor seinem Zelt erscheinen sah. *Denn ich bin der Allernärrischste, und Menschenverstand ist nicht bei mir; ich habe Weisheit nicht gelernt ...* Aber nicht Karl interessierte ihn recht eigentlich, seit es ihm gelungen war, aus dem eingeschlossenen Frankfurt in einem kleinen Oderkahn zu fliehen, und der Herr ihn im letzten Augenblick vor dem Ertrinken gerettet hatte, sondern Waldemar, den er noch erwischen wollte, bevor die Kommission entschieden hatte. Zu diesem Zwecke trug er den Dolch des Kaisers ständig unter seiner weiten schwarzen Kutte und flehte den Herrn an, eine günstige Gelegenheit herbeizuführen. *Befiehl dem Herrn deine Wege und hoffe auf ihn; er wird's wohl machen.*

Den Zugang zum Lager verwehrte ihm niemand, ging es doch so lustig wie auf einem Jahrmarkt zu. Da gab es Tanz und Bankette unter den aufgespannten Zelten, Ringelstechen und Pfänderspiele. Der König dünkte sich nicht zu hoch dafür, er spielte mit, auch der vielen schönen Frauen wegen, nicht aber Waldemar, was Freidank sehr verfluchte. Er überlegte, was nun zu tun sei, und sah dem Pommernherzog hinterher, der gerade mit seiner Tochter Elisabeth zum König vorgelassen wurde.

Kochan von Wersowetz hieß der Mann, der Karls Freund, Berater und Kammerherr war, ein schlanker, schwarzhaariger Böhme. Er trug ein Kettenhemd aus feinsten Ringen, das sich eng an seinen Leib schmiegte, und ein gekrümmter Degen hing an seiner Seite. Seine Eisenhaube, von deren Kamm Reiherfedern ragten, hielt er in der Hand, weil ihm darunter wohl zu warm geworden war.

Freidank wußte, daß Karl IV. Kriege haßte und sein Reich viel lieber mit diplomatischer Raffinesse und seinen Heiraten zusammenzimmerte. Seine Frau Blanca, Tochter des französischen Königs, war gerade gestorben, und es hieß, er sei nun daran interessiert, die Prinzessin Anna von der Pfalz zu ehelichen, doch sich über diese kleine Elisabeth das Herzogtum Pommern zu sichern, war auch keine schlechte Idee. Allerdings war sie gerade erst acht Jahre alt.

Freidank schlich sich näher und konnte einen Blick ins Innere des großen Zeltes erhaschen. Karl kniete in der Mitte und war über eine große Karte Europas gebeugt. Gekleidet war er in einen prachtvoll wallenden Mantel, und an seinen Stiefeln blitzten goldene Sporen. Sein Barett war mit kostbaren arabischen Federn geschmückt, die ein Schloß von flimmernden Edelsteinen zusammenhielt. Kochan von Wersowetz erkannte Freidanks Neugierde und verschloß den Zelteingang.

Der Mönch wanderte weiter durch die überaus sauberen Gassen des Lagers. Ab und an griff er nach seinem Dolch und vergewisserte sich, daß er noch im Gürtel steckte, denn wenn der falsche Waldemar plötzlich vor ihm auftauchen sollte, dann … Wo steckte er nur? Schnell entschlossen fragte er eine der Wachen vor dem Zelt des Königs.

[illegible] zu alt, um den Spruch der Kommission

«Im Herrenhaus von Heinersdorf.» Der Mann beschrieb es ihm. «Aber morgen kommt er ja ohnehin hierher zum Fürstengericht, wenn das Urteil gefällt wird, da könnt ihr ihn ja sehen.»

Freidank bedankte sich und hatte Mühe, seine Enttäuschung zu verbergen. Er hatte sich das immer wieder ausgemalt: Wie er sich von hinten an das Zelt des falschen Markgrafen heranschlich, mit einem kräftigen Schnitt die Leinwand durchtrennte und Waldemar dann mit Hilfe seines Dolches in Sekundenschnelle heim in die Ewigkeit schickte. Nun aber steckte der in einem festen Gebäude, und die Sache war viel schwieriger. Doch er verzagte nicht, denn: *Daß deine Hoffnung sei auf den Herrn, erinnere dich an solches heute dir zugut.* Also band er seine Sandalen fester, raffte seine Kutte und machte sich auf den Weg nach Heinersdorf. Er würde schon eine Möglichkeit finden, an Waldemar heranzukommen. Es waren etliche Meilen zu laufen, und er hatte Zeit genug zum Nachdenken.

Endlich erblickte er das Herrenhaus, erkennbar an den vier Türmen, die es zierten, an jeder Ecke einer. Düster sah es aus, denn am Graben ringsum wuchsen hohe Rüstern, die bis an die Fenster schlugen. Freidank sah nach oben. Ob er da ...? Nein, die Äste waren zu schwach, und außerdem hätten ihn die Wachen schnell heruntergepflückt wie einen reifen Apfel. Die standen zu viert am Torweg, teils mit einer Hellebarde bewaffnet, teils mit einem Morgenstern, und alle steckten in einem eisernen Harnisch, der selbst für Freidanks Dolch undurchdringlich war. Doch diese Wächter waren auch anders auszuschalten.

«Ich bin Bruder Marquardus», sagte er mit devoter Stimme wie Haltung, «und mit meinem Bruder Waldemar in Jerusalem Tag für Tag zur Grabeskirche gepilgert, wo wir zusammen im Gebet versunken sind. Nun möchte ich ihn wiedersehen, denn mein Anblick wird ihm neue Kraft verleihen. *Darum will ich dir danken, Herr, und deinem Namen lobsingen, der seinem*

Könige großes Heil beweist und wohltut seinem Gesalbten, David und seinem Samen ewiglich.»

Das verfehlte seine Wirkung nicht, und er durfte anstandslos passieren. Er kam auf den Torweg und sah über sich die Wappen Brandenburgs und Anhalts hängen. Vorsichtig blickte er sich um und sah am Hause hoch. Zwei Stockwerke waren es nur, aber die konnten gut und gerne zwei Dutzend Räume umfassen. Nun gut, das ließ sich herausfinden, wo Waldemar die Bettstatt hatte, und daß er allein lag, war wohl anzunehmen. Ihn lautlos töten und dann ... Doch wenn er noch schrie und sich alle auf ihn stürzten, um ihn in Stücke zu hauen? Freidank blieb stehen. Daß er selber dabei sterben konnte, wenn er den falschen Waldemar erdolchte, war ihm nie vorher durch den Kopf gegangen. Nein, das nicht, und warum denn auch, geschickt, wie er es anstellen würde. Er ging erst einmal um das Haus herum und schaute in den Hof. Dort standen zehn gesattelte Pferde, und dieselbe Zahl von Reisigen hielt sich bereit, auf einen Befehl ihres Herrn mit einer Botschaft loszureiten. Daß sie ihn, Freidank, bald haben würden, wenn er nach der Tat zu fliehen versuchte, lag auf der Hand. Er fragte einen von … ie er am besten ins Haus käme, um den Markgrafen

… Wache der

kleinen blitzenden Augen, die einen anstarrten wie die einer giftigen Schlange. Gerade war er, wie Freidank unten am Fuße der Treppe sah und hörte, im Gespräch mit Henning von Nienkerken verwickelt, Waldemars engstem Berater, und der war das genaue Gegenteil von ihm: elegant, hochgewachsen, diplomatisch, geistreich und freundlich.

«Wir müßten mehr tun», sagte Henning von Nienkerken, «um die zu gewinnen, die sich morgen für Waldemar einsetzen sollen. Ihnen mehr um den Bart gehen, einen prunkvollen Empfang geben, ihnen wertvolle Geschenke machen ... und so weiter.»

Hans Lüddecke winkte ab. «Mein Gebieter mag kein großes Aufhebens um ihn. Nur das Schlichte ist ihm lieb und teuer.»

Da lachte Henning von Nienkerken. «Das war früher in seinem ersten Leben wohl anders. Ich habe einige Alte gesprochen, die mit ihm gefeiert und gekämpft haben. Geistig überspannt sei er gewesen, und sein exzentrisches, phantastisches Wesen sei vielen völlig unverständlich gewesen.»

«Laß das!» knurrte Hans Lüddecke. «Das hört sich an, als ob du selber glaubtest, daß er unecht sei.»

«Was ich glaube, ist doch egal: Hauptsache, ich spinne die Fäden so, daß sie ihn für echt erklären. Und ist mir das in Magdeburg beim Erzbischof nicht prächtig gelungen? Und bei seinen Vettern aus Sachsen?»

«Nun ja. Bei dir ist es der Kopf, bei mir ist es das Herz. Und das spricht eindeutig: Er ist derselbe Mensch wie damals.»

«Dann sollte er sich auch wie damals mehr um die Gunst der Leute kümmern. Hier ...» Henning von Nienkerken zog ein altes Dokument hervor. «Hör, wie sie ihn vor dreißig Jahren sahen: ‹Dieser Waldemar war an Gestalt klein, aber von großen Kräften, von der Herrschaft der anderen Mächtigen mehr Gebrauch machend als von der eigenen. Ferner begünstigte er sehr die Würdenträger, Edlen und Mächtigen, welche aus den verschiedenen Teilen der Welt an seinem Hof zusammenströmten. Er war überdies der Begierigste nach eitler Ehre und sehr prachtliebend. Denn als er vom Könige von Dänemark vor der Stadt Rostock mit der Ritterwürde bekleidet wurde, wandte er unermeßliche Kosten auf und machte den Rittern und Possenreißern so viele und verschwenderische Geschenke, daß ihm daraus große Schulden erwuchsen.› Nun?»

Hans Lüddecke kam zu keiner Antwort mehr, denn in diesem Augenblick stürmte der Sachsenherzog Rudolf mit seinen beiden Söhnen herein, und er mußte seine Hellebarde hochreißen, um mit ihr den dreien wie mit einem Schrankenbalken den Weg zu versperren.

«Weißt du nicht, wer ich bin?» fuhr ihn der Herzog an.

«Ich weiß es und laß Euch dennoch nicht ein.»

«Wer untersteht sich, seinem Herzog die Tür zu weisen!?»

Hans Lüddecke schüttelte den Kopf. «Ihr seid nicht mein Herzog.»

«Wie heißt du?»

«Als Euch beliebt: Hans Lüddecke vom roten Haus.»

«Die Hölle ist dein Haus!» fuhr ihn der Herzog an.

«Kann sein, daß wir da mal zusammentreffen.»

Nun ging ihm der Sachsenherzog an die Gurgel, und seine beiden Söhne halfen ihm. Henning von Nienkerken versuchte [illegible] mehr mit lauten Worten als [illegible] daß

einmal in Waldemars Nähe, dann … Einem wie dir komme ich allemal zuvor.» Er nahm seine Hellebarde und zielte genau auf Freidanks Herz.

ICH HABE MICH MÜDE GESCHRIEN, *mein Hals ist heiser; das Gesicht vergeht mir, daß ich so lange harren muß auf meinen Gott.* Freidank hatte tief und fest geschlafen und schreckte hoch, als die Fanfaren bliesen. Ging es nun doch zur Schlacht gegen Ludwig? Nein, dazu klang es viel zu feierlich. Gott, ja, es war der Tag des Gerichts über Waldemar. Aber was die Fürsten auch immer entschieden, der Herr hatte diesen Waldemar längst verdammt und ihn, Freidank, zum Vollstrecker seines Willens bestimmt.

Das Zelt war leer, die anderen waren schon losgezogen, sich das Schauspiel nicht entgehen zu lassen. Auch er schlüpfte hinaus. Der Zug der Brandenburger war lang und feierlich. Voran gingen Herolde mit weißen Stäben, dann kam Hans Lüddecke an der Spitze der Geharnischten. Als sein Blick auf Freidank fiel, verzog sich sein Gesicht und er nahm das Schwert, um damit ein Loch in die Luft zu stoßen. Zu ihm hingewendet und in seine Richtung. Freidank fuhr zusammen. Sollte er etwas von seiner Absicht wissen? Hatte er aus Frankfurt erfahren, daß dem Kaufmann Balzer Börnicke der Dolch des Kaisers gestohlen worden war? Unmöglich. War dieser Dolch womöglich von Dämonen in die Welt gebracht worden und machte den zum Opfer, der damit andere töten wollte? Fast glaubte er, daß ihm der Stahl, den er unter seiner schwarzen Kutte verbarg, schon in den Leib gefahren war, von Geisterhand bewegt. Unsinn. *Siehe, ich liebe deine Befehle; Herr, erquicke mich mit deiner Gnade.* Doch nur mühsam fand er zur alten Ruhe zurück, denn nicht auszuschließen war, daß dieser alte und dreimal verfluchte Raubritter in Waldemars Diensten ihn töten wollte, um seinen Herrn zu retten, so wie er dabei war, Ludwig zu retten. Er hatte große Angst um sein Leben und betete lautlos. *Ich bin gering und verachtet; ich ver-*

gesse aber nicht deiner Befehle. Mußte er den Herrn daran erinnern, daß der Befehl, Waldemar aus der Welt zu schaffen, von ihm selber gekommen war? *Meiner Verfolger und Widersacher sind viele; ich weiche aber nicht von deinen Zeugnissen.* So fing er sich wieder.

Paarweise nun gingen die märkischen Ritter vorbei, alle in stählerner Rüstung und in geschmückten Wämsern. Ihnen folgten die Räte und Bürgermeister der Städte, die Waldemar gehuldigt hatten, und schließlich kam der selber, den Freidank so haßte. Er trug nicht Mantel und Kurfürstenhut, sondern einen schlichten schwarzsamtenen Rock ohne alle Stickerei, den aber sein langes silbernes Haar gebührend schmückte. Sein Schwert hing an einer einfachen Kette. Huldvoll neigte er [illegible] Wege standen, tief vor ihm verlich hochangesehener Rechtsgelehrter aus Italien in seinem roten Talar, und der wurde nun von Karl gefragt, was die Bücher zu dem Fall wohl sagten.

Der Doktor sprach nur Latein, und man mußte seine Worte übersetzen. «Dieser Fall kommt im ganzen römischen Recht nicht vor, und darum ist es an Euch, mein König, daß, wo kein Recht ist, Ihr das Recht schafft.»

«Der König spreche!» rief es reihum.

Der entschied nach einigem Hin und Her, daß sich der Betreffende selber zur Sache äußern möge. Der Mann nun, der sich Waldemar nannte, trat vor und fing mit fester Stimme an zu sprechen. Es wurde eine lange Rede, und Freidank schaffte es nicht, ihm in allem zu folgen, nahm nur Bruchstücke wahr.

«Womit beweist einer, daß er er selber ist? Durch Zeugen, die ihn gekannt haben ehedem? Ach, ihr edlen Herren, des Menschen Sinne sind trügerisch – und fast drei Jahrzehnte sind seither vergangen … Bin ich deshalb Waldemar, weil diese Narbe Stirn und Wange teilt? Ach, die kann sich jeder beibringen, der ein Messer hat und vor seinem eigenen Blut nicht erschrickt … Die Wahrheit steht auch nicht in vergilbten Pergamenten, die Wahrheit ist ganz einfach zu finden: Glaubt ihr an meine Echtheit, dann bin ich echt. Das Volk glaubt es schon, mein treues, gutes Volk.»

Freidank mußte, ob er wollte oder nicht, anerkennen, daß dieser Mann seine Sache sehr geschickt anfing. Wenn das so weiterging, hatte er sie bald alle auf seine Seite gezogen. Da war es wohl angebracht, sich jetzt durch die Menge nach vorne zu drängen und ihn niederzustechen, bevor sich Karl geäußert und ihn als wieder erschienenen Markgrafen Waldemar anerkannt hatte. Er wollte sich auf den Weg machen, doch es sollte ihn alsbald jemand aufhalten, mit dem er nicht mehr gerechnet hatte.

Inzwischen bemühte sich der Pilger aus Jerusalem, den König und seine Richter fühlen zu lassen, daß er der letzte Sproß eines großen Herrscherhauses war, des Hauses Askanien, ohne

Karl zählte nach. «Es ist keiner da, der an ihm zweifelt.»

Da kam eine Stimme hinten aus dem Gedränge. «Einer doch!»

Alles fuhr herum und starrte auf den hochgewachsenen Ritter, der durch die Gasse schritt, die sich vor ihm bildete. Drei Fuß hoch, weiß und blau, wehte der Busch auf dem Kamm seines Helmes, doch sein Visier war geschlossen. Dennoch hatte Freidank ihn auf der Stelle erkannt, und laut entfuhr ihm sein Name: «Markgraf Ludwig!»

«Ja, der bin ich!» rief der Ritter mit lauter Stimme, und durch das Helmgitter klang sein Hohngelächter. «Ich zweifle, ihr Herren, ich! Er ist nicht wahr, er ist nicht echt. Er ist kein Markgraf – und er ist auch nie einer gewesen. Ein Betrüger ist er, ein Müller, den sie hergerichtet haben, den Waldemar zu spielen.» Er schlug den Helmsturz zurück. «Der Markgraf Brandenburgs bin und bleibe ich: Ludwig von Bayern, Kaiser Ludwigs Sohn.» Hochmütig gab er sich und unterließ es, sich vor dem König zu verneigen. Drei Ritter hatte er mitgebracht, zwei, die ihn beschützen sollten, Friedrich von Lochen und Betkin von Osten, und einen dritten, den alten Uchtenhagen, der vor 1319 zum Troß Waldemars gehört hatte und nun bestritt, diesen Waldemar, wie er vor dem Gericht erschienen war, jemals gesehen zu haben.

Karl war blaß geworden, wahrte aber, während ringsum alles tobte und schrie, die Contenance und versicherte Ludwig, daß er natürlich freies Geleit und freie Rede habe. «Aber deine Rede hat mir als deinem König und deinem Richter zu gelten.»

Da riß Ludwig seinen Helm vom Kopf, warf ihn auf den Boden und begann loszutoben. «Karl von Luxemburg, glaube ja nicht, ich würde nicht durchschauen, wie schmutzig das Spiel ist, das du hier treibst! Das Haus Wittelsbach willst du ins Unglück stürzen, um dir selber die Kaiserkrone aufzustülpen. Meine Erblande willst du mir nehmen, Tirol mir später stehlen und fängst jetzt schon mit der Mark Brandenburg an. Um an dieses Ziel zu kommen, ist dir sogar dieser Possenreißer

sein Schelten, nicht die Fürsten. Darum will ich es mit ihm ausmachen. Als ich zurückkam aus dem Heiligen Land, da war ich entschlossen, Herzog Ludwig, dir mein Land zu lassen, wenn du es geschafft haben solltest, aus ihm einen blühenden Garten voll Handel und Leben zu machen, voll Ordnung und Sitte. Doch was fand ich vor? Not und Elend, Verfall und Verbrechen. Meine treuen Märker – was hast du aus ihnen gemacht? Ihre Habe ist Asche, ihre Herzen sind zerrissen, ihr Mut ist gebrochen. Ihre Städte und Festen sind Raubnester, die Luft, die wir hier in Brandenburg atmen, ist voller Pest und Todesseufzer. Herr des Himmels, Ludwig, dies ist *dein* Werk! Du hast mein Erbe vertan und alles verschwendet – du bist der Würgeengel meines Volkes!»

Da warfen sich Ludwig und seine drei Ritter auf ihre Pferde und sprengten davon.

Freidank schwor sich noch eindringlicher, diesen Mann, der seinen Herzog so beleidigt hatte, kaltblütig zu erdolchen. Noch heute. «Weh dir, falscher Waldemar!» *Alle Welt fürchte den Herrn; und vor ihm scheue sich alles, was auf dem Erdboden wohnt.* Insbesondere die, die andere so infam verleugneten.

Karl blieb nur noch zu tun, was sich allen aufdrängte: den Markgrafen Waldemar neu zu belehnen. Die Fahnen wehten, die Stöße der Trompeter schallten weit über die Ebene, es ging feierlich zu. Nachdem der König die Mitglieder der Kommission aufgezählt und deren Urteil noch einmal wiedergegeben hatte, fügte er hinzu, daß Gott ihn aus seiner Gnade heraus in eine solche Würde gesetzt habe, daß er jedermann in seinen Rechten beistehen und ihm dazu verhelfen solle. Eben deshalb verleihe er dem Markgrafen Waldemar, seinen Erben und Nachkommen die Mark zu Brandenburg mit allen Ehren, Würden, Rechten, Nutzen, Herrschaften, guten Gewohnheiten und Zubehör, namentlich mit der Stimme und Kur, die ein Markgraf zu Brandenburg bei der Wahl des Römischen Königs habe. Er versprach, Waldemar in seinen Rechten zu schützen, wer immer sie ihm streitig machen wollte. Darüber wurde

und wäre am liebsten ins Moos gesunken, um viele Stunden zu schlafen. Doch das konnte er nicht, denn es wurde langsam Abend – und der Zug mit Waldemar konnte nicht weit hinter ihm sein. *Laß dir an meiner Gnade genügen; denn meine Kraft ist in den Schwachen mächtig.* Nachdem er dies hoch aus den Lüften vernommen hatte, ging es wieder. Er schlüpfte in den Pferdestall, wo er seine viel zu auffällige schwarze Mönchskutte gegen die graue Kleidung eines Knechts austauschen konnte, die hinter der Tür am Haken hing. Nun griff er sich einen Weidenkorb mit kleingehacktem Holz und ging einfach auf den Hintereingang zu, den Kopf leicht von der Wache weggewandt. Nur vor Hans Lüddecke hätte er Angst gehabt, aber nicht vor diesem schläfrigen Burschen. Doch der lange Kerl an der rückwärtigen Front des Herrenhauses tat seine Pflicht.

«He, wer bist du?»

Freidank fühlte sich wehrlos, denn mit dem schweren Korb in den Händen hatte er keine Chance, zu seinem Dolch zu greifen. Trotz seiner Verwirrung schaffte er es aber, den anderen anzuknurren. «Der neue Knecht, der Jochen. Paß doch gefälligst besser auf, sonst sag ich's meinem Freund, dem Hans Lüddecke, und der tritt dir in den Hintern, daß du bis zum Mond hochfliegst.»

Damit war er am Wächter vorbei und stand wenig später im Dienstbotenflügel des Herrenhauses. Schnell war der Korb vor der Küche abgesetzt. Sein Blick ging tastend den Gang hinunter. Da hinten links war Waldemars Zimmer. Kein Mensch weit und breit. Wie denn auch, sie waren ja alle vor dem Zelt des Königs und jubelten ihrem Markgrafen zu, auch Henning von Nienkerken und Hans Lüddecke. Freidank freute sich, da hatte er also richtig kalkuliert.

Was nun, fragte er sich, doch die Antwort war klar: Er mußte jetzt sofort in Waldemars Gemach eindringen und sich dort irgendwie verstecken, denn im Augenblick stand keine Wache vor dem Zimmer, nachher, wenn sich Waldemar – oder

knien sah, war kein anderer als der, der sich Waldemar nannte und den der König heute vormittag an Stelle Ludwigs zum neuen Herrn Brandenburgs gemacht hatte. Gleich würde er sich zum Schlaf ins Bett legen – zum ewigen Schlaf...

Freidank zog die Tür wieder zu. Auch dieses glückte, denn der alte Mann war zu sehr mit sich selbst beschäftigt. Und wahrscheinlich wußte er gar nichts von dem verborgenen Archiv, war es doch nicht sein Haus, in dem sie hier weilten. Nun fiel Freidank das Warten erheblich leichter als vordem. Als er meinte, daß Waldemar nun schlafen müsse, zog er seinen Dolch aus dem Gürtel. Doch gerade als er die Tür abermals aufdrücken wollte, hörte er eine sonore Stimme im Raum: ganz offensichtlich Hans Lüddecke. Gott, wenn der nun sein Lager neben Waldemar aufschlug! Es war auch noch ein anderer Mann gekommen, wahrscheinlich dieser Henning von Nienkerken, und Waldemar sprach mit ihnen. Was sie sagten, konnte Freidank nicht verstehen. Dann gingen die Besucher.

Freidank wartete und umschloß den Dolch mit den Fingern seiner rechten Hand. Sie waren feucht. Er hatte Angst, es nicht zu schaffen. «Nein, ich kann es nicht!» flüsterte er. Da war die Stimme wieder in ihm: *Alle Dinge sind möglich dem, der da glaubt.*

Von jetzt an war er nur noch eine Marionette fremder Kräfte. Er stieß die Tür auf und sah den Mann im Bett, die Decken hochgezogen. Er lag mit dem Rücken zu ihm, was die Sache sehr viel leichter machte. Wie von Sinnen stach Freidank zu. Siebenmal. Und jeder Stich wäre schon für sich allein tödlich gewesen.

Das Ende dieser Geschichte ist schnell erzählt. Der Dolch, mit dem Freidank zugestochen hatte, wurde zwei Tage später im Lande jenseits der Oder gefunden, und zwar oberhalb der Ortschaft Tamsel, nahe der Stelle, wo drei Jahrhunderte später das schönste Schlößchen Preußens stehen sollte. Wer ihn aus dem Boden grub, war kein anderer als Hans Lüd-

Anhörungen zu Spremberg, Bautzen und Nürnberg ließ er Leute die Sache entscheiden, die von vornherein parteiisch und von ihm abhängig waren. Dieser Waldemar sei unzweideutig falsch gewesen, hieß es nun amtlich, doch Waldemar – oder wer immer es war – wurde nicht etwa eingesperrt oder gar enthauptet, wie man es mit einem Betrüger dieser Art doch wohl hätte tun müssen, sondern durfte seinen Lebensabend in Ruhe und Frieden bei seinen Verwandten in Dessau verbringen, was von diesen nicht nur als Widerspruch in sich selbst gegeißelt, sondern auch als Beweis für seine Echtheit genommen wurde. Dort in Dessau starb der Mann, der Waldemar war oder sein wollte, jedenfalls aber einer der merkwürdigsten Männer ist, die jemals gelebt haben, dann im Jahre 1357 und wurde vor dem Altar der Schloßkirche St. Marien begraben.

Karl IV. erreichte seine hohen politischen Ziele schon bald: Ostern 1355 wurde er in Rom zum deutschen Kaiser gekrönt und war knappe zwanzig Jahre später auch der Herr Brandenburgs, denn 1363 starb Ludwig der Ältere, zwei Jahre später sein Bruder, «der Römer», und Otto, dem sie alsbald den Beinamen «der Faule» gaben, verzichtete am 15. August 1373 in Fürstenwalde gegen eine hohe Entschädigung zugunsten von Karls Söhnen auf die Mark.

Wir können sicher sein, daß es in den Geschichtsbüchern anders stehen würde, wenn Freidank, der Mönch, Anno 1348 im Herrenhaus von Heinersdorf den Markgrafen Waldemar mit dem gestohlenen Dolch des Kaisers wirklich erstochen hätte. Dann wäre Karl IV. in diesem Augenblick nämlich gar nichts anderes übriggeblieben, als Waldemars Verwandten aus Sachsen und Anhalt die Mark für immer und ewig als genuines Erbe zuzusprechen – und zwischen Dänemark, Schweden, Mecklenburg, Pommern, Polen, Böhmen, Bayern, Braunschweig und Magdeburg wäre eine neue Großmacht entstanden, die askanische, die den Lauf der Geschichte in Mitteleuropa wohl nachhaltig verändert hätte. Zumindest wäre dann nicht fünfzig Jahre später der Nürnberger Burggraf Friedrich

6. wer eine Todsünde mit Tinte befleckte und wer den Buchdruck in Wahrheit ersann

CHRISTINE LEHMANN

Als man die siebzehnjährige Enne schickte, um nachzuschauen, warum die Alte nicht zum Frühgebet erschienen war, fand sie sie tot am Tisch, vom Schemel gegen die steinerne Wand gesunken. Die Feder war der knöchernen Hand entglitten, das Talglicht flackerte.

Der Tod holt jeden, dachte Enne, manche früher, manche später. Das war kein Grund, mit fliegenden Röcken zu Schwester Claudia zu rennen. Die Greisin war über achtzig Jahre alt gewesen. Niemand hatte ihr Gesicht gesehen, denn sie hatte es stets mit Tuch verhüllt. Niemand wußte, wer sie war. Sie war wohl Bürgerin von Mainz gewesen, aber keine der sechstausend Seelen der erzbischöflichen Stadt wußte von einer Frau, die Hof und Familie verlassen hatte, um, ausgerüstet mit einer stattlichen Mitgift, bei den Beginen Asyl zu suchen, innere Einkehr zu halten und sich darauf vorzubereiten, vor den göttlichen Richter zu treten. Man wußte nur, daß sie keine Adlige war, denn sonst wäre sie zu den Klarissen ins Kloster gegangen und nicht zu den Beginen, die zwar wie die Nonnen lebten, aber das Gelübde nicht abgelegt hatten.

Manchmal hatte Enne sich über die seltsam hellen Augen

kehrte und die Träger vom Hafen allerlei Tuch, Goldgerät und Pergament auf den Humbrechthof schleppten. Drei Dinge aber trug er mit eigenen Händen in sein Gemach hinauf. Das waren ein alter Dolch von der verarmten Kaufmannsfamilie Börnicke, ein Büchlein beschriebenen Pergaments aus Böhmen und ein hölzernes Kästchen aus Haarlem.

Da ich neugierig war, so schlich ich, wie mein Vater in Geschäften außer Haus war, in sein Gemach hinauf. In dem Kästchen waren Zinnklötzchen mit dem Alphabet, wie man sie zum Stempeln von Buchdeckeln nahm. Der Dolch beschwerte das Büchlein Pergament. Ich legte ihn beiseite.

«Ach, ach!» las ich eines Mannes Klagen. «Unverschämter Mörder, Herr Tod, böser Lasterbalg, seid verflucht!»

Da hätte ich meine Augen abwenden müssen. Aber ich wollte wissen, warum er den Tod beschimpfte.

«Meine süße Taube habt Ihr mir geraubt», las ich. «Mit ihrem Kind in reinem Nest ist sie gestorben. Schlechte alte Leute laßt Ihr ungeschoren, Herr Tod; die Guten und Nützlichen aber rafft Ihr dahin. Eure Sense ist uneben; duftende Blumen rottet sie aus, die Distel aber läßt sie stehen. Richte Gott über Euch, den falschen Richter.»

Nur wenige Bücher hatte ich bis dahin gesehen und keines, das nicht Demut und Abkehr von sinnlichen Dingen lehrte. Hier aber klagte einer ohne Maß um seine Frau, die im Kindbett gestorben war. Er nannte sich einen Ackermann aus Böhmen, der mit der Vogelfeder pflügte. Also war er ein Schreiber.

«Du tust uns Unrecht», widersprach ihm nun der Tod. «Wir haben Gnade an dir getan, daß wir dein Weib in Ehren nahmen, bevor es alt und schlecht wurde. Denn der Mensch wird in Sünden empfangen, vom Unflat im mütterlichen Leib genährt, nackt geboren und ist ein Kotfaß, eine Wurmspeise, ein Stankhaus. Zieh der schönsten Frau des Schneiders Farbe aus, und du siehst einen kotigen Erdbollen.»

Amen, wollte ich wohl sagen und mich abwenden, um nicht noch mehr Dinge zu lesen, die ein Mädchen nicht wissen

ner. So dachte ich, daß von mir die Besserung der Welt abhinge. Man sagte ja auch, daß die Männer das Saufen, Spukken und Grölen sein ließen, sobald Frauen ins Zimmer kamen. Also wünschte ich, daß auch andere Frauen dieses Büchlein zu lesen bekämen. Doch war in so einer Handschrift die Weisheit vor aller Welt verschlossen und verborgen wie in einer Truhe, deren Kleinod niemand kennt als der, dem sie gehört. Wenn ein Feuer käme, so wäre der Gedanke mit dem Pergament dahin und ein Raub des Todes.

Als nun einige Jahre danach die Zünfte mit den Geschlechtern rachteten, sich also versöhnten und Frieden schlossen, kam auch der Henne Gensfleisch, genannt Gutenberg, nach Mainz zurück. Man sagte, daß er Straßburg wegen einer geheimen Kunst habe verlassen müssen, tausend völlig gleiche Dinge herzustellen, und daß er nun in Mainz Geld borge für eine neue Unternehmung, die mit Büchern zu tun habe. Da ging ich zu meinem Vater in die Handelsstube und sagte: «Lieber Vater, wollt Ihr dem Gutenberger nicht Geld borgen?»

«Warum soll ich?» erwiderte er. «Er ist ein hochfahrender Junker, der auf die Zünfte herabsieht und mit den alten Geschlechtern schon mehrmals Mainz verlassen hat, um dem Stadtrat nicht Steuern zahlen zu müssen, solange die Zünfte die Mehrheit haben. Zuletzt hat er in Straßburg sogar unseren Stadtschreiber in den Schuldturm werfen lassen, um den Stadtrat zu erpressen, damit er ihm die Leibrente weiter zahlt.»

«Aber es heißt», sagte ich, «daß er auch den Geschlechtern nicht angehört, weil er einen Großvater bei den Krämern hat. Darum hat er die Goldschmiedekunst und die Alchimie der Metalle gelernt. Man sagt, er habe in Straßburg tausend Spiegelchen gepreßt, wie man sie letztes Jahr zur Wallfahrt nach Aachen mitgenommen hat, um sie hochzuhalten, wenn die Reliquien gezeigt werden, und in den Spiegelchen die Heilskraft einzufangen. Es sollen Tausende in einem einzigen Apparat gemacht worden sein, und der Gutenberger hat viel Geld damit verdient.»

gelehrte Nikolaus von Kues habe auf dem Konzil von Basel beklagt, daß die Meßbücher und Bibeln vom Abschreiben so viele Fehler enthielten. Auch habe Kues, als er vom Heiligen Vater nach Konstantinopel geschickt wurde, dort bedrucktes Papier aus China gesehen.

«Ich fürchte aber», sagte mein Vater, «daß kein Bischof und kein Fürst eine Bibel kaufen werden, die nicht in heiliger Andacht vom Schreiber geschrieben worden ist.»

«Also muß unsere Kunst die Kunst der Schreiber vervollkommnen», sagte der Gutenberger hochmütig. «Wenn wir nicht zuerst die Heilige Schrift machen, wird man das Handwerk nicht für ehrlich halten. Doch wenn es gelingt, werdet Ihr das Doppelte wiederbekommen von dem Geld, das Ihr mir gebt.»

Das entzündete auch die Kaufmannsseele meines Vaters. Wenige Tage darauf schlossen beide mit Feder und Tinte den Pakt für eine Gemeinschaft zur Errichtung des Werks der Bücher im Humbrechthof. Dafür gab mein Vater 800 Gulden, für die er dem Gutenberger die Zinsen erließ, da ein Christenmensch nicht Wucher treiben darf; denn es war Gold aus den Truhen meines Vaters. Man hätte in Mainz damals zehn Häuser aus Stein dafür kaufen können.

Aus Straßburg kam ein Kistner, der dem Gensfleisch schon dort eine Presse nach Art der Winzerpressen gezimmert hatte. Davon sollte er jetzt mehrere bauen. Mein Vater holte außerdem den jungen Peter Schöffer aus Gernsheim zu uns ins Haus. Er hatte in Erfurt für den Priesterstand studiert und in Paris die Kunst des schönen Schreibens gelernt. Mit ihm nun studierten mein Vater und der Gutenberger am Fenster in der Stube die Schriftart einer Bibel, die sie für 500 Gulden im Stift Sangt Victor erworben hatten. Dann entwarf der Schöffer die Buchstaben, nach denen der Goldschmied eiserne Stempel schnitt. Es wollte aber der Gensfleisch niemandem, der nicht scin Geselle wäre, sagen, wie er die Stempel verwenden wollte.

heben konnte. Ich konnte mir aber gar nicht erklären, wozu das alles gut wäre, und schauderte.

Wie ich nun den Svenzelin, meine Schleppe, aufnahm und hinaushuschen wollte, stand auf einmal der Herr in der Tür und versperrte sie vollständig mit seiner breiten Gestalt. Seine Schecke, die kurze Jacke, war aus Samt und Pelz und an Brust und Schultern wattiert. Der Gürtel funkelte von Edelsteinen. Die Beinlinge waren aus feinstem Scharlach, und seine Scham wurde von einer mächtigen Lederkapsel verdeckt. Sein Haar war feucht und sein Gesicht rosig wie das von Leuten, die aus dem Bade- und Schwitzhaus kamen.

«Was suchst du hier? Sollten die Jungfern nicht bei den Kochtiegeln sein oder auf den Knien vor dem Marienbild, damit alle unkeuschen Gedanken kuschen?»

«Ihr müßt mich nicht so anfahren», sagte ich, «denn Ihr seid selbst nicht über den Verdacht erhaben, mit unehrlichen Dingen umzugehen. Niemand versteht, was Ihr treibt.»

Henne lachte laut auf. «Und du willst es vor allen anderen verstehen?» Er kam herein in die Werkstube und faßte mich am Kinn. «Darf denn ein Fräulein soviel helle Vernunft haben?»

Ich wendete den Kopf, so daß er mich fahrenlassen mußte, und wich zurück bis an einen Werktisch, auf dem ein eisernes klotzartiges Gerät und allerlei Zeug lagen. Auch ein Haufen bleierner Stäbchen war dort, jedes nicht viel länger als ein Daumennagel, an den Seiten und unten glatt geschliffen und oben zu einer erhabenen Letter geschnitten, so wie die Buchstabenstempel der Goldschmiede. Sie seien aber weder geschliffen noch geschnitten worden, sagte Gutenberg, sondern gegossen aus mehreren Metallen, deren Legierung er in Straßburg erfunden habe.

Er nahm nun das eiserne, klotzartige Gerät vom Tisch. Es war ein raffiniertes Ding, denn darin entstanden die Stäbchen mit den Buchstaben. Oben hatte es ein rechteckiges Löchlein, gerade so groß, wie eines der Letternstäbchen von unten aussah.

beim dritten Versuch rasteten die beiden Hälften dort zusammen, wo sie sollten.

«Aber», sagte ich, «wenn sie nun nicht einrasten würden? Wenn man die beiden Hälften so gegeneinander verschieben könnte, daß das Loch für das m breiter bliebe und für das i enger würde, so bräuchte man für alle Sorten von Lettern nur einen einzigen Apparat.»

«Teufel!» entfuhr es dem Henne Gensfleisch. «Was verstehst du davon? Wer hat dir den Sinn geschnitten? Dein Vater nicht, denn er hat Angst, daß es nicht gut wird. Des Schöffers pfäffischem Sinn sind alle Apparate widerwärtig, da Gott uns nicht geheißen hat, die Welt zu verbessern. Du aber verstehst, daß ich mit ausgetüfteltem Gerät auf schnelle und leichte Arbeit sinne.»

Mit solchen Worten machte er mich eitel und stolz auf meinen Verstand, und mir schwindelte. Um ihn war ein Wohlgeruch von Natronseife und Rosmarin aus dem Badehaus, und meine Verwirrung wurde größer. Da ging mir durch den Kopf, was ich beim Ackermann gelesen hatte über die Kunstfertigkeit des menschlichen Hauptes mit der Nase, darin der Geruch ist, durch zwei Löcher ein und aus gehend, gar sinnig ausgetüftelt zur behaglichen Sanftheit des Genießens, das die Nahrung der Seele ist. Und meine Seele hungerte nach weiterem herrlichen Lob meiner Klugheit von den Lippen des Gutenbergers.

Da erschrak ich, denn ich erkannte, welch schwarze Macht das Buch vom Ackermann, das ich heimlich gelesen, über mich ausübte, da es mich nach Wollust und Herrlichkeit verlangen machte. Wie Eva im Heiligen Garten hörte ich die Schlange flüstern, daß es Dinge zu wissen gebe, von denen noch niemand etwas wisse. Es war aber des Teufels.

Furcht und Schrecken jagten mich, daß ich fortkäme vom Hof des Gutenbergers.

Des Winters Leichentuch legte sich über Mainz; die Brunnen gefroren, das Eis zerschlug auf dem Rhein so manchen

Seite, die sie in eine Klemme über den Setzkasten hängten, die Tenakel hieß. Mit der rechten Hand suchten sie die Buchstaben zusammen, die sie in den Winkelhaken reihten. Das war eine Holzschiene, die sie in der linken Hand hielten und die genau eine Zeile lang war. Sobald drei Zeilen übereinander in den Winkelhaken gefügt waren, und zwar in der Weise, daß sie alle auf den Millimeter genau gleich lang waren, was kein Schreiber je vollbringen konnte, kamen sie zu den anderen gesetzten Zeilen ins Schiff. Es wuchsen im Schiff zwei Kolumnen mit je zweiundvierzig Zeilen zu einem Block aus Blei heran.

Noch einmal mußte mein Vater 800 Gulden für das Werk geben. Planwagen brachten von den Schiffen im Hafen Stapel mit Papier aus den Haderdreschmühlen Italiens, außerdem Pergament, für das einige zehntauend Kälber die Haut hatten lassen müssen, bis unsere Lagerkammern voll waren bis unters Dach. Abends aber, wenn ich das Brot, darauf der Braten gelegen hatte, den Bettlern gab, ging mein Vater an den Rechentisch, auf dem die Linien geritzt waren, über die man die Rechenpfennige schob. Auf den Linien rechnete mein Vater und kratzte sich die Glatze unter dem Hut blutig, danach rechnete er auch mit der Feder und arabischen Zahlen und seufzte. Denn dieses Mal hatte er die 800 Gulden selbst beim Wucherer in der Judenstadt borgen müssen.

«Saturn ist gegen uns», sagte er zum Schöffer. «Ich sehe immer nur, daß ein ums andere Blatt Papier und sogar Pergament auf dem Lumpenberg landet. Wird es je gelingen?»

«Das weiß Gott allein», erwiderte der Schöffer, «denn der Gutenberger weiß es nicht. Er probiert und verdirbt dein Geld und dich.»

Als die Pfaffen nun von der Kanzel die Schankzeiten für den neuen Wein ausriefen und alles maßlose Volk in die Pfarrhäuser lief, weil dort der Wein steuerfrei ausgeschenkt wurde, befahl mein Vater mich zu sich in die Stube.

«Mein Kind, du bist bald siebzehn Jahre und brauchst einen Herrn. Der Peter Schöffer beklagt sich, daß du jeden Tag in

vom Druckstock, und man hörte dabei das Schmatzen der Farbe. Der nächste nahm das bedruckte Blatt aus dem Rahmen, und noch einer hängte es an eine Leine, daran schon viele Pergamentstücke hingen, damit die Tinte trockne.

Da ich eintrat, hielten nun alle nacheinander inne, und es wurde still. Darauf kam Henne Gensfleisch herbei und wischte sich am Wams die Drucktinte von den Händen.

«Wer hat dich geschickt?»

«Niemand», sagte ich. «Aber Ihr druckt hier, und auf dem Humbrechthof geht es nicht weiter.»

«Das verstehst du nicht.»

«Dann erklärt es mir. Mein Vater fürchtet um sein Geld.»

Henne lachte. Da läuteten schon die Glocken von Sangt Christoph, Mariengreden, Sangt Victor und noch von vielen anderen Türmen den Abend ein, und der Gutenberg schickte seine Gesellen aus der Werkstatt, damit sie sich von der Beildeckerin auftischen ließen.

«Schau her», sagte er, als wir allein waren, «ich drucke den Ablaßbrief, den der Heilige Vater dem König von Zypern gewährt hat, damit er Geld sammle zur Verteidigung gegen die Türken.»

«Aber», sagte ich, «ich sehe, Ihr verwendet die Buchstaben, die für die Bibel im Humbrechthof gegossen wurden, zu Eurem eigenen Nutzen in Eurer eigenen Werkstatt. Dafür hat mein Vater Euch sein Geld nicht gegeben.»

Da nahm er meine Hand und zog sie gegen sein Herz, das ihm klopfte. «Geh nicht so scharf mit mir ins Gericht, mein Kind. Was ich beim Verkauf des Ablaßbriefes gewinne, soll in das Werk deines Vaters zurückfließen. Ich muß doch alle Geräte und ihre Handhabung erst erdenken und erproben. Nimm die Ballen zum Aufbringen der Tinte. Sie müssen aus Hundehaut sein, weil sie keine Poren hat, welche die Tinte einsaugen.»

«Aber der Schöffer sagt, Ihr versteht gar nicht zu drucken, und nun sehe ich, daß Ihr es doch könnt.»

«Könntet Ihr mich nicht heiraten?» sagte ich. «Es soll Euer Schaden nicht sein. Mein Vater wird seinen Vorteil schon erkennen.»

Nun lachte Henne nicht mehr. «Armes Täubchen; kommst zu mir geflattert, um mir Wonnen anzutragen, zu denen ein alter Mann wie ich keiner Verführung bedürfte. Aber ich kann dich nicht retten, denn ich habe in Straßburg schon eine Frau heiraten müssen und bei den Beginen gelassen, die mich mit Hilfe falscher Zeugen wegen eines Eheversprechens verklagt hat ...»

Mir wurde schwarz in der Seele.

«Aber», fuhr Henne in übermütigem Ton fort, «dem Schöffer, dem Lasterbalg, der seinen Vater nicht kennt und auf Kosten deines Vaters lebt, dem will ich gern den Wein sauer machen.» Dabei zog er mich an sich. Seine Augen waren kalt wie Eisen im Winter, daran die Hand festklebt. Wie ich sein steinernes Begehren fühlte, verstand ich, wie er dem Schöffer den Wein sauer machen wollte, und rückte ab.

«Ich muß heim zum Essen.»

Doch er schlug mir nun die heimliche Ehe zu unser beider schändlicher Erquickung und Betrug am Schöffer vor.

«Der Schöffer ist ein Dummkopf», sagte Henne, «der sein Weib töricht und unterwürfig haben will, damit er um so mehr als Meister glänzt. Du aber bist ein helles Mädchen. Ich fürchte mich nicht vor deinem Witz. Du verstehst die Dinge wie ein Mann.»

«Ich verstehe nur das eine», erwiderte ich, «daß Ihr nämlich studiert und viele Bücher gelesen habt, die in den Universitäten und Klöstern liegen. Ich aber weiß nichts und besitze kein deutsches Buch. Doch ich habe heimlich eines gelesen, das mir den Sinn entzündet hat. Ich will nur, daß dieses Buch, das meinem Vater gehört, gedruckt wird, damit noch andere daraus ersehen, daß beiden Geschlechtern ein Kopf aufgesetzt ist.»

«Das muß ja ein wundersames Buch sein», sagte er, «wenn es die Augen einer Kaufmannstochter so hell und ihren Sinn so

kat verhängt, auf den Granatäpfel gestickt waren. An den Wänden standen schwere Truhen. Soviel Wohlstand hatte ich noch nie gesehen, obgleich mein Vater einer der reichsten Männer der Stadt war.

Henne entzündete mit dem Talglicht eine Kerze von Wachs, und öffnete auf dem Tisch ein Kästchen mit Schloß und Schlüssel, aus dem er ein grünes Fläschchen nahm.

Wieder sah ich die Druckertinte an seiner Hand und wunderte mich, daß er sich die Hände schmutzig machte, obgleich er ein Abkömmling der alten Geschlechter war. Man sagte, daß er in Eltville, auf der anderen Seite des Rheins, Güter habe und daß ihm der Gutenberghof gehörte, nachdem Mutter und Bruder gestorben waren und seine Schwester nach Frankfurt geheiratet hatte. Trotzdem hielt er es nicht für unehrenhaft, zu handwerken wie irgendein Geselle. Denn ein Meister war er nicht, genausowenig wie ein Ritter, obgleich er sich so eingerichtet hatte. Wenn er nun all dies und seine Druckerei vom Geld meines Vaters bezahlt hatte, so war er auch kein Herr von Ehre und Treue, sondern ein Dieb und Betrüger.

«Nimm dies als Brautgabe», sagte er und reichte mir das Fläschchen. «Es ist etwas darin, das deinen Peter Schöffer so närrisch machen wird, daß er Sodom und Gomorrha für den Himmel hält. Es ist Amber aus Italien. Sein Wohlgeruch betört jeden noch so herrischen Mann. Fünfzehn Gulden habe ich im Kaufhaus Brand dafür bezahlt. Dafür müßte dein Peter ein Jahr als Meister arbeiten, wenn er denn Meister wäre.»

«Wollt Ihr mich damit verführen oder bestechen?»

«Teufel! Hätte ich eines von beidem nötig? Schau mich nicht so richterlich an. Bin ich denn ein gar so übler Mann?»

«Aber ordentlich eitel seid Ihr schon», sagte ich lächelnd.

Er lachte. «Ich sehe, ich kann dich nicht täuschen. Mögen auch meine Feinde an deinem Geradsinn scheitern. Sei du die Zeugin meines Strebens und die Richterin über meine guten Absichten.»

Da er mich zur Richterin über sich und die Meinen er-

Als nun ein neuer Tag die Decke von der Nacht zog, die alle Übel, Heimlichkeit und Unflat verbirgt, lag mein Sohn mit blauem Gesicht in dem Nest, das ich aus Papier gemacht hatte. Von der Hand, die ihn erwürgt, sah ich Finger und Daumen mit schwarzer Tinte in den kleinen Leib gedrückt. Auf der papiernen Unterlage war noch ein Abdruck vom Daumen, den ich studierte, da mir nichts anderes zu tun blieb in meinem Unglück und Elend.

Nachdem ich sechs Wochen erst krank, dann trostlos in der Papierkammer gelegen hatte, ließ mein Vater mich herabkommen.

«Sei demütig und dankbar», sagte er, «und bitte Gott, daß er durch dich nicht an anderen Übles tue, denn der Peter Schöffer ist verzeihend wie Herr Christus selbst und will dich immer noch zur Frau nehmen. Zur Sommersonnenwende ist Hochzeit.»

Der Tag kam. Ein Ochse drehte sich am Spieß, Schweine wurden geröstet, Zicklein, Fasan und Hasen gebraten, aus Tauben und Krammetvögeln Pasteten gebacken, Butter geschmolzen und mit Birnensaft und Zucker zur Soße gerührt, der Wein mit Nelken und Zimt gekocht, Bier und Apfelmost in Fässern herbeigerollt. Auf unserem Hof standen Tische für mehr als hundert Leute, damit sie sich den Wanst vollschlügen, bis sie sinnlos unter die Bänke fielen.

Ich trug das Kleid mit Wams und Robe und Teufelsschweif, das ich winters wie sommers in der Werkstatt genäht, und hatte von dem Amberduft, den mir Henne geschenkt, ein wenig genommen, damit der Peter mein Meister nicht würde. Auf die Nacht nun griff er mich und führte mich unterm Gejohle derer, die noch bei Sinnen waren, hinauf in die Kammer, die mein Vater ihm zum Leben mit mir überlassen hatte.

Als er die Laterne auf dem Tisch abstellte, lag darauf als Hochzeitsgabe meines Vaters der Dolch. Seine edlen Steine funkelten neben Feder und Tintenfaß. Auf einmal sah ich, daß auch Peters Hand an Daumen und Zeigefinger geschwärzt

knüpft sind, da man doch die Zukunft daraus liest? Und müssen darum nicht, da des Menschen Geschick ihm eigen und einzig ist, auch die Linien, die es vorhersagen, einzigartig sein?»

«Du machst mich ganz närrisch, betörende Logica. Hör auf damit. Sei zahm und lieb und beuge dich meiner Lust und Zeugungskraft. Du wirst ein anderes Kind in Ehren haben. Ich beschwöre dir alles, aber komm.»

Noch einmal zückte ich den Dolch. «Erst heb die Hand! Aber berate dich gut mit deinem Gewissen. Denn ich habe die Linien des Abdrucks auf dem Papierlager des Balgs genau studiert. Wenn sich ein Gerechter findet, der für mich Klage führt, so könnte ich vor dem Richter fordern, daß alle, die mit Tinte Umgang haben, die Hände vorzeigen; und ich würde die mörderische Hand erkennen und zum Vergleich und Beweis das Papier herbeibringen, das ich versteckt habe. Für meine eigene Sündtat ginge ich an den Pranger, wenn du nur hängst, denn mit einem Kindsmord hast du dir eine Ehe erkauft, die vor der Welt ehrenhaft scheinen soll.»

Da verbarg Peter Schöffer die Hand hinter sich und erkannte, daß er mein Meister nicht werden konnte, sondern ein Elender war vor seiner Frau. Weil ich ihm den Beischlaf verweigerte, fürchtete er aber nun, daß die Ehe vor dem Gesetz keine Gültigkeit hätte, und beredete meinen Vater, daß er ihn an Sohnes Statt annahm und zum Erben einsetzte, denn allein darauf zielte all sein Trachten.

In zwei Jahren wurden hundertundfünfzig Bibeln im Humbrechthof fertig. Sie mußten nur noch mit Initialen verziert, von den Malern illustriert und gebunden werden. Mein Vater nahm etliche bedruckte Bögen und reiste nach Frankfurt, um sie dem Kanzler des Kaisers zu zeigen, einem Gelehrten, der einige Jahre später zum Verderben von Mainz Papst wurde. Der Kanzler nahm meinem Vater die Angst, die gedruckten Bibeln könnten für Teufelswerk gehalten werden. Und Kaiser Friedrich III., dem man erklärte, die Bibel sei mit Blei ge-

daß die Messer und Becher sprangen. «Das Lachen soll ihm sauer werden!»

Da hörte ich in meinem Kopf den Henne lachen, laut und beleidigend für jeden, der nicht von seiner Art war. Hätte man mich vor den Schuldrichter gelassen, so hätte ich bezeugen können, daß das Geld, das mein Vater ihm gegeben hatte, zu beider Nutzen für das gemeinsame Werk der Bücher bestimmt gewesen war und die Zinsen ihm erlassen.

Aber ich durfte nicht vor Gericht und im Dienst der Wahrheit Zeugnis ablegen, da mein Vater und mein Gatte mich einsperrten. Da saß ich nun in meiner Kammer und fürchtete, daß Henne mich am Ende für eine Verräterin halten könnte. Denn mein Vater legte zum Beweis für den Betrug den Ablaßbrief vor, den ich Henne im Gutenberghof hatte drucken sehen. So mußte er doch denken, ich hätte ihn angeschwärzt. Denn er mußte fürchten, daß ich mich rächen wollte, weil er meinen Vater und mich um die Ehre gebracht hatte, als er mich schändete, um den Schöffer zu verhöhnen. Schon in Straßburg hatte er eine Frau um die Ehe prellen wollen und sitzenlassen. Genauso hatte er mich allein gelassen, als ich sein Kind trug und gebar und mein Vater mich aus Grimm in die Papierkammer unters Dach steckte, damit der Tod leichteres Spiel habe.

Als der Prozeß vor dem Rat der Stadt anging, klagte ich mich vor Gott an, daß ich gleich Eva zu wissen begehrt hatte, was mein Vater von seiner Handelsreise mitgebracht hatte, und den Dolch von des Ackermanns Klage nahm. Denn alle Ursache des Verderbens ist die Neugierde, von der auch Eva sich hatte verleiten lassen, verbotene Dinge zu kennen. Hernach war sie so töricht gewesen, ihr Wissen mit Adam zu teilen. Und so waren Mord und Krieg in die Welt gekommen. Denn der Mann trumpfte gegen den anderen auf und machte ihm, wie mein Vater dem Henne, Hab und Gut streitig. Und das Weib durfte fortan nicht mehr ihres freien Willens leben.

Als die Pfützen in den Gassen des Morgens von Eis splitter-

denn er wagte um seiner Untat willen nicht gegen mich aufzubrausen, «wie die Bücher die Weiber aufsässig machen.»

«Ja», sagte ich, «ihr wollt uns in Dummheit halten. Deshalb legt ihr die Bibel aus, wie ihr wollt. Wir sollen kein Latein können und die Bibel nicht auf deutsch haben, denn sonst könnten wir dahinterkommen, warum ihr euch am warmen Ofen an den Gesängen Salomons ergötzt, in kalter Kirche aber vom Unflat der Frauen predigt.»

«He, he!» sagte mein Vater, und der Hut fiel ihm vom Kopf. «Streitet euch nicht, Kinder. Feiert. Gebt euch die Hand. Schließt Frieden. Der Gutenberger ist erniedrigt. Du aber, meine Tochter, sollst dein Büchlein haben, so Gott will und wir Zeit haben, es zu drucken.»

Als ich ihn aber nach einiger Zeit daran erinnerte, so sagte er, er habe das Büchlein nicht mehr, es sei ihm verlorengegangen. Doch ging Peter Schöffer nun lächelnd durchs Haus, da er in dieser Sache mein Meister geworden war, und ich fürchtete, daß er nun gänzlich mein Herr werden würde. Denn ich konnte an das Büchlein nicht anders kommen, als ihm zum Tausch das Zeugnis seines Verbrechens, die papierne Unterlage mit seinem Fingerabdruck, anzubieten.

Sieben Jahre vergingen. Ich beugte mich und gebar einen Sohn, der in Ehren leben durfte. Der Kanzler des Kaisers wurde Papst. Im Humbrechthof setzte man den Psalter und druckte ihn in Vollkommenheit der Kunst in mehrerlei Farben. Mein Vater und Peter aber spotteten über die elenden Drucke, die vom Gutenberghof kamen: die Latein-Grammatik für Studenten, Sternkalender für Bürgerhäuser, Rechenbücher für die Krämer und Aderlaßkalender für die Ärzte.

Da nahm ich eines Tages das Büchlein vom Ackermann, das ich gegen den Beweis des Schöffers Untat und zu meiner ehelichen Unterwerfung eingetauscht hatte, und ging zum Gutenberghof. Es war aber die Zeit, da der Rat der Stadt den Diether von Isenburg zum Erzbischof wählte, weil er versprach, das Pfaffenprivileg abzuschaffen, den Wein steuerfrei von der

Henne ächzte. «So soll mir also nichts bleiben als ein paar bleierne Lettern und die knarrende Presse, auf der ich jetzt die Streitschrift des Nassauers drucke. Er wird Mainz vernichten, denn es will der unsinnige zünftige Rat der Stadt lieber für pleite gelten, als den Isenburger für den Krieg zu rüsten.»

«Wenn aber der Isenburger doch gewinnt, so solltet Ihr besser auch seine Polemik gedruckt haben.»

Darauf lachte Henne fast so, wie er früher gelacht hatte. «Klug gedacht. Aber ich bin über sechzig Jahre; da soll mich der Welt Gezänke nicht mehr kümmern, der Tod nicht erschrecken und leibliche Not nicht anfechten. Und nun komm her und sage mir, warum du gekommen bist, denn nie bist du ohne ausgeklügelten Zweck in mein dunkles Haus gekommen.»

«Druckt mir dieses Büchlein. Ich will es auch bezahlen.»

«Womit denn?»

«Mit diesem Fläschchen Amber, das soviel wert ist wie das Meistergehalt eines Jahres, wie Ihr wißt. Uns Frauen läßt man ja nie mehr als ein paar Kupferstücke für den Markt.»

Er schüttelte den Kopf, lächelte, stand auf und faßte mich am Kinn. «Das Leuchten deiner Augen soll mir einziger Lohn sein.»

Darauf nahm er das Büchlein und versprach, es zu drucken, wenn der Winter herum sei. Den Zauberduft aber, den er mir einst geschenkt hatte, damit der Schöffer mein Oberhaupt nicht würde, wollte er nicht zurücknehmen.

Als die Ernte anging und der Nassauer heranzog, belud mein Vater drei Schiffe mit Tüchern, Büchern und Goldgerät zur großen Handelsfahrt und fuhr und starb, ohne daß ich ihn wiedersah, binnen weniger Jahre in Paris an der schwarzen Pest.

Da nun der Oktober die Wälder um die Stadt golden und blutrot färbte, fielen des Nachts die Soldaten des Nassauers in die Stadt ein, erschlugen Jakob, den Bruder meines Vaters, und alle Männer, die sich ihnen entgegenstellten, und plünderten

trug, die an Schultern und Brust gepolstert war, und die Beinlinge mit Schamkapsel, den Gürtel mit Dolchtasche und Peters pelzbesetzten Umhang und da mein Gesicht verbrannt und verbunden war, so erkannte man in mir wiederum den Peter Schöffer. Ich aber sah mit Erleichterung, daß Henne Gensfleisch unter den Lebenden war. Er stand wie ich eingepfercht unter allem edlen und elenden Männervolk der Stadt, das nun von den Soldaten mit Spießen und Stöcken unter Hohn und Helau vor das Tor der Stadt getrieben, in die Wälder gejagt und zerstreut wurde.

Als die Männer zurückkehren durften, holte ich mein Kind von den Beginen, ging zurück zum Humbrechthof, der geplündert war und halb in Asche, und fand dort die Ennechin. Auch sie sah nur des Peters Gewänder an mir und mein Gesicht in Bandagen, und so widersprach ich nicht, als sie Gott dankte, daß der Herr zurückgekommen sei, sondern grub von den etlichen hundert Gulden, die mein Vater unterm Misthaufen verscharrt hatte, so viele aus, wie für Gesellen, Gesinde und Essen nötig war, und richtete Hof und Werkstatt wieder ein. So redete man dann in der Stadt, daß der Humbrechthof Glück gehabt hatte, während der Gensfleisch den Gutenberghof verloren hatte. Als wieder Ordnung herrschte, so verklagte Henne Gensfleisch mich vor Gericht, daß ich vor Jahren sein Kind erwürgt hätte, und benannte die Ennechin als Zeugin, daß Fusts Tochter dieses Kind geboren habe.

Als wir vor dem Richter Homerij standen und keiner meine Sache vertrat als ich selbst, sagte Henne: «Dieser elende Schandsack da, Peter Schöffer aus Gernsheim genannt, hat mit List und Betrug die Güter des Herrn Fust erworben. Nun soll er sagen, wo seine Frau, Fusts Tochter, ist.»

«Tot», sagte ich mit rauher Stimme, «von den Soldaten des Nassauers angezündet, damit sie den Humbrechthof entzünde. Als ich von der Austreibung zurückkam, war sie schon begraben, und ich weiß nicht wo. Fragt die Ennechin, die Ihr als Eure Zeugin geladen habt.»

Als Henne nun, da er erneut einen Prozeß verloren hatte, beim Verlassen des Saals an mir vorbeikam, so blieb er stehen und sah mir in die Augen. Da niemand uns beachtete, so verwandelte sich sein Grimm in ein geheimes Lächeln.

«Eine gute Freundin», raunte er, «war mir stets deine ausgetüftelte Manier zu argumentieren. Der Segen, den Gott uns Klägern entzogen hat, sei mit dir.»

Und aus seinem geheimen Lächeln brach Gelächter hervor, und lachend verließ er das Gericht.

Fast vierzig Jahre sind seitdem vergangen. Henne Gensfleisch wurde vom Nassauer geadelt, erhielt ein Leibgedinge und eine neue Werkstatt und lebte im Wohlstand noch fünf Jahre. Ich kaufte den benachbarten Hof am Korb zum Humbrechthof dazu und führte alle Geschäfte ohne Haupt über mir. Nun leitet mein Sohn die Druckerei und rühmt sich, sein Vater, Peter Schöffer, habe die Kunst des Druckens erfunden.

Darüber bin ich alt geworden und habe am Ende meiner Tage beschlossen, ins Kloster zu gehen, um Buße zu tun. Mein Sohn glaubt mich im Kloster Sangt Victor, aber ich habe wieder Weiberkleider angezogen, mich verschleiert und bin zu den Beginen gegangen, die mir, als ich ein kleines Mädchen war, Lesen und Schreiben beigebracht haben und alles, was über die Verderbtheit der Frauen nötig war zu wissen.

Doch halte ich, da das Licht verlischt, nun doch noch das Büchlein vom Ackermann in der Hand. Er hat Johannes Tepl geheißen und war einst Stadtschreiber und Schulrektor in Saaz. Eine Kopie von seiner Handschrift war an anderem Ort mit Holzschnitten geschmückt, verlegt und gedruckt worden, nämlich in Bamberg schon im Jahre des Herrn 1460.

Enne rollte die papiere zusammen, verbarg sie erneut in ihrem Ärmel und schaute in den Himmel nach den Schwalben. Wem konnte sie das geben, damit es nach dem letzten Willen der Christiane Schöffer gedruckt wurde? Doch Enne war nur eine arme Waise, die bei den Beginen aufgezogen

7. wie ein Traum von Unsterblichkeit zerplatzt und wo der Dolch beim Reichstag zu Augsburg steckt

ANNETTE DÖBRICH

Hedwig Mulchius stand jeden Abend um diese Zeit am Spülstein. Seit dreizehn Jahren. Sorgfältig schichtete sie die sauberen Holzteller in ein Bord über dem Becken. Die großen rechts, die kleinen links. Sie liebte Arbeiten, bei denen sie ungehindert ihren Träumen nachsinnen konnte. Doch seit zwei Wochen war alles anders. Nicht bei den äußeren Abläufen ihres Tagewerks, sondern in ihrem Inneren. Sie konnte nicht mehr über ihre Gedanken bestimmen, sondern ihre Ängste und Sorgen bestimmten sie.

Seit Sonnenaufgang war sie auf den Beinen, und jetzt, als die Sonne unterging, erwartete Hedwig die Stille, die mit Einbruch der Dunkelheit in die Gewölbe der Veste Coburg zurückkehrte. Das Kleinvieh war versorgt, der Kräutergarten gegossen, und Herrschaft samt Gesinde versammelte sich in der Burgkapelle zur Vesper. Hedwig war nicht mehr dabei. Aber darüber sprach sie mit niemandem. Mit wem auch, wer hätte sie schon verstehen können, wen kümmerte das Leid einer abgearbeiteten Frau, die gerade lesen und schreiben konnte und die Dinge mit ihrem Gefühl, nicht mit dem Verstand ent-

Als Hedwig ihren Dienst auf der Veste aufnahm, ängstigte sie die Dämmerung. Sie glaubte an magische und unheilvolle Kräfte, die in der Dunkelheit besonders wirksam waren, die das Gesindel deckten, zum Schutze des Teufels lange Schatten warfen und alle, die der Sünde zu Diensten waren, vor dem Licht der Gerechtigkeit bewahrten. Aber war das erstaunlich, bei dem, was sie durchlitten hatte? Noch heute, dreizehn Jahre später, gab es Gewitternächte, die alte Erinnerungen wieder so lebendig werden ließen, als wäre all dies erst gestern geschehen.

Das Fleckfieber ging Anno 1517 in Wittenberg um, wie beinahe jedes Jahr nach einem besonders heißen Sommer, und diesmal machte es vor der Tür der Sattlerleute Mulchius nicht halt. Nächtelang war sie an den Sterbebetten ihrer Lieben gesessen. Erst war es ihr Mann, dann ihr Schwiegervater und innerhalb weniger Tage folgten Schwager und Schwägerin. Sie starben alle bei Einbruch der Nacht in ihren Armen. Nur ihre beiden Neffen Roland und Albrecht überlebten, was ihrer Jugend zuzuschreiben war. Und so stand Hedwig, achtzehnjährig und Witwe, noch bevor ihr erstes Ehejahr vorüber war, mit zwei kleinen Buben, sechs und sieben Jahre alt, alleine da.

Es fand sich niemand, der die Sattlerei übernommen hätte. Warum, konnte sich Hedwig anfangs nicht erklären. Sie war damals noch eine schöne junge Frau und keine schlechte Partie. Andererseits sagte man Häusern, in denen in einem Jahr mehr als drei Menschen starben, nach, daß sie mit einem Fluch belegt seien, und da die Familie Mulchius mit reformatorischem Gedankengut sympathisierte, war für die papsttreuen Nachbarn schnell erklärt, worauf dieser Fluch gründete. Hedwig erinnerte sich noch genau an den Tag, als ihr Schwiegervater eine Abschrift der fünfundneunzig Thesen, die Luther an die Schloßkirche genagelt hatte, mit nach Hause brachte und mit eigenartigem Eifer erzählte, daß nun eine neue Zeit hereinbrechen würde, auch für den Handwerksstand.

ger und die Welser sind da, und Roland wird sich dieses Spektakel nicht entgehen lassen. Er hat seine Ersparnisse mitgenommen. Und Weiber soll es zur Zeit dort geben ...»

Hedwig sah ihn entsetzt an.

«Na ja, vielleicht will er aber auch nur die Verlesung des Bekenntnisses abwarten, um Luther dann den Originaltext gleich mitzubringen und über die Reaktion der Fürstbischöfe zu berichten. Und da weiß niemand, wie lange das dauern kann. Immerhin geht es doch darum, ob es zu einer Spaltung der Kirche kommt oder nicht. Eine Reformation ist jedenfalls nicht mehr aufzuhalten. Und da traue ich Philipp Melanchthon fast mehr zu als Luther. Er ist sein bester Freund und bei weitem nicht so direkt.»

Hedwig seufzte. «Du hast dich auch verändert, Albrecht. Früher haben dich nur deine Pferde interessiert. Religion und hohe Politik waren dir gleichgültig. Das hat mir besser gefallen.»

«Die Zeiten ändern sich.» Albrecht hatte sich während seines Redeflusses neben sie gesetzt und einen Arm um ihre Schultern gelegt. «Und wir müssen uns mit den Zeiten ändern.» Er konnte es nur schwer ertragen, sie so unglücklich zu sehen.

«Trotzdem, ich hätte ihn nicht reisen lassen dürfen.»

«Aber Tantchen, Roland hat sich doch danach gedrängt. Ihm war es doch nur recht, daß der markgräfliche Bote ausfiel, er wollte einmal was Ordentliches erleben. Er wird bald mit Melanchthons Antwort zurückkommen, wie es sich gehört. Hat eigentlich Luther etwas dazu gesagt?»

«Nachgefragt hat er. Und er läßt dich bitten, ob du nicht mit einer weiteren Botschaft nach Augsburg reiten könntest.»

«Natürlich mache ich das. Und Roland werde ich nach Hause schicken, wenn ich ihm begegne. Du hast doch zugesagt, oder?»

«Ich habe ihm gesagt, er soll selber reisen.»

«Na hör mal, das kann er nicht. Über den Mann wurde der

gut. Albrecht war anders als sein älterer Bruder, ehrlicher, praktischer und über alle Maßen hilfsbereit. Er war nicht aufzuhalten, sie wußte es.

«Ich werde an dich denken», sagte sie nach einer Zeit des Schweigens. Dann stand sie auf, löschte das Herdfeuer und ging in ihre Kammer.

Gegen Abend des kommenden Tages, die Sonne stand bereits tief am Himmel, beschloß Albrecht, es für heute gut sein zu lassen. «Das nächste Wirtshaus, das ich sehe, wird an mir verdienen.» Und in dem Moment, als er das laut vor sich hinsagte, sah er eine kleine hölzerne Dorfgaststätte vor sich liegen. Glück gehabt. Er führte sein Pferd zu der Tränke vor dem Haus und befahl dem Stallburschen, das Tier trockenzureiben und für Futter zu sorgen. Dann betrat er die kleine Wirtsstube. Hier schien ihn sein Glück zu verlassen. Die Stube war bis auf den letzten Platz besetzt.

«Noch einen halben Tagesritt von Augsburg entfernt und so viele Gäste?» fragte er den Wirt.

«Die sind alle auf dem Weg. So kommen wir auf dem Lande wenigstens auch zu dem Unseren. Aber wenn du zahlen kannst, im voraus, finden wir noch einen Strohsack für dich. Im Freien zu schlafen würde ich dir nicht raten. Es treibt sich viel Gesindel herum, Taschendiebe, Betrüger, Wahrsager.» Er nahm ihn bei der Schulter und führte ihn an einen Tisch. «Rück ein bißchen, Kamerad, die Bank ist breit genug für zwei und dein Nachtlager auch.»

Albrecht, dem nach einem Tag Schweigen auf dem Pferd nach Unterhaltung zumute war, fand den Vorschlag gut. Sein Gegenüber sah für einen kurzen Moment von seiner Mahlzeit hoch und nickte.

«Gott zum Gruß, Kamerad, ich lad dich ein für deine Freundlichkeit. Ein Bier?» Albrecht gab dem Wirt ein Zeichen. «Schmeckt es?»

Der junge Mann spießte mit einem Messer kleine Fleisch-

«Hast du etwas weggenommen?»

«Das behauptet Enne, die Gattin meines Herrn.»

«Und du bist unschuldig?»

«Natürlich, die ganze Geschichte war so. Enne wurde als Waise bei den Beginen aufgezogen und hat nicht viel in die Ehe mitgebracht, eigentlich nur einen alten Dolch. Er ist nicht schön, doch von einigem Wert kann er schon sein, da kenne ich mich nicht aus. An der Aufschrift KAROLUS kann man ihn erkennen und an einigen Edelsteinen an seinem Griff. Das Besondere daran ist: Seit Frau Enne ihn an die Wand über ihrem Nachtlager gehängt hat, und dort hängt er schon viele Jahre, seitdem herrscht im Hause meines Herrn Wohlstand.»

«Ein magisches Stück?»

«Ach was, das bildet sich nur Frau Enne ein. Mein Herr hat gearbeitet, ehrlichen Handel getrieben, und auf seinen Geschäften ruhte Segen. Arbeit ist keine Magie. Aber die Weiber wollen eben gern an was Magisches glauben.»

«Und jetzt ist der Dolch verschwunden.»

«Richtig, und zwar seit August, der Bruder meines Herrn, bei uns zu Gast war. Er ist übrigens das genaue Gegenstück zu meinem Herrn. Ein ungleicheres Brüderpaar ist nur schwer zu finden. August ist klein, schmalbrüstig, betreibt ein etwas zwielichtiges Geschäft in Augsburg und hatte offensichtlich eine wenig glückliche Hand.»

«Er hatte ja auch keinen Dolch über dem Bett hängen ...» lachte Albrecht.

«Jetzt fängst du auch noch an ... Jedenfalls wollte der Augsburger August seinen Bruder um Geld bitten, um sein hochverschuldetes Haus auszulösen, und Frau Enne hat es ihm verweigert. Daraufhin ist er wieder abgereist.»

«Und seitdem fehlt der Dolch.»

«Bemerkt haben es meine Leute erst Tage später. Wenn ein vertrautes Stück sehr lange auf seinem Platz hängt, nimmt man es nicht mehr wahr. Deshalb geriet ich in Verdacht. Aber ich bin mir sicher, daß es der Bruder meines Herrn war, denn

Sie zogen noch gemeinsam bis zum Augsburger Stadttor, Albrecht hinterließ die Adresse seiner Herberge, dann trennten sie sich als Freunde.

ES WAR KEINE KUNST, das bischöfliche Palais in Augsburg zu finden. Albrecht hätte sich einfach treiben lassen können, mitschieben von den Menschenmassen, und wäre auch zum Ziel gekommen. Sein Freund Hans ging ihm nicht mehr aus dem Sinn, und wenn er nicht Hedwig versprochen hätte, umgehend nach Coburg zurückzukehren, er hätte ihn bei seiner Suche unterstützt. Doch jetzt kam erst einmal sein Auftrag, und dann Roland, und dann, nun ja, man würde sehen.

Hier auf dem Fronhof sollte Philipp Melanchthon zu finden sein. Albrecht war froh, daß er das Pferd und sein Gepäck bereits in der Herberge neben St. Anna untergestellt hatte. Zu Fuß kam man am schnellsten voran. Es war unerträglich heiß. «Melanchthon?» fragte er nach rechts und links und wurde entweder mit Schulterzucken, Kopfschütteln oder einem Fingerzeig in das Innere des Gebäudes beschieden. Kurz bevor er aufgeben und über einen neuen Weg nachdenken wollte, stand er tatsächlich vor Melanchthon. Man konnte ihn wirklich übersehen. Warum bei anderen häufig ein großer Geist in einem so schmächtigen Körper wohnt, fragte sich Albrecht und war mit seiner Ausstattung, was beides betraf, eigentlich recht zufrieden. Schmal, beinahe zierlich, mit eingefallenen Wangen stand der große Gelehrte vor ihm, den Blick nach innen gerichtet. Oder sah er doch mehr durch ihn hindurch?

Albrecht stellte sich vor, richtete Grüße aus, übergab die Botschaft, fragte, ob die erste Botschaft vor drei Wochen angekommen sei, sagte, wo er logierte, redete und redete, bis Melanchthon ihn sanft am Arm faßte und durch die Menge in einen kleinen Raum führte. Eine Botschaft habe er nicht erhalten, und morgen, nach der Verlesung der Confessio, werde er von sich hören lassen. Dann schob er ihn wieder zur Tür hinaus.

Mann, der gern im ungewissen blieb. Er zog sich sein Hemd und seine Hose über und schlich über die Holztreppe der Herberge, so leise, wie das eben ging, hinaus auf die Straße unter das geöffnete Fenster. Ein Königreich hätte er dafür gegeben, wenn er die Kunst des Lautenschlagens beherrscht hätte oder des Gesangs. Doch er konnte nicht einmal ein Tier imitieren. Die Nachtigall zum Beispiel hätte gut gepaßt. So mußte er sich auf die Macht der Worte verlassen, und das war in Gefühlsdingen immer schwierig. Aber die Gunst der Stunde war zu groß, kein anderer Mann in ihrer Nähe, er würde es einfach probieren. Sie hatte aufgehört zu singen.

«Pst», flüsterte er, und man hörte das geflüsterte Wort so laut und deutlich, als wäre es gesprochen. «Pst, schöne Maid, ich bitte Euch ...»

Und tatsächlich, während er sprach, beugte sie sich aus dem Fenster zu ihm hinunter. Sie hatte mittlerweile einen roten Samtmantel an. «Ja?» hauchte sie.

«Ich bin leider keine Nachtigall, aber wenn ich pfeifen könnte wie sie, dann würde ich ...»

... ein Lied von Liebe und Sehnsucht singen, wollte er sagen. Da passierte es. Diese schrecklichen Linsen, seit zwei Tagen ließen sie ihm keine Ruhe. Der Ton klang in der nächtlichen Stille wie ein Gewitterdonner, brach sich in den engen Mauern der Gasse und kam, wie es ihm schien, tausendfach zurück. Es gab nirgends ein Mauseloch, in das er sich hätte verkriechen können, deswegen traf ihn das Schlimmste, was einem Mann passieren konnte, völlig ungeschützt. Sie lachte ihn aus. Hell und schallend laut, und wie auf einen Ruf hin öffneten sich andere Fenster, wildfremde Menschen steckten ihre Köpfe auf die Gasse, schimpften, während sie weiter lachte, und schienen mit den Fingern auf ihn zu zeigen.

Er hatte keine Wahl, er mußte weg. Albrecht rannte, als ginge es um sein Leben. Die Hintertür der Herberge war verschlossen, über das Treppenhaus wagte er nicht zu gehen, um nicht erkannt zu werden, so daß ihm nichts anderes übrig-

Dabei wurde Albrechts Stimme ganz warm und vertraut, als spräche er zu einem Lebenden. Und als wollte er seine Frage wieder ungehört machen, packte er die Kohlköpfe, wie sie dalagen, und schleuderte sie gegen die Wand, Kohlkopf um Kohlkopf, bis er den Körper Rolands freigelegt hatte.

Es war entsetzlich. Albrecht hatte seinen leichtlebigen, leichtsinnigen Bruder nie besonders geliebt, aber dieses Ende hatte er nicht verdient. Roland lag auf dem Rücken, den Kopf zu ihm gedreht. In seiner Brust steckte – er traute seinen Augen kaum – ein silbern schimmernder Dolch. Vorsichtig beugte sich Albrecht hinunter. Tatsächlich, auf dem Griff funkelten kostbare Edelsteine. Es gab keinen Zweifel, Roland war mit dem Dolch ums Leben gekommen, der seinen Freund Hans entlasten würde.

Albrecht wurde heiß und kalt zugleich. Er mußte sofort verschwinden, ungesehen, um erst einmal in Ruhe nachdenken zu können. Oder sollte er Roland vorher wieder verstecken? Und wie würde er das alles Hedwig beibringen? Und den Dolch? Einfach steckenlassen? Wenn er nur wüßte, wo sich Hans aufhielt, dann könnte er ihm sagen, wo das Mordinstrument zu finden wäre. Sollte er es sich doch selber holen.

Durch die Holzbretter oberhalb der Rutsche dämmerte es. Der Tag war nicht mehr weit. Erste Stimmen waren zu hören und Räder auf dem Kopfsteinpflaster. Auf keinen Fall durfte man ihn mit dieser Greueltat in Verbindung bringen. Das würde sofortige Haft bedeuten, und es war nichts mit einer baldigen Rückkehr nach Coburg, wenn überhaupt. Er mußte hier raus, möglichst ungesehen. Albrecht rollte den Leichnam vorsichtig zur Seite und grub mit den Händen eine Mulde in das Sandbett, tief genug, damit Roland völlig unter dem Sand verschwinden konnte. Dann zog er den Dolch behutsam aus dem Brustkorb, Hans zuliebe. Schließlich wollte er nicht daran schuld sein, wenn sein Freund im Kampf gegen die Muselmänner fallen mußte. Die Taschen von Rolands Wams hatte schon ein anderer geleert. Keine Anweisungen für Melanchthon.

Im Inneren des Fronhofes war kaum mehr ein freies Fleckchen zum Stehen zu finden. Man hatte der Hitze wegen die Fenster und Holzläden des großen Saales weit geöffnet, so daß die Bürger die Disputation gut verfolgen konnten. Das von Melanchthon formulierte Bekenntnis mit Luthers Glaubensthesen sollte in lateinischer und deutscher Sprache verlesen werden. Vor Albrecht saß ein alter Mann auf dem Boden und schrieb mit einer Feder auf einen Bogen Papier.

«Was macht der Mann?» fragte Albrecht ein junges Mädchen, das sich neben ihn drängte.

«Er schreibt mit, was er verstehen kann, für die anderen zu Hause.»

«Es hat doch noch gar nicht angefangen. Was kritzelt er denn so klein auf den oberen Rand?»

«Bis jetzt steht da nur der heutige Tag, 25. Juni 1530.»

«Aha, du hast wirklich gute Augen. Kann man denn hier im Hof etwas verstehen?»

Albrecht traute dem schmalbrüstigen Melanchthon nicht das Stimmvolumen zu, das hier nötig gewesen wäre. Doch dann wurde es plötzlich still im Hof, und eine klare, deutliche Stimme begann in deutscher Sprache vorzutragen.

«Das kann nicht Melanchthon sein», flüsterte Albrecht dem Alten ins Ohr und kniete sich neben ihn.

«Nein», sagte der Alte, «das ist Christian Beier, der sächsische Kanzler. Und jetzt seid ruhig. Wenn Ihr wollt, erstelle ich Euch eine Abschrift. Ich habe einen Stand auf dem Markt.»

«Gern», sagte Albrecht erleichtert. «Oder noch besser, Ihr schickt sie mir in meine Herberge.» Er gab ihm Geld und Anschrift. Das ersparte ihm eine mündliche Wiedergabe des Gehörten in Coburg.

Im Hof herrschte eine eigenartige Stille. Alle hörten aufmerksam zu.

Erstlich wird einträchtiglich gelehrt und gehalten, lauts des Beschluß Concilii Nicaeni, daß ein einig göttlich Wesen sei, welchs genennt wird und wahrhaftiglich ist Gott …

«Das kostet aber doppelt», rief ihm der Wirt auf der Treppe nach.

«Selbstverständlich», antwortete Albrecht, «er bleibt nur für eine Nacht.»

In seiner Kammer schloß er Türen und Fenster. Als Hans den Dolch sah, war er mit einem Schlag wieder nüchtern.

«Er ist es», murmelte er immer wieder, «mein Gott, er ist es, der KAROLUS-Dolch», und strich mit Zeige- und Mittelfinger sanft über die Klinge. «Ich verdanke dir mein Leben! Wo hast du ihn gefunden?»

Als sich Hans etwas beruhigt hatte, erzählte ihm Albrecht alles von der vergangenen Nacht. Nur die Geschichte mit dem wunderschönen Mädchen stellte er in einem unwesentlichen Detail etwas anders dar.

«Du hast mir geholfen, jetzt helfe ich dir», sagte Hans, und seine Aussprache wurde wieder undeutlicher. «Wir werden gemeinsam herausfinden, was mit deinem Bruder war.» Dann streckte er sich auf dem Bett aus und begann Sekunden später zu schnarchen.

«Das werden wir», antwortete Albrecht, nahm ihm den Dolch aus der Hand und schob ihn wieder unter die Matratze. Bis zum Abend würde Hans schon wieder nüchtern sein.

Albrecht schloß die Tür der Kammer und setzte sich noch einmal zum Wirt an die Theke. «Ich möchte die Unterkunft für meinen Freund begleichen, eine Nacht in meiner Kammer, und eine Frage hätte ich auch.» Albrecht löste einen kleinen Lederbeutel von seinem Gürtel und zählte die Münzen auf den Tisch.

«Aber immer, wenn ich die Antwort weiß.» Der Wirt ließ die Münzen in einer Holzkiste verschwinden und setzte sich mit Albrecht an einen etwas abgelegeneren Tisch. «Was hast du auf dem Herzen?»

«Vor drei Wochen, da wollte mein Bruder, Roland ist sein Name, bei Euch übernachten. Ich habe ihn seither nicht mehr gesehen. War er hier?»

«Das Badehaus gehört dem Bruder meines Herrn. Wir hätten uns gestern begegnen können.»

«Na ja», Albrecht kam etwas ins Stottern, «ich war ja nicht direkt drin.»

«Aber ich. Ich habe mich als Gast ausgegeben und unter den Knechten etwas umgehört. Wenn man mit einem Geldstück nachhilft, geht das hier ganz gut. Die armen Kerle haben schon länger keinen Lohn mehr bekommen. August war tatsächlich bankrott.»

«Aber den Dolch hat er nicht gestohlen?»

«Wie sollte die Waffe sonst nach Augsburg gekommen sein? Nur nachweisen kann ich es nicht. Aber das ist ja nun auch gleichgültig. Ich habe das gute Stück dank deiner Hilfe wieder und kann zurück nach Mainz. Ein Leben lang auf der Flucht, das wäre nichts für mich gewesen.»

«Du irrst dich. Solange wir den Tod von Roland nicht aufgeklärt haben, ist es gefährlich, diesen Dolch zu besitzen. Vielleicht gibt es einen Zeugen für den Vorfall. Wie willst du beweisen, daß du ihn nicht umgebracht hast? Ich wäre lieber ein flüchtiger Dieb als ein flüchtiger Mörder.»

«Ich bin weder das eine noch das andere. Also gehen wir hinein. Mich kennen sie hier schon, ich würde vorschlagen, du versuchst dem Dolch auf die Spur zu kommen, und ich frage nach deinem Bruder. Vielleicht war er hier Gast? Irgendeine Verbindung muß es ja geben, wenn er mit Augusts Dolch getötet wurde. Und wenn wir Glück haben, können wir morgen schon unserer Wege ziehen.»

Der Abend ließ Hans und Albrecht fast vergessen, daß sie eigentlich nicht zu ihrem Vergnügen in das Badehaus gekommen waren. Albrecht wußte gar nicht, was ihm bislang entgangen war. Zwar gab es in Coburg eine ähnliche Einrichtung, aber dort hatte er sich nie hineingewagt. Wozu auch? Auf der Veste gab es einen Brunnen und vor den Mauern einen kleinen Bach. Doch Baden war im Badehaus eine Nebensache.

Noch nie wurde Albrecht so schnell und von so zarten Hän-

Hände. Die Haut war rauh und rissig, und an einigen Stellen sah man rotes Fleisch.

«Ist Margarethe Euer einziges Kind?» fragte Albrecht und hoffte, mit ihr ins Gespräch zu kommen. Er wollte herausfinden, ob ihre Tochter schon versprochen war. Sie nickte, schwieg und wusch sich, nachdem sie ein Tuch gefaltet hatte, die Hände. Kinder haben und Kinder kriegen, soviel wußte Albrecht, waren Weiberthemen. Also gab er nicht auf.

«Kein Sohn?»

«Doch, vier Söhne und drei Töchter.» Sie wusch ihre Hände.

«Eine gesegnete Familie.»

«Fünf Kinder sind im ersten Lebensjahr gestorben, eines wurde tot geboren. Auf diesem Haus ruht kein Segen.»

«Aber jetzt wird alles gut werden.»

Die Alte sah ihn mißtrauisch an, während sie erneut ihre Hände wusch. «Wieso?»

Da kam Albrecht eine Idee. «Ihr müßt Euch nicht wundern, ich bin ein Freund Eures Schwagers und weiß von Euren Sorgen. Weil ich zufällig in Augsburg zu tun hatte, läßt er durch mich ausrichten, daß es ihm leid täte, Euch nicht geholfen zu haben. Deshalb soll ich den Dolch zurückkaufen, und Eure Aufgabe wäre nur, mir zu sagen, wo er geblieben ist. Damit wäre dann alles vergessen. Ihr wißt doch, Enne hängt sosehr an dem Stück.»

Die Alte nickte. «Warte hier, ich gebe August Bescheid.»

Etwas später wurde Albrecht aus den oberen Badestuben nach unten geleitet.

«Habt Ihr etwas mit dem zu tun?» fragte August und deutete auf Hans, der ganz verschüchtert in einer Ecke der Empfangshalle saß.

«Das ist der Diener Eures Schwagers, erkennt Ihr ihn nicht? Er sollte mich begleiten. Man reist ungern allein mit soviel Geld.»

«Er stellt dumme Fragen.»

«Also, ich weiß gar nicht, wie ich es dir sagen soll, August. Der Dolch ist weg.»

«Mein Dolch?» Augusts Stimme überschlug sich.

«*Mein* Dolch, solange du ihn nicht ausgelöst hast. Ich kann es mir auch nicht erklären. Er ist mir gestohlen worden. Ich hatte ihn vor zwei Wochen, als du ihn mitgebracht hast, unter die Theke gelegt, weil soviel zu tun war, und plötzlich war er verschwunden. Vielleicht findet er sich ja wieder an. Ändern kann ich's nicht.»

«Und wenn wir gemeinsam suchen? Jetzt, wo mein Bruder meine Schulden bei dir ablösen will, stehe ich doch in seiner Schuld. Ich hole alle meine Leute, und wir durchsuchen jeden Fleck ...»

Albrecht wurde ganz anders bei dem Gedanken, was man bei der Suche nach dem Dolch alles finden würde.

«Heute auf keinen Fall.» Der Wirt krempelte die Ärmel hoch und legte eine Lederschürze an. «Ich habe im Hof zwei Säue, die geschlachtet werden müssen, mein Haus ist voll, und die Gäste haben Hunger. Nicht am Schlachttag.»

«Ja, aber das Geld ...» August konnte sich noch nicht damit abfinden.

«Beruhigt Euch», versuchte Albrecht den kleinen Mann zu beschwichtigen, der aufgeregt hin und her lief. «Es muß ja nicht heute sein. Ich bin die nächsten Tage noch in der Stadt, um einen Auftrag zu erledigen, und bevor ich endgültig zurückreite, hole ich den Dolch bei Euch ab. Bis dahin wird er sich ja angefunden haben. Und ein Besuch in Eurem Badehaus ist bei der Gelegenheit vielleicht auch noch einmal ...»

«Selbstverständlich.» August wischte sich den Schweiß von der Stirn. «Und wenn wir das Geschäft gleich jetzt tätigen und ich den Dolch in einigen Tagen nachliefere?»

«Das überlegen wir, wenn er sich bis übermorgen nicht gefunden hat.» Albrecht sah zu Hans, dem es vor lauter Angst die Sprache verschlagen hatte.

«Ja, das können wir immer noch tun», pflichtete der Freund

nem Herrn den kostbaren Dolch zurückbringen konnte, obwohl er nach allem Geschehenen daran zweifelte, daß Enne noch Freude an dem Stück haben würde. Albrecht hingegen ritt mit schwerem Herzen und düsteren Gedanken nach Coburg, denn er hatte eine schwere Aufgabe vor sich.

Der erste Weg auf der Veste Coburg führte Albrecht in den Stall. Während sein Pferd sofort versorgt wurde, ging er die lange Reihe der Boxen ab. Tatsächlich, sein böser Verdacht bestätigte sich. Ganz hinten im letzten Verschlag stand Rolands Pferd.

«Wie lange ist es schon da?» fragte Albrecht.

«Zwei Wochen ungefähr. Weißt du das nicht?» Der Stallbursche wunderte sich. «Hedwig hat es zufällig im Dorf gesehen. Es ist allein zurückgekommen. Warum fragst du?»

«Das ist nicht so wichtig.»

Hedwig saß auf ihrer Bank vor der Küche. Die Bohnen und Tomatenstauden warfen lange Schatten. Die Dämmerung stand bevor. Als sich Roland neben sie setzte, sah sie kaum auf.

«Ich wollte dir ein seidenes Tuch zum Geschenk machen», begann er und ergriff ihre Hände, «aber dann mußte ich erfahren, daß du etwas anderes viel nötiger brauchst.»

Hedwig sah ihn an. «Ich brauche nur dich. Wie gut, daß du zurück bist. Ich habe viel an dich gedacht.»

«Du brauchst mein Schweigen.»

Hedwig erstarrte. Ihre Augen weiteten sich, dann wandte sie sich abrupt ab. Sie schien auf einmal in sich zusammenzufallen. Es kam Albrecht so vor, als wiche nun auch der letzte Rest Leben aus ihrem Gesicht.

«Du hast es also herausgefunden. Ich habe gewußt, daß es so kommen würde.»

«Ich möchte nur ein einziges Mal, Tantchen, ein einziges Mal, daß du meine Fragen beantwortest, dann reden wir nie wieder darüber.»

Hedwig nickte abwesend.

Roland. Da, als ich ihn küssen wollte, spürte ich es, hart und lang unter seinem Wams. Ich war schneller als er. Ich zog einen Dolch unter seinem Hemd hervor und hielt ihn hoch. Er griff nach meinem Arm. ‹Gestohlen›, flüsterte ich, als ich meine Sprache wiederfand, ‹du bist nicht nur ein Verräter, sondern auch ein Dieb …› – ‹Gib mir sofort den Dolch zurück›, sagte er mit irrem Blick. ‹Was verstehst du dummes Weib von den Gefühlen eines Mannes? Ich brauche Geld, nur Geld für meine Margarethe! Gib den Dolch her …› Da erkannte ich in seinem gierigen, bösen Gesicht plötzlich die Fratze des Teufels. Roland war verloren. Als er sich die Waffe mit Gewalt nehmen wollte, erlöste ich ihn von seinem sündhaften Leben …»

Albrecht spürte, wie ihm übel wurde, aber er mußte die ganze Wahrheit wissen. «Und seine Leiche hast du in den Vorratskeller geschleift und dort versteckt?»

Hedwig nickte.

«Und das mit dem Pferd? War das nicht sehr gefährlich? Was, wenn man die Leiche schon entdeckt hätte?»

«Es war mir gleich. Wenn ich ihm schon sein Leben genommen hatte, so wollte ich wenigstens sein Andenken retten. Seine Schulden zahlen und das Pferd nach Hause holen. Zumindest in den kleinen Dingen sollte mein Leben in Ordnung sein, nachdem es mir nicht vergönnt war, bei den großen Dingen mitzuwirken.»

«Du hast es für Luther und die Sache der Reformation getan. Du wolltest, daß Melanchthon Luthers Korrektur auf jeden Fall erhält. Die Sache war dir wichtiger als deine eigene Seligkeit. Deine Liebe zur Schrift war größer als die Liebe für dein Ziehkind …» Albrecht sprach immer schneller, und die Verzweiflung in seiner Stimme wurde größer und größer.

«Nein», unterbrach Hedwig, «ich habe es für mich getan. Ich konnte es nicht ertragen, daß mein Traum von der Unsterblichkeit so kläglich zu Ende gehen würde.»

Die Dunkelheit hatte Albrecht und Hedwig eingehüllt, und Albrecht legte erneut den Arm um ihre Schultern.

8. vom unheimlichen wirken einer seltsamen mitgift auf einer insel im moor

PETRA OELKER

Ocko tom Everen starb einen schweren Tod. Sein Leben lang war er ein Mann wie ein Bär gewesen, und dann, plötzlich im Oktober des Jahres 1648, begann sein Sterben. Niemand wußte warum, ihn plagte kein Fieber, sein Leib blähte sich nicht, und seine Haut wurde nicht schrundig, wie es manchmal geschieht, wenn sich eine tödliche Krankheit ankündigt. An einem Morgen stand er nicht mehr auf. Er lag in seiner Kammer, sein Geist kämpfte gegen einen Feind, den niemand außer ihm sah, und seine Kraft schwand mit jeder Stunde. Als seine letzte Nacht begann, trieb der Wind von Aurich her Glockenklang dünn übers Moor. Nicht als Geleit für seinen letzten Kampf, noch schwieg das Totenglöckchen. Nein, es war die große Glocke der Freude mit dem klaren, über viele Meilen hallenden Klang, denn die Boten aus Münster hatten nun auch das Schloß zu Aurich erreicht und bekanntgemacht, daß endlich Friede sei. Vier Jahre lang hatten die Herren in Münster und Osnabrück für ihren Kaiser, ihre Könige und Fürsten um die neue Verteilung der Mächte in Europa gefeilscht, bis sie zur Feder griffen und den Krieg, der dreißig Jahre gedauert hatte, beendeten.

Meer, und in den letzten Wochen hatte es so viel geregnet, daß der Weg, der von Aurich über Tannenhausen herüberführte und selbst bei besserem Wetter nur für Ortskundige als ungefährlich galt, unpassierbar war. So saß nur Theda, Ockos einzig überlebendes Kind, an seinem Lager. Sie hatte Kerzen angezündet, viel mehr, als Ocko jemals erlaubt hatte, und lauschte bang auf seinen Atem. Einmal, als er begann, sich unruhig herumzuwälzen, nahm sie seine Hand. Vorsichtig, als sei sie zerbrechlich. Oder ein fremdes Ding, das sie nie zuvor gesehen oder gefühlt hatte. Zuerst versuchte er, sich der Berührung zu entziehen, doch dann wurde er ruhiger, gab den Widerstand auf, und seine Hand lag ruhig in der seiner Tochter.

Theda wußte nicht, was sie tun sollte. Das Sterben gehört zum Leben, das wußte sie wohl. Sie hatte ihre Mutter sterben sehen, auch wenn sie sich daran kaum erinnerte, dann ihre beiden jüngeren Brüder, und vor zwei Jahren war Enno gestorben, der alte Knecht und Vertraute, der Ocko sein Leben lang begleitet hatte, auch wenn der Ochsen und Pferde der Everenschen Zucht zu dem großen Viehmarkt nach Köln trieb. Theda war im Moor geboren und aufgewachsen, bis auf die beiden Jahre, die sie bei einer Tante in Emden verbringen mußte, um Lesen und Schreiben zu lernen, auch ein wenig Rechnen und vor allem gute Sitten.

Anno 1622, als der in niederländischen Diensten stehende Mansfelder mit achttausend Mann über die Ems kam, um im ruhigen Ostfriesischen zu überwintern, als seine Söldner und Landsknechte so übel im Lande hausten wie die Schwedischen anderswo, flüchteten alle, die es sich leisten konnten, mit ihren Familien und möglichst viel Hab und Gut ins sichere Emden. Ocko hingegen zog sich mit seiner Familie und seinen Pferden von seinem Marschenhof ins Moor zurück. Durch das Moor, sagten die Leute, würde sich keine Armee wagen, nicht einmal eine Horde marodierender Söldner, das sei wohl gewiß. Doch im Moor könne niemand lange leben, tom Everen sei verrückt. Aber Ocko ließ auf der Geestinsel südlich des Ewigen Meeres

bertkirche. In den letzten Jahren konnte es vorkommen, daß eine der ganz alten Frauen, die in den Kirchenbänken saßen und mit blassen Augen beobachteten, wer den Gottesdienst besuchte und wer ihm fernblieb, die schlanke, hochgewachsene junge Frau mit dem rötlichblonden Haar zu den tom Everenschen Plätzen in einer der vorderen Bänke gehen sah und glaubte, Anna tom Everen zu sehen. Thedas Mutter war eine Tochter aus altem Auricher Haus gewesen, ein heiteres Geschöpf mit lichten Farben, freundlich, gütig, frei von Dünkel, und viele glaubten, daß ihr früher Tod Ocko tom Everen so düster verändert hatte. Die alte Quade wußte es besser. Sie sah, hörte und wußte von jeher mehr als andere, aber darüber sprach sie nie.

Sie hatte Anna geliebt wie ein eigenes Kind, so liebte sie Annas Tochter wie eine Enkelin. In Ocko tom Everens letzter Nacht saß sie in einer dunklen Ecke des Sterbezimmers, fühlte die Kälte des Todes, fühlte sie schon lange vor Ocko und wachte über sein Sterben und Thedas Leben. Sie fürchtete sich nicht vor dem Tod, sie war vielen seiner Boten begegnet. Aber dennoch fürchtete sie diesen, Ockos Todesboten, denn sie war nicht sicher, ob er sich mit Ocko begnügen würde. Sie hatte ihn schon vor vielen Nächten gesehen, zum erstenmal, bevor der Sturm begann und der halbvolle Mond sein mattes Licht über den von Heidekraut überwucherten Weg zwischen den grauen Stümpfen der uralten Eschen warf, die Ocko vor vielen Jahren, als der Holzpreis gerade besonders hoch stand, hatte schlagen lassen. Dort hatte sie ihn zuerst gesehen, am Ende des Weges, mitten im Moor. Er trug den roten Schimmer der Gier, und Quade wußte, daß sie auf Theda gut achtgeben mußte. Sie hatte kein Mittel gegen den Tod und seine Boten, aber sie wußte, wie mit ihm zu handeln war.

In der vergangenen Nacht war er schon ganz nah gewesen, nun stand er in der Tür und wartete, bis es Zeit war, Ocko mitzunehmen. Im Licht von Thedas Kerzen vermochte Quade nicht mehr zu erkennen, welche Farbe ihn nun umgab.

rück, die Winterställe für die Schnucken müssen hergerichtet werden. Dann ging jeder seiner Arbeit nach.

Über Ockos Tod sprachen sie nicht, jedenfalls nicht laut. Was wohl daran lag, daß niemand um ihn trauerte, denn er war ein harter Herr gewesen und nicht einmal gerecht. Wem das Leben auf seinem Besitz nicht passe, hatte er stets gesagt, der könne gehen. In diesem Land gebe es keine Leibeigenen, nur freie Friesen. Das mochte stimmen, doch weil die Freiheit der Besitzlosen auch in Friesland nur die Freiheit des Hungers war, ging niemand, der nicht einen anderen Brotherrn gefunden hatte. Keiner, der gegen tom Everen aufbegehrte, würde einen finden. Das wußte jeder.

Nur Quade schien nach dem Tod ihres Herrn noch grimmiger als zuvor. Und Theda? Theda trauerte wohl, aber als die Tage vergingen, zu Wochen wurden, spürte auch sie, daß das Leben leichter wurde auf dem Everenschen Land. Obwohl der November eine für diesen Landstrich zwischen den großen Flüssen und nahe dem Meer ungewöhnlich bittere Kälte brachte, lag nun eine ruhige Heiterkeit über dem Hof, die bald auch von ihr Besitz ergriff. Sie schämte sich dafür, aber Quade, die alles sah, strich ihr übers Gesicht, sah prüfend in ihre Augen und sagte dann: «Unsinn, Kind, die Heiterkeit ist dir eigen, und sie kommt von Gott. Es gehörte zu Ockos Sünden, daß er seine hergab.»

Theda war nun die Herrin der Everenschen Besitztümer. Als der Frost die Wege sicherer machte, ließ sie Cirk, ihren Apfelschimmel, satteln und ritt mit zwei Knechten nach dem alten Marschenhof der Familie inmitten seiner fruchtbaren Äcker und Wiesen, mit seinen Ställen voller Rinder und Milchkühe. Sie fand alles wohl bestellt, und der Verwalter, ein fähiger Mann, erwies ihr seinen Respekt. Sie besuchte auch die Katen der Everenschen Kleinpächter am Rande des Moores, verringerte die Pacht bei einem, dessen Vieh gestorben und der gewiß gewesen war, nun sogleich vertrieben zu werden. In

ner Braut hatte sie nicht verstanden und zunächst auch nicht gutgeheißen. Das Mädchen aus dem Moor schien ihr gar zu spröde und zu wenig gewandt für das Leben an der Seite ihres Sohnes in der Residenzstadt. Aber vielleicht, so dachte sie nun, war so eine gerade richtig, ihm diese neuen Anflüge von Schlendrian auszutreiben.

Als der Dezember begann, rief sie ihren Sohn zu sich und trug ihm auf, nach dem Everenschen Hof zu reiten. Was dem nicht gefiel. Die Wege, sagte er, seien nicht sicher, zudem müsse er Thedas Trauerzeit respektieren, Trauer sei eine Zeit der Stille und der frommen Einsamkeit. Dem stimmte Christine zu, soweit es vornehme Witwen betraf. Theda aber, so dachte sie, ist jung und reich. Mancher mochte sie auch schön finden. Immerhin war Ockos Tod der Unterzeichnung der Braut- und Eheverträge zuvorgekommen, sie würde nicht dulden, daß die Bequemlichkeit ihres Sohnes die Familie eine gute Partie kostete. Wer wußte schon, ob sich nicht einer fand, der den Weg über das Moor weniger scheute als ihr Sohn.

«Edzard», sagte sie mit diesem milden Lächeln, das er mehr fürchtete als jedes harte Wort, «du wirst reiten, morgen in aller Frühe. Der Weg ist fest genug, und Theda, nun ja, es ist deine Pflicht, ihr beizustehen.»

Edzard nickte ergeben. Er wußte, wann es vorteilhafter war, zu schweigen und zu tun, was von ihm erwartet wurde.

So hüllte er sich am nächsten Tag trotz Nässe und Wind in seine Pelze und machte sich, begleitet von seinem Stallmeister und drei Knechten, einem Korb mit gesottenen Kapaunen und einem zwischen heiße Steine gepackten Krug roten Weines auf den Weg über das Moor, seine Braut einzuladen, den Winter oder doch zumindest das Christfest im bequemen Auricher Stadthaus seiner Mutter zu verbringen.

Bei Tannenhausen, der Wein war trotz der Steine kalt geworden und schmeckte sauer und schal, beschloß er umzukehren. Er starrte in den kalten Dunst über der Ebene, deren be-

Edzard sah ihn an, dann wieder in das neblige Land hinaus und nickte.

Hinter dem Dorf wurde der Weg morastig und unsicher, doch im letzten Sommer hatten die Bauern die ärgsten Schlammlöcher mit frischen Bohlen ausgebessert, die Pferde suchten sich sicheren Tritt, und Edzard folgte wieder seinen Gedanken. Es stimmte ja. Ocko hatte damals ein oder zwei schlechte Jahre gehabt, und dann, nach jener Reise zum Ochsenmarkt in Köln, wo er den Dolch gekauft hatte, war sein Wohlstand beständig gewachsen. Fünfzehn Jahre mußte es her sein. Er war schon vorher ein reicher Bauer gewesen, aber danach – doch, das stimmte tatsächlich – gelang ihm alles. Seine Pferdezucht wurde schnell die beste im Land und weit über die Grenzen hinaus bekannt, sogar bis ins Französische, Weizen und Gerste auf den Feldern seines Marschenhofes gediehen besser als bei den Nachbarn, egal wieviel Sonne die Sommer brachten, und wenn die Wiesen in den nassen friesischen Wintern mal wieder absoffen, wurden seine zumindest nicht sauer. Wenn die Heidschnuckenherden von Krankheiten heimgesucht wurden, blieben seine verschont, und hatte man je gehört, daß eines der Everenschen Tiere auf den langen Trieben zu den Märkten im Rheinischen verendet war? Daß Räuber oder Soldaten Ockos Vieh und Fuhrwerke geplündert hatten, obwohl er niemals mehr Bewaffnete zu ihrem Schutz heuerte als andere?

Bisher hatte Edzard dennoch geglaubt, Ocko tom Everen habe nicht viel Glück gehabt. Seine Frau war plötzlich gestorben, schon vor vierzehn Jahren an irgendeiner kleinen Wunde, die zu eitern begann und ihr Blut vergiftete. Der mittlere Sohn ertrank bei einem übermütigen Bad im Ewigen Meer, obwohl das zwar ein weiter See mitten im Moor war, aber doch flach wie eine Pfütze. Der Älteste starb unter einem umstürzenden Baum, als Ocko die Eschenallee schlagen ließ. Und der Jüngste? Der war schon vor Jahren, fast ein Kind noch, mit den Soldaten davongelaufen und, so hieß es jedenfalls, irgendwo an

ner Stellung angemessen waren, sondern leisen, aber deutlichen Spott.

Dummerweise mußte er genau in diesem Moment niesen, gleich dreimal, und die Noblesse und Überlegenheit, mit der er ihr hatte begegnen wollen, waren verloren.

«Seht Ihr? Es war unvernünftig, bei diesem Wetter den weiten Weg über das Moor zu machen. Kommt schnell ins Haus, Quade braut einen guten Tee, der wird Euch wärmen. Ihr kennt Daniel Ettinger?»

Einer der Männer, die bei ihr auf der Koppel gestanden hatten, war näher gekommen und stand nun neben ihr, als sei das sein Platz, was Edzard nicht gefiel.

«Gewiß.» Er scheuchte seinen Stallmeister, der ihm, wie sonst stets gefordert, helfen wollte, mit einer ungeduldigen Handbewegung weg und stieg von seinem Pferd. «Wohlauf, Ettinger? Sucht Ihr wieder Hengste für Eure Gräfin?»

Das war eigentlich keine Frage gewesen, aber Daniel Ettinger, der zweite Stallmeister der hessischen Gräfin, neigte grüßend den Kopf und antwortete: «Nein, diesmal für mich selbst. Meine ...»

«Soso», unterbrach Edzard kurz, bot Theda seinen Arm und marschierte mit vom kalten Ritt steifen Knien auf das große Haustor zu. Ihm gefiel auch nicht, daß der Ettinger ihnen folgte, als sei er ein gleichgestellter Gast. Er kannte ihn schon lange, als tüchtiger Stallmeister war er ein wichtiger Mann im Gefolge der hessischen Gräfin, das wohl, aber eben doch nur ein zweiter Stallmeister. Was hatte er hier zu suchen? Pferde kaufen. Für sich selbst. Als sei er ein reicher Mann. Edzard schluckte. Vielleicht war der Ettinger ein reicher Mann, obwohl er nie so auftrat.

Die kleine Prozession erreichte das Hoftor. Daniel Ettingers Pferdejunge, offenbar seine einzige Begleitung, führte zwei gesattelte Füchse heran, und kurz darauf war der Hesse im Dunst verschwunden. Das Fräulein, fand Edzard, sah ihm länger nach, als es einem beliebigen Pferdekäufer angemessen war.

sah, weitere Erklärungen abzugeben, schwieg auch er. Theda schien die Unbehaglichkeit des Schweigens nicht zu spüren. Sie lächelte sanft in die Flammen, ihre Hände ruhten in ihrem Schoß, und so blieb Edzard nichts, als bald wieder aufzubrechen. Der Weg sei weit, und wenn er vor der Dunkelheit sicheren Grund erreichen wolle, müsse er eilen. Gewiß, sagte Theda – immer wieder dieses lächelnde «Gewiß»! –, es rieche nach Schnee, sie wolle ihn nicht aufhalten, aus Sorge um seine Sicherheit. Er möge seiner Frau Mutter die ehrerbietigsten Grüße ausrichten. Falls das Wetter es erlaube, werde sie am Christtag zum Gottesdienst in die Stadt kommen und, wenn es genehm sei, anschließend ihre Aufwartung machen.

Edzard hätte gerne nach dem Dolch gefragt. Aber wie hätte er das tun sollen? Er könnte sagen: Euer Vater war mir ein lieber Freund, nichts würde mich glücklicher machen, als ein Andenken an ihn zu tragen. Er hat da von einem Dolch geredet, einer schmucken, aber ganz unbedeutenden alten Waffe, die einer Frau kaum zu tragen ansteht. Wenn Ihr ihn mir verkaufen wollt, damit ich sein Andenken ehren kann …

Nein, das war nicht gut. Zum einen war Ocko niemandes Freund gewesen. Wer wußte das besser als Theda? Zum anderen erbat man nicht ein wertvolles Stück aus der Hinterlassenschaft eines Toten, egal, wie reich er gewesen war. Schon gar nicht, wenn man dessen Besitz sowieso bald zu erheiraten gedachte. Nein, das war gar nicht gut. Zudem: Edzard war ein erfahrener Händler. Er wußte, daß es nur von Nachteil sein konnte, das, was man sich am stärksten wünschte, als begehrenswert zu verraten.

Aber er konnte sich den Dolch als Hochzeitsgabe erbitten. Ja, das war besser, viel besser. Als Hochzeitsgabe von seiner Braut im Andenken an ihren Vater. Das war nur recht und billig und nach altem Brauch. So würde er es machen. Auch wenn es ihm gar nicht paßte, so lange warten zu müssen. Das Jahr war hart gewesen, seine Geschäfte konnten ein kleines Wunder brauchen.

nicht berührt in diesem Traum, aber doch gewußt, daß es weich war und nach frischem Heu roch. Und dann kam das Licht, von dem sie nicht glaubte, daß es in ihrem Traum geflackert hatte, sondern hinter dem Fenster über dem Moor leuchtete. Es war ein helles Licht und doch voller Düsternis, weiß, und am Ende wartete ein rötlicher Schimmer. Der wurde langsam größer, und plötzlich sah sie wieder Ocko, nun alt, narbengesichtig und struppig, mit harten Händen und flehenden Augen, er flüsterte etwas, immer wieder etwas, das sie nicht verstehen konnte. «Vater», wollte sie rufen, «sprich lauter, Vater. Sag mir, was ich wissen muß.» Aber ihre Stimme blieb ohne Ton. «Ins Moor», flüsterte er, und sein Atem rasselte wie in seiner letzten Stunde, «tief ins Moor.»

Dann war sie erwacht, naß von Schweiß und frierend von der Kälte der Nachtluft. War aus ihrem Bett gesprungen wie auf der Flucht und glaubte hinter dem Fenster immer noch das Licht zu sehen. Doch das war unmöglich, da konnte kein Licht sein, und als sie zornig vor Angst die Fensterflügel aufstieß, war es tatsächlich verschwunden. Sie atmete tief die kalte Luft. Kein Laut drang herein, nicht einmal das unruhige Scharren der Hufe der Tiere, die in langen Reihen in ihren Ställen unter dem gleichen Dach standen. Da war nur noch der Wind, und die Nacht war schwarz wie das Wasser der Tümpel im Moor, die alles und für die Ewigkeit verschlangen, was ihnen zu nahe kam.

Edzard war nicht in ihrem Traum gewesen, doch er war es, an den sie beim Erwachen gedacht hatte. Als sei er doch in dem Traum gewesen, nahe bei Ocko.

Sie hatte nichts gegen die Heiratspläne ihres Vaters für sie einzuwenden gehabt. Sie kannte Edzard nur wenig, aber er war ihr nicht schlechter als andere erschienen. Nun war sie nicht mehr so sicher. Sie schloß behutsam das Fenster, zündete eine Kerze an und wickelte sich in das große Wolltuch, das ihr Bett bedeckte. Sie hatte etwas Seltsames gespürt, als er heute mit ihr vor dem Feuer saß. Sie suchte nach dem richtigen Wort.

doch selbst, wie schwarz die Nacht ist.» Theda wußte nicht, warum sie log. Aber log sie denn? Da war tatsächlich kein Licht. Und war Quades Frage nicht auch seltsam? So seltsam wie das Gefühl, das bei dieser Frage von ihr Besitz ergriff? Ein Gefühl von Kälte, das dennoch angenehm war, eine kalte Stärke.

Quade erschien ihr plötzlich sehr klein und sehr weit entfernt. Sie war immer dagewesen, Theda kannte kein Leben ohne sie. Nun betrachtete sie die Alte und dachte, wie lange sie noch kräftig genug sein würde, für ihr Brot zu arbeiten. Sie erschrak vor diesem Gedanken, umarmte die alte Frau rasch und schickte sie fort: «Geh schlafen, meine Gute. Der Morgen kommt schnell, und er bringt viel Arbeit.»

Sie hörte ihrer eigenen Stimme zu und fragte sich, warum sie ihr so fremd erschien. Das war gewiß nur eine Folge der Träume.

Quade verschwand, glitt davon, geräuschlos wie immer. Theda hob den Vorhang und warf einen letzten Blick in die Nacht hinaus. Nein, da war kein Licht.

Geh zu Bett, hatte Quade gesagt. Aber Theda ging nicht zu Bett. Sie nahm die Kerze, und als wüßten ihre Füße ganz von allein, was sie tun mußten, ging sie in Ockos Kammer, achtete nicht auf das Knarren der Dielen, spürte nicht die klamme Kälte des Raumes, den sie seit dem Tod ihres Vaters nicht mehr betreten hatte. Sie stellte den Leuchter auf den Tisch, dann öffnete sie die große Truhe neben Ockos Bett.

Ihre Hände fanden das Kästchen schnell. Es war aus poliertem Holz, so schwarz, wie sie nie zuvor welches gesehen hatte. «Tief ins Moor», flüsterte es in ihrem Kopf. Aber sie achtete nicht darauf, sie öffnete das Kästchen und sah, gebettet auf dunkelblauem Samt, einen Dolch. Er mußte alt sein, älter als Ocko, älter als alle Vorfahren der alten Häuptlingsfamilie, von denen er früher erzählt hatte. Die lange, schmale Klinge war matt, der Griff aus schwerem Metall, eine Gravur auf der Klinge war im Kerzenlicht nur schwach zu erkennen. Da war

für ihre heimatlichen Ställe gekauft habe. Die Hoffnung, die Hessischen würden nun bald abziehen, wuchs. Theda tom Everen, so hieß es, habe einen Preis erhandelt, den selbst Ocko niemals zu fordern gewagt hätte. Zwei der Hengste, aber das wurde nur geflüstert, sollten tatsächlich Geschenke für den Kaiser sein, und jeder, der auf sich und seine Ställe hielt, beeilte sich, auch einen Everenschen Hengst zu kaufen. Aber Theda war spröde, vertröstete auf den Frühsommer, auf die Zeit nach der Körung, und verkaufte doch, wenn der gebotene Preis in ähnlich schwindelnde Höhen kletterte wie bei ihrem Handel mit dem Beauftragten der Gräfin. Beinahe, so sagten die Leute auf dem Auricher Viehmarkt, habe sie sogar Cirk an den Bischof zu Münster verkauft. Der Hengst habe sich jedoch bei der Vorführung so wild gebärdet, daß der bischöfliche Beauftragte etwas von Satansvieh gemurmelt und eilig den Hof verlassen habe. Aber diese Geschichte glaubte niemand im Auricher Land. Cirk, das wußte jeder, war nicht nur einer der besten Everenschen Zuchthengste, Theda liebte ihn auch wie kein anderes Tier (manche sagten sogar: wie kein anderes Wesen unter dem Himmel), seit er als Einjähriger aus der Wildpferdeherde auf Juist gefangen und auf den Everenschen Hof gebracht worden war. Niemals würde sie ihn verkaufen. Es sei denn, Theda tom Everen wurde nun doch wie Ocko.

Man hatte sie lange nicht mehr gesehen in Aurich. Nicht einmal zum heiligen Christfest war sie gekommen, die Wege seien zu schlammig gewesen, hörte man von dem Hof im Moor. Das mochte stimmen oder nicht. Für den Ettinger jedenfalls, den zweiten hessischen Stallmeister, waren sie es nicht. Selbst im Januar, der zuerst schneeigen Regen und schließlich noch mehr Nebel gebracht hatte, sah man ihn ins Moor reiten. Aber auch ihm schien dieser Weg nun beschwerlicher zu sein. Wenn er früher zurückgekommen war, im Spätsommer vor Ockos Tod und noch bis zum letzten Christfest, war seine Miene stets heiter gewesen. Es kam sogar vor, daß er seinen Fuchs bei der Heimkehr voller Übermut über die Auf-

Braut machte seine Tage beschwerlich. Schon im vergangenen Jahr waren ihm nicht nur gute Geschäfte gelungen, das hatte seinem Haus geschadet, aber seinen Wohlstand noch nicht bedroht. Aber nun hatte er sich auf einen Handel eingelassen, der nicht dem guten Brauch entsprach, so nannte er es jedenfalls für sich. Er hatte ertragreich betrügen wollen und war dabei selbst einem Betrüger aufgesessen, der sich auf diese Dinge sehr viel besser verstand als er. Der war nun auf und davon, mit viel zuviel von Edzards Geld, und hatte ihm nur die falschen Wechselbriefe zurückgelassen. Der Teufel mochte wissen, warum er sich auf so etwas eingelassen hatte. Nun war auch noch ein Emdener Schiff verschollen, an dem er hoch beteiligt war, und es gab kaum mehr Hoffnung auf eine verspätete Rückkehr. Es galt als sicher, daß es vor der französischen Küste Korsaren in die Hände gefallen und auf Nimmerwiedersehen verschwunden war. Mit Mann und Maus und Ladung. Es war eine kostbare Ladung gewesen, feine Tuche und edle Hölzer, Zucker und französische Weine. Auch viel Silber aus den spanischen Kolonien, aber von dem hatte niemand gewußt. So wußte auch niemand, wie schlecht es um das Haus Rowenna stand. Nicht einmal Christine. Das war das einzige, das Edzard ein wenig besser schlafen ließ. Seine Mutter würde ihm seine Leichtfertigkeit niemals verzeihen, deshalb durfte sie auch nie erfahren, welchen Schaden er seinem Haus und Erbe zugefügt hatte.

Als Edzard und seine Männer hinter Tannenhausen in den Moorpfad einbogen, standen drei Gestalten am Weg, schmutziges mageres Gesindel. Keiner zog ehrerbietig die Mütze, keiner beugte sich, Edzard glaubte ihre frechen Blicke noch lange im Rücken zu spüren. Es zog nun immer mehr Lumpenpack herum, ehemalige Kätner und Knechte, jetzt ohne Land, Lohn und Brot zu Dieben und Bettlern geworden. Schwächlinge und Taugenichtse, dachte Edzard. In harten Zeiten zeigte sich eben, wer etwas wert war und wer nicht.

Der Pfad schien ihm morastiger denn je. Die Pferde gingen

noch, sosehr er sich auch dagegen wehrte, er dachte immer nur an den Dolch. Er sah ihn in seinen Träumen, jedesmal war er blitzender und prächtiger, und manchmal, wenn er erwachte, fühlte er noch den Schaft in seiner Hand, als habe er in der Nacht die Klinge geführt, gegen einen Feind, einen Fremden, der ihn vernichten wollte. Es war stets ein siegreiches Gefühl, und nach diesem Gefühl, das für ihn unlösbar mit dem Besitz des tatsächlichen Dolches verbunden schien, war er nun gierig wie nach nichts sonst.

Der Dolch, hatte Ocko gesagt, müsse weiterwandern, er wisse auf geheimnisvolle Weise selbst, wer ihn am besten zu nutzen verstehe. Spökenkram. Dummer heidnischer Spökenkram. Und doch. War es nicht vielleicht tatsächlich der Dolch selbst, der nach Edzard strebte, der dieses Begehren in ihm auslöste, das er zuvor für nichts und niemanden gekannt hatte? Er mußte ihn bekommen.

Es würde nicht leicht sein. Der Dolch konnte ihr inzwischen nicht mehr nur irgendeine alte Waffe aus dem Nachlaß ihres Vaters sein, kostbar, aber sonst ohne Bedeutung. Er wußte, daß sie ihn trug. Was sollte es sonst gewesen sein, was er bei seinem letzten Besuch im Januar in dem feinledernen Futteral an ihrem Gürtel gesehen hatte, als ihr Umhang einmal aufwehte. Warum hatte er nicht einfach gefragt: «Was tragt Ihr an Eurem Gürtel, Theda?» War es nicht ungewöhnlich genug, ja unschicklich für eine Frau von guter Herkunft, eine Waffe zu tragen wie in den rauhen Zeiten, als die alten heidnischen Götter noch regierten? Er hatte nicht gefragt, aus kindlich dummer Scheu, sie könnte die Gedanken hinter seinen Worten hören. Das war ungeschickt gewesen, nun gut, heute wollte er es besser machen. Er wußte noch nicht wie, aber war ihm nicht stets zur rechten Zeit ein guter Einfall gekommen?

Eine Rohrweihe flog auf, ihr kurz keckernder Schrei und heftiger Flügelschlag schreckten ihn aus seinen Gedanken; sein Rappe begann vor dem großen dunklen Vogel nervös zu tänzeln, und nur wenige Ellen vor einem glucksenden Wasser-

Dann ging alles sehr schnell. Noch einmal lachte Theda, und da stürzte Edzard Rowenna auf sie zu, stieß sie zurück, ob blind vor Zorn oder vor Verzweiflung, wer wußte das zu entscheiden?, und griff nach der Waffe an ihrem Gürtel. Das Futteral zerriß, und da stand Edzard, den Dolch erhoben, bebend vor Erregung. Die Menschen auf der Koppel erstarrten, Daniel Ettinger jedoch ließ Cirks Zügel los und sprang nach vorn, fiel dem Rowenna in den Arm, der stach wütend zu, einmal, zweimal, und der Ettinger fiel mit blutender Brust. Blitzschnell griff Edzard in die lange Mähne des Apfelschimmels, schwang sich in den Sattel des zornigen Tieres und drückte ihm die Stiefel in die Flanken, der Hengst stieg, dann sprang er mit einem großen Satz nach vorn und galoppierte davon. Doch er raste nicht hinüber auf den Weg nach Aurich, er flog gleichsam über den heidekrautüberwucherten Weg zwischen den Eschenstümpfen direkt ins Moor, verschwand im Dunst, der dort, obwohl die Sonne doch erst im Mittag stand, rötlich gleiste wie bei Sonnenuntergang.

Am nächsten Tag fand man Edzard Rowenna am Rande des Moores nicht weit von Marienhafe. Niemand konnte sich erklären, wie er dorthin gekommen war. Er war tot, mit zerschlagenen Knochen und ausgeraubt bis aufs Hemd. Seine kostbaren Stiefel und Kleider, die Ringe und die goldene Kette an der Weste – alles war verschwunden. Auch einen Dolch fand man nicht bei ihm. Fremde Soldaten, nach dem Ende des Krieges auf dem Weg in ihre ferne Heimat, hatten ihn ausgeraubt. Oder einige dieser heimatlos gewordenen Landleute, die man als Landstreicher nun auch in Friesland immer öfter traf. Wer sonst? Ob die ihn auch erschlagen hatten, blieb ungewiß. Man hatte schon oft erlebt, daß die Hufe wilder Hengste zu mörderischen Waffen wurden. Aber war das nicht unmöglich? Niemals konnte es Cirk gelungen sein, einen Weg durch das Moor nach Marienhafe zu finden. Es gab dort einfach keinen. Cirk, daran bestand kein Zweifel,

warten. Aber das wußte nur Theda. Und Quade, die immer alles wußte.

Das nächtliche Licht am Ende der toten Eschenallee tauchte nie wieder auf, auch der Dunst über dem Moor schimmerte nur noch vor Sonnenuntergang rötlich. Und im Juni, als die Bäume auf der Geest unter dem endlosen friesischen Himmel schon alle grün und die Marschwiesen bunt waren von Löwenzahn, Sumpfdotter, Pechnelke und Wiesenschaumkraut, als im Moor die Libellen über den Tümpeln flimmerten, der rote Sonnentau seine klebrigen Tentakel nach Mücken und winzigen Käfern streckte und der Fieberklee zarte weiße Büschelblüten entfaltete, da wuchs aus den alten Stümpfen der Eschen frisches Laub. Die Leute sagten, es sei ein Wunder. Nur Quade sagte nichts.

entgegenstellte, schlugen sie ihm lachend den Schädel ein, jagten lachend die Knechte über den Hof und benutzten sie als lebende Zielscheiben ihrer Musketen. Dann wurde gefressen, gesoffen und vergewaltigt, und weil greinende Weiber – ließ man sie am Leben – erfahrungsgemäß in die Nachbardörfer liefen und die Leute dann ihr Hab und Gut in die unzugänglichen Wälder schleppten, stach man sie schnell ab, die greinenden Weiber. Das war kein Schade, denn im nächsten Dorf gab es wieder welche und im übernächsten auch, und hier waren es ja allesamt papistische Götzenanbeter, die auszutilgen als gottgefälliges Werk galt.

Georg Rehm, allgemein Girgl genannt, überlebte die Auslöschung seiner Familie, denn der Vater hatte gemeint, jetzt sei es an der Zeit, die Säue zur Eichelmast in die Wälder zu treiben.

Als Girgl am nächsten Abend zurückkehrte, fand er vom Meierhof nur noch rauchende Trümmer vor, dazwischen hingeschlachtete Menschen, die einmal seine Familie und das Hausgesinde gewesen waren.

Nun stand er da mit seinen eichelsatten Säuen, fand nichts mehr zu essen vor und konnte aus dem Brunnen nicht trinken, in den die Schweden zum Abschied ihre Notdurft verrichtet hatten.

Georg Rehm war vierzehn, wollte weiterleben und trieb seine Schweine in einen Marktort, den die Schweden gegen eine Lösegeldsumme verschont hatten. Hier schlug er seine Tiere um ein weniges los, denn wer hatte in solchen Zeiten schon Geld? Die etwas davon retten konnten, sahen Georgs Notlage und wußten, am Ende würde er zu jedem Preis verkaufen.

So schlug er sich mit einem Beutel voll Kupfermünzen nach Landshut durch, aber das hatten gerade die Schweden besetzt, und er traf Flüchtlinge, die ihm dringend von einem Aufenthalt dort abrieten.

«Sie nehmen dir den letzten Heller und pressen dich am Ende zum Troß. Dann kannst du diesen elenden Mordbrennern auch noch den Dreck wegputzen.»

her Natur, sein Zorn flammte häufig ohne gewichtigen Grund auf, als hätte man Öl ins Feuer gegossen. Oft mußte sein Vater zum Zollstock greifen und ihm gehörig das Fell gerben, aber das hielt nicht lange vor.

Auch äußerlich gab es Unterschiede zur übrigen Familie. Den mittelgroßen und stämmigen Vater überragte der Girgl schon als Vierzehnjähriger um Haupteslänge. Er war schlank, sehnig und von rascher, ungeduldiger Beweglichkeit. Oft verspottete er den jüngeren Bruder, der mit seiner langsamen, behäbigen Art mehr dem Vater glich.

Seltsamerweise aber lernte der Girgl schnell und leicht, und als er mit sechzehn seinen Gesellenbrief erhielt, verband der Schreinermeister Johannes Rehm es mit einer kurzen Ansprache an seinen unwillig lauschenden Sohn.

«Girgl, du warst immer tüchtig in unserem Handwerk und hast deinen Gesellenbrief redlich verdient. Aber du bist nur selten ein gehorsamer Sohn gewesen und hast deiner Mutter und mir viele Sorgen bereitet. Jetzt bist du dabei, ein erwachsener Mann zu werden, und ich kann dich nicht mehr übers Knie legen wie einen frechen Buben. Also laß dir gesagt sein: Wer mit seinen Mitmenschen auskommen und redlichen Umgang pflegen will, der muß Zorn und Aufgeregtheit – auch wenn sie berechtigt sind – im Zaum halten können, denn sonst nimmt es mit ihm ein böses Ende.»

Georg hörte es mit seinen Ohren, aber die gutgemeinten Ratschläge seines Vaters drangen ihm nicht ins Herz. Immer häufiger war er an Wirtshausraufereien beteiligt, und einige Male mußte er von den Bütteln abgeführt werden und den Geschädigten ein Bußgeld zahlen. Das kam natürlich dem Zunftmeister zu Ohren, und es setzte Rügen und ernsthafte Verwarnungen.

Um diese Zeit war schon der Zweitgeborene – er hieß nach dem Vater Johannes – ins erste Lehrjahr getreten, aber nach Zunftbrauch nicht in der Werkstatt des Vaters, sondern bei einem anderen Schreinermeister. Sollte er der Zweitgeborene

ner Namen von Burschen, die ohne einen Kratzer aus den schlimmsten Kriegen heimgekehrt waren.

Georg glaubte nicht recht daran, aber dankbar umarmte er seine Mutter und sagte: «Mir kann eh nix passieren, weil die Gachen und Frechen immer überleben – das weiß doch jeder.»

So ließ der Rehm Girgl sich anwerben und mußte gleich draußen vor der Stadt auf dem Marsfeld den Beruf eines Schützen erlernen. Das trug jetzt alles französische Namen, und sein Steinschloßgewehr hieß man eine Muskete und der sie trug einen Musketier. Weil aber so eine Waffe schneller abgeschossen als wieder aufzuladen war, konnte man vorne ein langes Messer, Bajonett genannt, aufstecken und damit weiterkämpfen.

Der Korporal war mit dem Girgl recht zufrieden und lobte ihn mehrmals während der Ausbildung mit den Worten: «Der Rehm ist ein geborener Soldat, dem wurde das schon in die Wiege gelegt.»

Da hatte er nicht so unrecht, denn der neue Beruf kam Georgs rascher, beweglicher Art entgegen; er verstand sofort, um was es ging, lernte schnell und leicht.

Kurfürst Max Emanuel, mit siebzehn Jahren auf den bayrischen Thron gelangt, war ein rechter Herrscher von Gottes Gnaden, liebte die Macht, den Kampf, die Liebe, das üppige Leben, war ein Freund von Kunst, Musik und fürstlichem Bauen.

Seine Standesgenossen dachten und lebten ähnlich, was aber den Kuchen nicht größer machte. Es kam nur darauf an, wie groß die Stücke waren, die man davon abschnitt. Da aber jeder dieser Herren die Hand nach dem größten Stück ausstreckte, kam es zum Streit, und so führte Kurfürst Max Emanuel seit seiner frühesten Jugend unentwegt Kriege. Als Einundzwanzigjähriger zog er mit seinen Truppen ins Feld vor Wien, wo die Türken dabei waren, die westliche Welt mit dem Islam zu beglücken, doch Max Emanuel und seine fürstlichen Vettern ver-

das Corps der Offiziere, aber die bekam der Girgl nur von ferne zu sehen. Und die Befehle lauteten: *Aux armes! Présentez armes! Croisez baïonette! Attaque!*

Es war aber nicht so, daß im französischen Heer nur Franzosen, im bayrischen nur Bayern oder im kaiserlichen nur Österreicher dienten. Kriegslustige Abenteurer aus aller Herren Länder griffen für ein Handgeld zur Waffe und kämpften für einen Herrn, den sie weder kannten noch verehrten. Sie taten es für Sold und die erhoffte Beute, sie taten es aus Lust am Raufen und Rauben, am Brennen und Vergewaltigen. Wer nicht dazu angelegt war, sondern aus purer Not unter die Soldaten ging, der wurde im Laufe der Zeit auch gegen seine Natur zum Totmacher und Räuber und Vergewaltiger.

Sieger gab es meist keine. Einmal gewann Max Emanuel eine Schlacht, eine andere ging verloren, eine dritte verlief unentschieden. Die Statthalterschaft der Niederlande hatte der Kurfürst verspielt, jetzt übernahm er das Kommando der französischen Rheinarmee und verlegte seine Truppen aus Flandern an den Rhein. Doch die Ruhe dauerte nicht lange, die Truppen wurden nach Brüssel in Marsch gesetzt, und dort erlebte Georg Rehm die schlimmste Stunde seiner Soldatenzeit. Max Emanuels Hoffnung, daß seine jetzt von den Kaiserlichen besetzte frühere Residenz bei seinem Anrücken die Besatzer davonjagen würde, erwies sich als trügerisch. Der Kurfürst, sonst eher ein höflicher und beherrschter Mensch, geriet in maßlosen Zorn.

Diese Undankbaren! Hatte er nicht immer das Beste gewollt und getan für seine Niederlande? Und nun krochen sie dem Kaiser in den Hintern und wandten sich gegen ihn!

Brüssel wurde belagert, stundenlang mit schweren Kanonen in Brand geschossen, und dann – es war schon Nacht – befahl Max Emanuel den Sturm. Der wütende Kampf dauerte die ganze Nacht und fand vor den Toren der Stadt, zum Teil auch schon im Innern statt.

Georg hatte seine Flinte schon mehrmals geladen und abge-

zweiundzwanzig Feldzügen gegen Türken, Frankreich, Österreich, England und Holland war seine Kampflust erloschen, und er wendete sich erfreulicheren Dingen zu – den Mätressen, dem Spiel und in ganz besonderem Maße dem Bauen.

Georg Rehm hatte der Kampf mit dem blonden Riesen zaghaft und kriegsmüde gemacht. Er, der sonst in der Schlacht weder sich noch den Feind geschont hatte, hielt nun seine Angriffslust im Zaum, war vorsichtiger geworden. Er trug zwar den «Passauer Zettel» auf der bloßen Brust, fühlte sich hieb- und stichfest, doch dieser Glaube war erschüttert, denn beim Kampf mit dem riesigen Friesen hatte ihn der Loisl und nicht der Zettel gerettet. Den nadelspitzen Dolch mit dem karfunkelgeschmückten Griff hatte er an sich genommen, eine lederne Scheide dazu erworben, und in diese Waffe setzte er sein ganzes Vertrauen. Ihm war, als sei sie für ihn bestimmt gewesen, und er sah in ihr etwas wie ein magisches Werkzeug. Der Dolch, schon auf dem Weg, seine Kehle zu durchstoßen, hatte sich dem verweigert und war nun seine Waffe geworden.

Ein Teil der bayrischen Armee zog in die Heimat und wurde aufgelöst. Georg hatte genug vom Krieg und wollte in seinen Beruf zurück. Er mußte seine Muskete zurückgeben, aber, so wurde gesagt, was du im Krieg erbeutet hast, darfst du behalten, obwohl da außer dem spitzen Dolch nichts war – was hätte auch bleiben sollen? Was man den Gefallenen abnahm – Waffen, Kleider, Geld, Schmuck –, wurde schnell verkauft, vertauscht und im Spiel oder mit Huren vertan. Aber der *poignard* würde ihm Glück bringen, das wußte er. Und niemals würde er ihn verkaufen – niemals!

Ausgemustert wurden sie in München, und der damit betraute Unterzahlmeister strich Georg Rehm von der Liste.

«Ein Schreinergeselle bist du gewesen? Da brauchst du dich um deinen künftigen Broterwerb nicht zu sorgen. Unser gnädiger Kurfürst baut rings um München die Schlösser im Dutzend. Nymphenburg, Dachau, Fürstenried, Schleißheim – da

fürst will in und um München viel bauen, wenn er zurückkommt, und dann werden alle Handwerker bevorzugt, die im Feld unter ihm gedient haben.»

«Wer sagt das?»

«Alle sagen das!»

«Geb's Gott, daß es wahr ist. Jetzt mußt dir halt in der Stadt eine Wohnung suchen und dann schauen, daß 'd wieder in deinem Beruf unterkommst. Zuerst solltest dem Zunftmeister deine Aufwartung machen; der weiß am ehesten, wo eine Schreinerwerkstatt einen Gesellen braucht.»

Georg grinste. «Wenn der sich meiner erinnert, dann nicht im Guten.»

«Ah, geh! Erstens einmal ist der von damals gestorben, und der jetzige war mit dem Vater befreundet. Und dann kannst ja immer drauf verweisen – wer für seinen angestammten Fürsten in Kriegszeiten den Kopf hingehalten hat, der kann in Friedenszeiten erwarten, daß man sich für ihn verwendet.»

«Ja, Frau Mutter.»

Dann machte sich der Girgl auf Herbergssuche, und das war nicht so einfach, weil es doch einen Haufen gebürtiger Münchner gab, die Kriegsdienst geleistet hatten und jetzt auf der Straße standen. Freilich, die meisten kamen bei Eltern, Freunden und Verwandten unter, aber es gab doch etliche, die ihre Heimstatt – wie bei Georg Rehm – durch widrige Umstände verloren hatten.

Schließlich fand er ein Dachkammerl im Haus des Eberlbräu in der Sendlinggasse, gleich beim Stadttor. Der Bräu war noch jung und hatte das Haus erst vor wenigen Monaten nach dem Tod seines Vaters übernommen.

Soll ich ihm sagen, daß sein Herr Vater mir in der Wirtsstube Hausverbot erteilt hat? Nein, das werde ich nicht tun …

Aber der Bräu stellte die Bedingung, daß Georg mit anfassen müsse, wenn es von Zeit zu Zeit dringende Arbeit zu tun gab. Das war dem Girgl gar nicht recht, aber was sollte er tun? Weitersuchen und noch hundertmal abgelehnt werden? Es war

Der Zunftmeister empfing ihn recht gnädig.

«War mit deinem Vater gut bekannt, Girgl – Gott hab ihn selig. Dein Bruder ist nun auch hin, und jetzt möchtest du wohl eine Eingabe für eine Meisterwerkstatt machen?»

Ein freudiger Schrecken durchfuhr ihn. Er war schließlich der Erstgeborene, hatte den Gesellenbrief und damit das Recht, als Meister die Werkstatt des Vaters weiterzuführen.

«Ja – ja, das auch.»

«Hast du das Geld dazu?»

«Welches Geld?»

«Soviel ich weiß, gibt es die Werkstatt deines Vaters nicht mehr. Du müßtest dir eine neue einrichten, die Meisterprüfung machen, Lehrlinge aufnehmen ...»

«Es ist kein Geld geblieben, sagt die Frau Mutter, und von meinem Sold ist auch nichts mehr da. Vielleicht könnte ich mir was leihen ...»

Der Zunftmeister kniff die Augen zu und kratzte sich am Hals. «Ja, schon, auch die Zunft täte was beisteuern, aber ...» Er langte nach einem dicken Buch, das auf dem Tisch lag, blätterte eine Weile und legte den Zeigefinger auf eine Stelle. «Da steht's, und wenn etwas niedergeschrieben ist ... Es ist die Liste der Münchner Schreinergesellen, und deine früheren Sünden sind verzeichnet: Raufereien, Unbotmäßigkeit – vier Verwarnungen mit der Androhung des Ausschlusses aus der Zunft. Du bist dem zuvorgekommen und hast dich anwerben lassen. Aber es steht nun einmal da, und so meine ich, du mußt uns erst beweisen, daß du dich gebessert hast. Suche dir eine angemessene Arbeit, spare Geld, und in zwei, drei Jahren sehen wir weiter.»

Als Georg Rehm sich erhob, spürte er, wie ihn der Dolch an die Hüfte schlug, als wolle er ihn an etwas gemahnen.

Ein paar Tage später hatte Georg einen seltsamen Traum. Nochmals erlebte er die Erstürmung von Brüssel, sah zuerst brennende Häuser, hörte die Verzweiflungsschreie der

brief vorwies, dann lachten sie nur mitleidig und sagten, er tue ja nicht die anspruchsvolle Arbeit eines Schreinergesellen, sondern sein Sägen und Hobeln, sein Hämmern und Leimen seien Hilfstätigkeiten, die jeder andere nach Anweisung genauso ausüben könne.

Bei diesen Jammerlöhnen konnte er kein Geld zurücklegen, es ging restlos drauf für Essen und Trinken, für die Schlafkammer und gelegentlich ein Liebchen, das ein kleines Geschenk forderte. Der Eberl bestand natürlich auf der zugesagten Aushilfe, denn sonst – fände Georg keine Zeit dafür – müßte er den Mietzins steigern.

So floß die Zeit dahin und brachte ihn seinem Ziel um keinen Zoll näher – ja, fast schien es ihm, als entferne er sich immer weiter davon.

Einem Altwarenhändler am Schwabingtor, also am anderen Ende der Stadt, zeigte er den Dolch und fragte, was er wert sei. Der Händler, ein als Hoffaktor geduldeter und als grundehrlich bekannter Jude, zog den Dolch behutsam aus der Scheide.

«A scheenes Stick», murmelte er, «und recht alt. Darf ich fragen, wo der Herr ihn erworben hat?»

«Erworben gerade nicht, es ist ein Beutestück aus dem Krieg.»

Der Händler nickte und fuhr mit dem Zeigefinger über den Griff. «Das sind schon prächtige Karfunkeln ... Liegt gut in der Hand ...» Sein Finger glitt leicht über die Klinge. «Bester Damaszener Stahl, man sieht's an der Musterung; da ist auch ein Name eingegraben – KAROLUS? Ein Liebhaberstück – etwas für Leute, die sich auskennen. Von denen gibt's aber nicht viel ...»

«Was könnte der Dolch wert sein?»

«Ich würde zwölf Gulden dafür geben, aber der Herr mag Kenner finden, die zwanzig oder dreißig bezahlen.»

Georg hatte niemals die Absicht, sich von der Waffe zu trennen, doch er wollte ihren Wert kennen. Er bedankte sich und

Am nächsten Morgen machte er sich gleich nach Tagesanbruch auf den Weg nach Schleißheim. Es herbstelte schon ein bißchen, und ein lebhafter Wind riß die ersten gelben Blätter von den Bäumen. Als er das Schwabingtor hinter sich hatte, schritt er rüstig aus, denn man hatte ihm gesagt, daß er gut drei Stunden für den Weg brauchen würde. Zur Rechten sah er aus den Auwäldern der Isar den Turm des Schwabinger Kircherls ragen, doch diese Richtung durfte er nicht nehmen, er mußte sich stracks nach Norden halten.

Auf einigen Feldern holte man schon die Ernte ein, und mancher der Mäher wandte kurz seinen Kopf dem Wanderer zu, ohne den weiten Schwung seiner Sense zu unterbrechen.

Die Straße führte nun durch lichte Föhrenwälder, dann kamen ein paar Felder um den Weiler Hochmutting, und in der Ferne ragte schon das mächtige rote Dach des unvollendeten Schlosses empor, gekrönt von gewaltigen Kaminen. Dann stand er vor einem Zaun, ein riesiger Hund raste heran und verbellte ihn.

Hinterher lief ein Mann und rief: «Sultan! Aus! Aus!» Er packte das Tier am Halsband und leinte es an. «Hier kannst du nicht durch, das ist die Schloßbaustelle. Wo willst du hin?»

«Das Schloß anschauen ...»

Der andere lachte. «Das geht nicht – da könnt ja jeder kommen!»

Georg zog seinen Gesellenbrief aus der Tasche. «Da – schau her. Ich bin Schreinergeselle und hab mich bei der Zunft schon für die Bauten Seiner Durchlaucht vormerken lassen. Da wollte ich mir vorher halt ansehen, wo ich dann vielleicht arbeiten werde.»

Der andere streifte das Dokument mit einem Blick. «Kann eh nicht lesen, aber ich glaub's dir. Jetzt mach ich Mittag, und danach laß ich dich rein und du kannst ...»

Georg öffnete seinen Ranzen. «Da, schau her – eine Blutwurst, die für uns beide langt, genug Brot und zwei Flaschen Bier. Ich lade dich dazu ein.»

len Pfiff. «Bei allen Heiligen! Der ist ja nadelspitz wie eine Schusterahle und so lang, daß er hinten wieder rauskommt! Die edlen Steine am Griff mögen schon was wert sein.»

Georg steckte den Dolch zurück. «Ich hoffe nicht, daß ich ihn einmal brauchen muß, habe im Krieg so viel geschossen, gehauen und gestochen, daß es mir für's Leben reicht.»

«Recht hast du! Da ist es viel schöner, an so einem Schloß mitzubauen.»

Nach dem Essen schlenderten sie um den Bau herum, und der Aufseher wies ihn auf Einzelheiten hin. Doch der Girgl hörte kaum hin, sosehr beeindruckte ihn dieser gewaltige Koloß.

«So etwas wird es in Bayern nicht noch einmal geben», flüsterte er beeindruckt.

«Da kannst du Gift drauf nehmen», sagte der Aufseher stolz und fügte hinzu: «Das ist es, was mir an unserem Kurfürsten so gefällt: Er verliert die meisten Schlachten, verliert den Krieg, verliert Bayern und die Niederlande, und kaum ist er wieder obenauf, baut er auf Teufel komm raus.»

«Ja, er läßt sich nicht unterkriegen», sagte Georg und stellte sich schon vor, wie er hier mit Dutzenden anderer Handwerker Tische, Stühle, Täfelungen, Türen, Parkett und anderen Zierat aus Holz fertigte.

Danach verplauderten sie sich; der Aufseher hatte am Türkenkrieg des Kurfürsten teilgenommen, und über dem Schwadronieren wurde es Nacht. Sein Gastgeber spendierte einen Krug Wein und richtete in einer der anderen Hütten für Georg ein Lager.

Am nächsten Morgen lag das Schloß in herbstlichen Dunst gehüllt, doch die Sonne war stärker, durchdrang den Nebel mit ihrem Glanz und ließ den Palast wie auf einer goldenen Wolke schweben.

Georg war so ergriffen, daß ihm die Tränen kamen. «Mein Traumschloß ...» flüsterte er.

Da wurde die Zukunft gleich wieder heller, und er empfand

und warfen dem Kurfürsten vor, in Frankreich ein Lotterleben geführt zu haben, während sein Land von den Kaiserlichen malträtiert und ausgeplündert worden war.

Da gab es am Abend in der Gaststube erbitterte Dispute, in die auch Georg – der sein Nachtmahl dort einnahm – mit hineingezogen wurde.

Der Feichtmayer war hier regelmäßig zu Gast. Er nannte sich einen Bauern, war aber so etwas wie ein kleiner Gutsbesitzer, schlug auf dem Münchner Markt seine Erzeugnisse los und nächtigte von Zeit zu Zeit beim Eberlbräu. Er haute auf den Tisch. «Freilich, freilich, das versteht man schon, daß Hofbeamte und Hoflieferanten, daß Handwerker, Wirte, Brauhäuser und Posthalter – und natürlich der Adel – sich nichts sehnlicher wünschen als die Rückkehr Seiner Durchlaucht. Diese Herren nämlich profitieren am meisten von den erpreßten Steuergeldern, die der Hof an sie verschwendet. Wo aber kommen diese Gelder her? Von denen ganz unten, nämlich von den Bauern, Viehzüchtern, von den kleinen Märkten in Stadt und Land. Da läßt dann Seine Durchlaucht Exekutionstruppen ausschwärmen, die den Leuten so zusetzen, bis ihnen der letzte Heller abgepreßt ist. Und der Bierpreis soll auch erhöht werden! Ich sage euch eines: Der Tag, an dem der Kurfürst zurückkehrt, wird nicht nur ein Freudentag sein.»

Georg schob seinen Teller beiseite, trank einen Schluck Bier und sagte: «Für mich wird es ein Freudentag werden, das sage ich laut und deutlich. Der Kurfürst plant den Umbau und die Fertigstellung verschiedener Schlösser und wird dazu Hunderte von Handwerkern benötigen. Dann kann ich wieder meinen ehrsamen Beruf ausüben und muß mich nicht als Handlanger durchfretten.»

Der Feichtmayer lachte – laut und höhnisch. «Aus deiner Sicht mag es ja stimmen, aber wer bezahlt diese Schlösser? Der König von Frankreich oder gar der Kaiser in Wien? Nein, mein Lieber, das zahlen wieder die kleinen Leute, und das ist so si-

ihn böse und verbittert, und es rutschten ihm Worte heraus, die besser ungesagt geblieben wären.

Der Zunftmeister holte ihn zu einer persönlichen Unterredung. «Um der Freundschaft mit deinem seligen Vater willen erlasse ich dir eine Rüge, und was ich dir jetzt sage, muß unter uns bleiben. Die Bauarbeiten in Nymphenburg, Dachau und Schleißheim sind seit einiger Zeit schon wieder im Gang, und du könntest dort arbeiten ...»

Georg lachte erleichtert. «Ja, dann ...»

«... Aber leider nicht als Schreinergeselle, nur als Gehilfe.»

«Aber das verstehe ich nicht ...»

Der Zunftmeister setzte eine ernste Miene auf, fast sah es aus, als schäme er sich. «Die Sache ist die: Vor allem, was Nymphenburg und Schleißheim betrifft, so hat der Kurfürst seit dem langen Frankreichaufenthalt seine Ansichten über die Ausstattung der Schlösser geändert. Er will jetzt alles französisch haben und traut unseren Handwerkern das nicht zu. Mit anderen Worten: Wenn hier die Stukkateure und Bildhauer, die Maler und Freskanten, die Seidensticker und Vergolder gehofft haben, sie würden gebraucht, dann mag das mit der Einschränkung gelten, daß die meisten nur als Handlanger beschäftigt werden.» Er legte eine Liste auf den Tisch und deutete darauf. «Die Meister aber kommen aus Frankreich und Holland, aus Italien und Tirol. Hier etwa die Stukkateure Charles Dubut und Giuseppe Volpini. Oder der Gartenarchitekt Dominique Girard, der Bildhauer de Grof, der Vergolder Bigarello ...»

«Aber die Schreiner – wo sind die Schreiner?»

«Der sogenannte *menuisier de la court* heißt Johann Adam Pichler, stammt aus Tirol, wurde aber auf Kosten Seiner Durchlaucht in Frankreich ausgebildet. Hier würden wir ihn als Schreiner bezeichnen, aber Herr Pichler läßt sich – wenn er ausnahmsweise deutsch spricht – als Hofkistler bezeichnen. Deshalb kann er ja trotzdem tüchtig sein ... Seine Werkstatt umfaßt an die achtzig Leute, und dort könntest du vorerst als Gehilfe arbeiten – später vielleicht sogar als Geselle.»

Groot, der aus Antwerpen stammte, aber in Frankreich ausgebildet worden war. Bei ihm konnte man sagen: *nomen est omen*, denn er überragte die anderen um Kopfeslänge und war muskulös wie ein Stier. Oft machte er sich einen Spaß daraus, das Rohmaterial für Türen und Täfelung – dicke Holzplatten – stapelweise auf seinen vorgestreckten Armen hereinzutragen, sich triumphierend umzuschauen und dann die schwere Last jemand vor die Füße zu schmeißen. Keiner in der Gruppe mochte den aufgeblasenen Gimpel, aber er übte sein Handwerk so schnell und geschickt aus, daß Maître Ponsard ihn überaus schätzte.

Sooft es nur ging, sah Georg genau zu, wie de Groot hobelte und schnitzte, und er wußte, daß er genauso gute Arbeit lieferte – nur langsamer. Ja, dachte er, das ist die wahre Kunst, es schnell und trotzdem gut zu machen.

Und schnell mußte es gehen, denn der Kurfürst war sehr ungeduldig. Eines Tages sah er ihn ganz nahe, als er in schnellem Französisch mit dem Hofkistler Pichler sprach. Die anderen hatten sich unter tiefen Verbeugungen zurückgezogen, doch der Kurfürst sprach laut, und Georg konnte deutlich hören, wie er mehrmals rief: «*Plus vite, maître – plus vite!*»

Es sollte also schneller gehen, und Jan de Groot nahm sich das so zu Herzen, daß er kurz darauf schwankend mit einem überschweren Stapel hereinkam. Plötzlich entglitt ihm die Holzlast, fiel polternd zu Boden, und eine der Platten zerschmetterte de Groot den rechten Fuß. Laut stöhnend humpelte er noch einige Schritte und fiel dann zu Boden.

Das war ein rechtes *malheur*, und Maître Ponsard saß mit seiner Arbeitsgruppe schwer in der *bredouille*. Der Fuß werde heilen, verkündete er später, aber es sei einiges gebrochen, und der *médecin* rechne mit mindestens drei Wochen Genesungszeit.

Da trat Georg vor und streckte seinen Gesellenbrief hin: «Ich bin auch ein *compagnon*, also ein fertiger Schreinergeselle, und mache meine Sache nicht schlechter als de Groot, vielleicht ein bißchen langsamer ...»

in *bras*!» Dabei klopfte er sich an die Stirn und legte eine Hand auf seinen schenkeldicken Arm.

Georg ging nicht darauf ein, legte das zweite Brot in die Schachtel zurück und stand auf. Ihm war der Appetit vergangen. Er ging schnell in die Bauhütte, verstaute die Brotschachtel im Kasten, nahm den Dolch heraus und steckte ihn an den Gürtel – unter der Hose, von außen nicht sichtbar.

Jetzt waren ihm die Augen aufgegangen! Jan de Groot war der große Blonde, der ihn vor Brüssel abmurksen wollte! Freilich, der Loisl hatte ihn niedergeschlagen, aber keiner von ihnen hatte nachgesehen, ob er auch wirklich tot war! Sie hielten ihn nur für tot! Und jetzt lief er wieder munter herum und schurigelte seine Leute.

Das werde ich dir versalzen, und wenn damals der Kampf unentschieden ausgegangen ist, weil wir ja beide noch leben, dann wird es sich heute entscheiden, wer den kürzeren zieht ...

Georg ging hinaus und sah die Werkleute ins Schloß zurückströmen. Jan de Groot war auch darunter, seine Größe und sein Humpeln konnte keiner übersehen. Plötzlich blieb er stehen und schlug sich seitwärts in die Büsche. Georg lief ihm nach. Das würde kaum auffallen, weil so mancher noch vor Arbeitsbeginn im Unterholz sein Wasser abschlug. Ja, da vorne stand er und besprenkelte den Stamm einer jungen Linde.

Georg wartete, bis er fertig war und sich umwandte.

«Jan!»

De Groot erschrak, knöpfte sich hastig zu und trat zögernd näher.

«Warst du im Krieg einmal in Brüssel?»

De Groot schaute verwirrt drein. *«Bruxelles – oui ...»*

Also stimmte es!

Georg hatte schon die Hand am Griff seiner Waffe. Er zog sie gedankenschnell und rammte sie dem anderen – der nur schwach abwehrend die Hand hob – in die Kehle. De Groot faßte sich an den Hals, stieß ein gurgelndes Geräusch aus, verdrehte die Augen, seine Beine knickten ein.

Schreinergeselle in einer seinem Können angemessenen Tätigkeit. Wenig später erschien die Schloßwache.

«Wir haben ihn gefunden», sagte der Sergeant, «der Hund eines der Aufseher hat ihn unter einer Reisigschicht entdeckt. Er ist erstochen worden, mit einem sehr spitzen Gegenstand, vielleicht mit einer Feile.»

Ponsard riß entsetzt die Augen auf. *«Avec une lime?»* fragte er.

«Vielleicht ...»

Georg trat vor und bemerkte: «Nebenan arbeitet der Nagelschmied mit zwei Gehilfen. Die benützen verschiedene Feilen.»

«So schlau sind wir auch! Die drei sind langjährige Vertraute, halten gemeinsam ihre Mittagspause und schlafen zusammen in einer Hütte. Nein, der Mörder ist woanders zu suchen. Wenn Ihr es gestattet, Herr Ponsard, müssen wir Euch und Eure Leute auf spitze Waffen untersuchen. Herr Pichler hat dazu seine Erlaubnis gegeben.»

Außer den kurzen, bei der Mahlzeit gebrauchten Messern fanden sie nichts.

Georg lächelte verzerrt und hielt sich den Bauch. «Endlich! Ich muß nämlich dringend raus ...»

Der Sergeant nickte, und Georg lief zur Bauhütte, öffnete den Kasten und nahm den Dolch heraus. Er kicherte.

«Dich muß ich jetzt verschwinden lassen, du bist nämlich ein Zeuge, der gegen mich spricht.»

Als er die Tür öffnete, sah er den Sergeanten mit zweien seiner Leute auf die Hütte zukommen. Schnell zog er die Tür zu, legte sich auf sein Bett, riß Wams und Hemd auf. Die Ausbilder bei der Truppe hatten immer wieder genau auf den Punkt hingewiesen, wo das Bajonett anzusetzen sei, nämlich zwischen der vierten und fünften Rippe links unterhalb der Brustwarze. Als ob man das durch den Waffenrock erkennen konnte ...

Aber Verlierer war er keiner! Zuvor lag der Fall unentschie-

10. von Rußlands stolz, Napoleons schmach und Ferdinands verfluchter Tapferkeit

Er hatte nicht erwartet, in den verwinkelten Tiefen des dunklen, kalten Kellergewölbes auf einen Menschen zu stoßen. Eine Ratte war an ihm vorübergehuscht, und er mutmaßte, daß es hier eine ganze Menge von diesen Tieren gab. Irgendwo tropfte Wasser, gleichmäßig und dumpf. Die Luft roch modrig, abgestanden, so, als habe sie sich seit hundert Jahren um keinen Hauch mehr bewegt.

Vielleicht hat sie das auch nicht, dachte er.

Über ihm ragten rußgeschwärzte Ruinen in den herbstlichgrauen Oktoberhimmel über Moskau. Mit jedem Tag wurde es kälter, man konnte den Schnee schon riechen. Die Russen hatten die Hauptstadt ihres Reiches verlassen, hatten zahlreiche Brände hinter sich gelegt, ganze Straßenzüge vernichtet. Sie hatten dem Kaiser der Franzosen den geplanten triumphalen Einmarsch gründlich verdorben. Tote Häuser hatten ihn empfangen und dem Sieg den Glanz genommen. Einem Sieg, der kein Sieg war, sondern …

… eine Falle vielleicht, dachte er, warum werde ich das Gefühl nicht los, in einer Falle zu sitzen?

zurück. Ihr Deutsch klang hart und abgehackt, aber sie schien es recht gut zu beherrschen.

Er sah keine Veranlassung, ihr seinen Namen zu nennen, aber er erwiderte: «Ich gehöre zu der Armee, die ...» Er wußte nicht recht, wie er den Satz beenden sollte, und ließ ihn unfertig in der Luft hängen.

Die alte Frau lächelte erneut, und diesmal lag Spott in ihren Zügen. «Zu der Armee des großen Kaisers», sagte sie, «zu der Armee des siegreichsten Feldherrn, den die Welt je gesehen hat.»

Machte sie sich lustig über ihn? Trotzig entgegnete er: «Ja. Zur Grande Armée des Napoleon Bonaparte.»

Sie nickte langsam. Er fand es schwer, ihr Alter einzuschätzen. Sie mochte siebzig sein, neunzig oder hundert. Ihre Augen blitzten wach und listig. Sie hatte nicht einen Zahn mehr im Mund, und das Wolltuch, das sie um den Kopf geschlungen trug, zeigte nichts von ihren Haaren – falls sie noch welche besaß. Ihren Körper hatte sie in eine Unzahl von Decken gehüllt; anders wäre die Kälte hier unten auch nicht auszuhalten gewesen.

«Wie lange sitzt du schon hier?» fragte er.

Sie zuckte die Schultern. «Zwei Wochen? Drei Wochen? Ich weiß nicht genau.»

«Wovon lebst du?»

«Hier im Keller sind genügend Vorräte.»

«Warum bist du nicht mit den anderen fortgegangen?»

Sie warf ihm einen Blick voller Verachtung zu. «Ich bin in diesem Haus geboren worden. Ebenso mein Vater. Mein Großvater. Und alle sind sie auch in diesem Haus gestorben. Ich denke nicht daran, mich von diesem größenwahnsinnigen Franzosen vertreiben zu lassen, um dann in irgendeinem Straßengraben oder in einer Scheune mein Leben auszuhauchen.»

«Es ist nicht ganz ungefährlich für dich, hier in der Stadt zu bleiben. Die Soldaten stöbern überall herum, viele sind betrunken und unberechenbar.»

und abzuwarten, was geschehen würde. Er mußte agieren, und so verließ er die Stadt, die – obwohl in großen Teilen zerstört – seiner Armee Schutz geboten hätte. Er führte seine Leute geradewegs in die Hölle.

Ferdinand überlegte, ob er irgendwann aufhören würde, Kälte und Hunger zu spüren. Bald mußte der Punkt erreicht sein, von dem an er nichts mehr würde empfinden können. Seine zerschlissenen Stiefel vermochten kaum noch Schutz zu bieten; er hatte ein Stück Fell, das er einem tot am Wegrand zusammengebrochenen Kameraden weggenommen hatte, in zwei Teile geschnitten und um seine blutigen Füße geschlungen. Jeder Schritt war eine Qual, war Schmerz, Erschöpfung, Kampf und Angst. Der eisige Ostwind schien ihm die Haut vom Gesicht fressen zu wollen. Die Schneeflocken wirbelten in Kaskaden herunter, machten zeitweise den Blick auf alles, was ringsum geschah, unmöglich. Der Schnee war wie eine Wand. Eine Wand, hinter der der Tod lauerte, in allen Versionen des Schreckens. Er machte reiche Beute.

Sie starben wie die Fliegen. Die Soldaten, die Pferde, die Frauen und Kinder, die der Armee gefolgt waren. Sie sanken in sich zusammen und verendeten schweigend am Wegrand. Sie blieben im Schnee stecken, zu kraftlos, um die Beine noch zu heben, und warteten auf ihr Ende. Oder sie fielen unter den Kugeln der Kosaken, die immer wieder aus den Wäldern brachen und die Züge jammervoller Gestalten beschossen.

Am Abend kampierten sie irgendwo im freien Feld. Wer ein Zelt hatte, baute es auf, andere wickelten sich in ihre Decken und versuchten, unter freiem Himmel etwas Schlaf zu finden.

An diesem Abend schneite es zum erstenmal seit vielen Tagen nicht, aber der Wind wehte noch schärfer, und unter dem wolkenlosen Sternenhimmel breitete sich die Kälte so mörderisch aus wie noch nie.

Ferdinand war unter die ausladenden Zweige einer Tanne gekrochen, wo er ein wenig Schutz fand vor dem Wind. Seine Füße machten ihm inzwischen ernsthafte Sorgen, sie schmerz-

Ferdinand überlegte, ob er auch um so viele Jahre gealtert war wie Max. Gerade erst waren sie noch gemeinsam zur Schule gegangen, in dem kleinen Dorf in der schwäbischen Alb, waren als Nachbarjungen aufgewachsen, hatten von der Welt draußen geträumt und sich ausgemalt, wie sie hinauszogen, zahlreiche Abenteuer bestanden und als reiche Männer zurückkehrten. Ferdinands Träume waren vielleicht noch intensiver gewesen, von einer ernsthaften Dringlichkeit erfüllt. Bis hierher, bis in diese schneeverwehte, eisige Nacht irgendwo unter dem russischen Himmel verfolgten ihn die Worte seines Vaters, der ihn, solange er zurückdenken konnte, stets nur als Taugenichts tituliert hatte, als Nichtsnutz, Versager und Schwächling. Als Feigling ohne Mumm in den Knochen. Im ganzen Dorf hatte ihn sein eigener Vater lächerlich gemacht.

Als sich die Gelegenheit geboten hatte, mit den Truppen Napoleons nach Rußland zu ziehen, hatte er sich geschworen: Ich wage es. Ich gehe mit. Und ich werde zurückkommen mit einer Auszeichnung für meine Tapferkeit.

Seit Moskau ahnte er, daß es damit nichts werden würde. Das Fiasko zeichnete sich ab. Wenn er überhaupt wieder nach Hause kam, dann als ein erbärmliches Gerippe mit erfrorenen Füßen, ausgemergelt und illusionslos; ein Mensch, der dem Tod tausendfach ins Auge geschaut und ein Stück seiner Seele verloren hatte. Er würde keinen Orden mitbringen, keine Auszeichnung, nichts. Vielleicht das nackte Leben, was bedeutete: Er kehrte mit nichts mehr zurück, als womit er losgezogen war.

«Hast du etwas aus Moskau mitgenommen?» fragte Max.

Ferdinand schüttelte den Kopf. «Nein.» Warum eigentlich nicht? Wahrscheinlich deshalb, weil er wirklich der Trottel war, den sein Vater immer in ihm gesehen hatte. Er war so beschäftigt gewesen, Eßbares zu organisieren und sich um seine schrecklich schmerzenden Füße zu kümmern, daß er völlig vergessen hatte, sich wenigstens einen Kerzenleuchter oder eine silberne Gabel anzueignen.

«Ich habe etwas», sagte Max geheimnisvoll.

weinseligen Stimmung hat er ihn der Alten gezeigt. In einem Anfall von Größenwahn hatte er ihn in einem Münchner Auktionshaus ersteigert und damit fast das gesamte Erbe seines Vaters verpraßt – aber er behauptete, etwas habe ihn so unwiderstehlich zu der Waffe hingezogen, daß er nicht verzichten konnte.»

Vielleicht täusche ich mich doch nicht, dachte Ferdinand. Der Dolch schien in seinen Händen zu glühen. Die Smaragde funkelten ihn an wie die Augen einer hungrigen Katze.

«Der Dolch befand sich damals im Besitz des Landes Bayern», fuhr Max fort, «es hatte irgendein Drama um einen Mord und einen Selbstmord gegeben, und er war in polizeilichen Gewahrsam gelangt. Das Land brauchte Geld, und so kam es zu der Versteigerung.»

«Warum hat der Schauspieler der Wirtin den Dolch überlassen?» fragte Ferdinand.

«Er hat ihn ihr nicht überlassen. Er hat sich aus Liebeskummer damit getötet. Und sie hat die Tatwaffe an sich gebracht.»

Ferdinand lachte, aber dieses Lachen klang etwas mühsam und gepreßt. «Er scheint nicht gerade ein Glücksbringer zu sein, dieser Dolch.»

«Ja», sagte Max nachdenklich, «aber wir kennen nicht seine ganze Geschichte. Wahrscheinlich waren es nur einige unglückliche Zufälle, von denen sie mir erzählte. Eigenartig war nur ...» Er stockte.

«Ja?» fragte Ferdinand.

Max sagte langsam: «Als die Alte mir den Dolch gab und sagte, ich könne ihn behalten, und als ich fragte, warum sie das tue, da ...»

«Ja?»

«Da lachte sie. Und dann sagte sie, die Zeit und der Zar verlangten es von ihr.»

Die Kampfkraft der Invasoren war erheblich geschwächt; sie besaßen jedoch noch ein gutes Stück Schlauheit

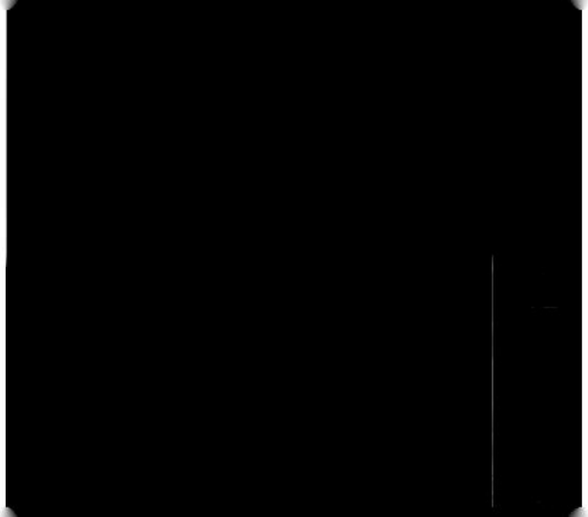

Ferdinand hatte längst jeden Kontakt zu den Leuten seiner Einheit verloren. Er wußte kaum mehr, wo er war, kaum mehr, wie er hieß und wohin er gehörte. Einzig ein lebenserhaltender Instinkt trieb ihn vorwärts; er hatte das andere Flußufer vor Augen und wußte, daß seine einzige Chance, am Leben zu bleiben, darin bestand, dieses Ufer zu erreichen.

Sieh nicht nach rechts, nicht nach links, hämmerte es in seinem Kopf, während er über Tote und Sterbende hinwegtrampelte und die Hände abschüttelte, die sich an seinen Beinen festkrallten, bring dich in Sicherheit, alles andere ist gleichgültig!

Er erreichte eine der Brücken. Ein Wagen hatte sich direkt vor ihm so verkeilt, daß er den Weg versperrte. Die Menge drückte Ferdinand gegen die Radspeichen, daß er nach Luft schnappte.

Jesus, dachte er panisch, sie zerquetschen mich. Sie töten mich.

Es gelang ihm, sich auf den Wagen emporzuschwingen. Eine Kugel pfiff ihm um die Ohren, daß er dachte, es müsse ihm den Kopf wegreißen. Er blickte in die ausgemergelten, fahlen Gesichter verwundeter Soldaten, die oben lagen; zwei von ihnen starrten mit aufgerissenen, glasigen Augen, in denen kein Leben mehr war, in den verhangenen Himmel, die anderen bewegten die aufgesprungenen, blutverkrusteten Lippen und baten fast tonlos um einen Schluck Wasser oder darum, ihnen die Schmerzen zu nehmen. Er kroch über sie hinweg, als seien sie nicht da oder als seien sie gefühllose Holzscheite; sie wimmerten, als er ihre Wunden berührte, und er betäubte mit aller Gewalt das Gefühl aufkommenden Ekels; eines Ekels vor sich selbst und vor dem Grauen, von dem er ein Teil war.

Er wollte auf der anderen Seite des Wagens wieder hinunterklettern, da sah er Max.

Er hatte den Freund seit zwei Tagen aus den Augen verloren und nicht gewußt, ob er überhaupt noch lebte. Max befand sich in einer verhängnisvollen Lage: Er war so weit an den

Ferdinand wußte, daß die augenblickliche Sicherheit trügerisch war.

Max erkannte das auch. «Wir müssen weiter», sagte er mit schwacher, aber drängender Stimme, «wir müssen so schnell wie möglich weiter. Wir schaffen es, Ferdinand!»

«Einen Moment noch», sagte Ferdinand. Er bemühte sich, gelassen zu wirken, aber in Wahrheit zuckte es in seinen Füßen. Kälte und Angst drängten ihn, keinen Augenblick länger zu warten, aber etwas anderes hielt ihn zurück.

Er wollte den Dolch!

Ihm war klar, daß er ihn von der Sekunde an gewollt hatte, da er ihn zum erstenmal in den Händen gehalten und dieses eigenartige Glühen gespürt hatte. Für den Dolch wäre er jedes Risiko eingegangen. Er wußte auch, daß er nicht wegen Max in den Fluß gesprungen war, daß er keineswegs den Freund gerettet hatte. Er hatte den Dolch untergehen sehen, und darum hatte er keine Sekunde gezögert, die Brücke zu verlassen. Es war der Dolch, der ihm die Kraft gegeben hatte, das rettende Ufer zu erreichen, der ihn zu der fast unmenschlichen Anstrengung befähigt hatte, Max über die verschneiten und verschlammten Wege zu schleppen. Er sah ihn ständig vor Augen. Er vermochte an nichts anderes zu denken.

Mühsam richtete sich Max auf, streckte den Arm aus. «Hilfst du mir?» fragte er.

In Ferdinands Schläfen pochte es. Warum fühlten sich seine Hände schon wieder so heiß an, obwohl er doch zugleich meinte, sterben zu müssen vor Kälte?

«Der Dolch ...» brachte er hervor. Seine eigene Stimme kam ihm fremd vor.

Max starrte ihn an. «Was?»

Er war nicht mehr er selbst. Er besaß noch genügend Objektivität, diesen Umstand feststellen zu können, hatte aber keinerlei Möglichkeit, etwas daran zu ändern. Es war, als habe eine fremde Macht von ihm Besitz ergriffen. Er spürte den

Doch was, wenn er es mit Max dann selber nicht nach Hause geschafft hätte? Zudem hätte er dann einen lebenslangen Zeugen gehabt. Dafür, daß er den geheimnisvollen Dolch nicht selber gefunden, geschweige denn für seine Tapferkeit verliehen bekommen hatte.

Er hatte sich umgedreht und war davongestapft, und die eigenartige fremde Kraft hatte Besitz ergriffen von ihm, und die Stimme in seinem Ohr, die «Verrat» schrie, war leiser und leiser geworden, und schließlich glomm sie nur hin und wieder müde auf, wie ein Feuer, das am Verlöschen ist.

Beinahe fünfhunderttausend Soldaten von Bonapartes großer Armee waren in Rußland gefallen oder in Gefangenschaft geraten, was in den meisten Fällen gleichbedeutend war mit dem Tod.

In seinem berühmten «29. Bulletin» gestand Napoleon erstmals seine Niederlage in Rußland offiziell vor der Welt ein, wobei er aber einzig den Winter für eine Vereitelung des Sieges verantwortlich machte. Er befand sich auf dem Weg nach Paris, während sich seine geschlagene Armee auf Wilna zuschleppte und dann auf Kowno. Das Thermometer zeigte inzwischen 30 Grad unter dem Gefrierpunkt an. Die verschneiten Felder rechts und links der Wege und Straßen waren jeden Morgen übersät mit den Leichen von Soldaten und Pferden, die in der Nacht zuvor in der Kälte gestorben waren. Immer wieder kam es zu Angriffen durch die Russen, deren Zahl sich ihrerseits jedoch ständig dezimierte, da auch sie sich nicht mehr gegen den tödlichen Frost zu wappnen vermochten.

Ferdinand war fast bis zum Skelett abgemagert, als er Kowno erreichte, und der Zustand seiner Füße ließ ihn Schlimmstes vermuten, aber er war wenigstens am Leben und noch immer entschlossen, seine Heimat wiederzusehen. Er hatte das Gefühl, der Dolch an seinem Leib verströme eine geheimnisvolle Kraft, die ihn alle Strapazen ertragen ließ.

Einigen Kameraden hatte er schon davon erzählt und recht

nach Rußland gezogen, war in die katastrophalste Niederlage eines großen Eroberers geraten und lebend aus ihr hervorgegangen. Er fühlte sich wie ein Held. Stark und unbesiegbar.

Die Bauern, die ihn bei sich aufgenommen hatten, behandelten ihn wie einen eigenen Sohn. Ferdinand war mit einem kleinen Trupp versprengter Soldaten nach Gumbinnen gelangt, einem kleinen Ort dicht hinter der russischen Grenze. Er wußte, daß es besser gewesen wäre, ein Stück weiterzuziehen, denn noch immer fielen Kosaken ein und zogen sich mit Gefangenen wieder zurück, aber er glaubte nicht, daß sie hierherkommen, daß sie ihn angreifen würden. Er brauchte ein paar Tage Ruhe, ehe er das letzte Wegstück in seine württembergische Heimat zurück beginnen konnte. Seine Kameraden und er wurden in verschiedenen Häusern untergebracht. Ferdinand hatte Glück: Seine Gastgeber sprachen Deutsch und zeigten großes Interesse an seinen Erlebnissen in Rußland.

Am dritten Abend erzählte er ihnen von dem Dolch.

«Es war kurz vor Moskau», berichtete er, «bei der Schlacht von Walutina-Gora. Habt ihr davon gehört? Eine Durchbruchsschlacht, hohe Verluste. Ich habe dem Kommandanten meiner Einheit das Leben gerettet. Habe mich vor ihn geworfen, als eine feindliche Kugel ihn beinahe umgebracht hätte. Ich bin mit einem Streifschuß davongekommen. Ihn hätte es das Leben gekostet.»

«Jesus!» sagte die Bäuerin ehrfürchtig. «Was für ein tapferer Mann du bist!»

«Nun ja», sagte Ferdinand. «Jeder andere hätte dasselbe getan.»

«Nein, das hätte niemand getan, und das weißt du auch. Du bist wirklich ein Held.»

«Ich bin von Marschall Ney persönlich ausgezeichnet worden», berichtete Ferdinand mit vor Bescheidenheit bebender Stimme.

Der Bäuerin blieb der Mund offenstehen. «Von Marschall

dem Bauern den Dolch und weidete sich an seinem ehrfürchtigen Gesichtsausdruck. «Ein schönes Stück, nicht wahr?»

«Ein herrliches Stück! Diese Juwelen ... er muß ein Vermögen wert sein!»

«Ich werde ihn natürlich nie verkaufen», sagte Ferdinand. «Er ist die Erinnerung an einen ganz besonderen Augenblick in meinem Leben.»

Der Bauer erzählte seinem Nachbarn von dem Dolch, und der erzählte es einem Freund, und der erzählte es dem Pfarrer. Nach und nach sprach es sich im ganzen Dorf herum, daß ein besonders tapferer Held unter ihnen weilte, der von einem der höchsten Offiziere Napoleons ein wunderbares Kleinod geschenkt bekommen hatte. Jeden Tag kamen Leute unter irgendeinem Vorwand in das Haus der Bauernfamilie, und alle fragten sie schließlich nach dem Dolch.

Ferdinand gewöhnte sich rasch daran und empfand es als äußerst beglückend, Mittelpunkt einer bewundernden Zuhörerschaft zu sein. In allen Einzelheiten schilderte er seine mutige Tat und schmückte sie von Mal zu Mal mit neuen Details aus. Dann zeigte er den Dolch. Jeder durfte ihn einmal anfassen, er machte die Runde durch alle Hände und wurde mit Staunen und leisem Gemurmel von einem zum anderen gereicht.

«Was mögen die Juwelen wert sein?» fragte ein junger Mann, Sohn eines wohlhabenden Bauern. «Weißt du etwas darüber?»

«Nichts Genaues», entgegnete Ferdinand. «Aber daß sie eine Menge wert sind, siehst du ja wohl. Allein die Smaragde ... Dafür würde man ein Vermögen bekommen!»

Der junge Mann blickte ihn eindringlich an. «Du solltest vorsichtiger sein», meinte er. «Du erzählst jedem von dem Dolch und zeigst ihn überall herum. Bist du nie auf die Idee gekommen, daß in den Menschen gefährliche Gedanken erwachen könnten?»

Ferdinand machte eine verächtliche Handbewegung. «Und

«Du bist eine echte Berühmtheit geworden», sagte sie stolz, und Ferdinand nickte geschmeichelt.

In Friedenszeiten wäre das Fest größer und üppiger ausgefallen. Aber seit Wochen fluteten die geschlagenen Truppen Napoleons auf ihrem Rückzug durch die Gegend an der russischen Grenze, und wollte man die Menschen nicht elend krepieren lassen, mußte man die Vorräte mit ihnen teilen. Aber es war der wohlhabendste Bauer im Ort, der eingeladen hatte, und deshalb floß trotz allem der Wein in Strömen, und es wurden wohlschmeckende Speisen serviert.

Ferdinand stand, wie immer, im Mittelpunkt der allgemeinen Aufmerksamkeit, aber er spürte, daß sich etwas veränderte. Die Leute aus dem Dorf sahen nach wie vor bewundernd zu ihm auf, aber es war auch eine ganze Reihe von Soldaten erschienen, und Ferdinand bemerkte, daß sie ihm nicht so vorbehaltlos Vertrauen schenkten, wie es die Bauern von Anfang an getan hatten. Er sah sie grinsen und tuscheln, und er hörte, wie einer zu seinem Tischnachbarn sagte: «Das ist der junge Kerl, der von Marschall Ney persönlich geehrt worden sein will. Kannst du dir das vorstellen? Wenn du mich fragst, der flunkert eine schöne Geschichte zusammen!»

Der Boden wird heiß hier, dachte Ferdinand, gut, daß ich morgen weiterziehe. Er sah den jungen Mann wieder, der ihn gewarnt hatte, allzu offenherzig von dem Dolch zu erzählen, und der, wie sich herausstellte, der älteste Sohn des Bauern war, der das Fest gab. Er hieß Heinrich und würde einmal den großen Grundbesitz erben. Ferdinand meinte, er sei doch eigentlich ein Glückspilz, aber Heinrich schien ein pessimistischer Mensch zu sein und von dem Gedanken beherrscht, das Leben sei eine einzige große Gefahr.

«Man darf niemandem trauen», sagte er wieder.

Ferdinand entgegnete: «Zuviel Mißtrauen bringt aber auch nicht weiter. Man muß an das Glück glauben, dann kommt es auch zu einem.»

«Was ist?» fragte er noch einmal. Er hatte nie im Leben viel Alkohol getrunken, und der Wein vom Vorabend hatte ihm sehr zugesetzt. Er fühlte sich elend und krank.

«Du sollst aufstehen», wiederholte die harte Stimme.

Mühsam rappelte er sich auf. Kräftige Hände zerrten ihn in die Höhe. Er schwankte wie ein Grashalm, als er endlich aufrecht stand.

«O Gott», murmelte er, «ich glaube, ich habe zuviel getrunken.»

«Ich glaube, du hast noch etwas ganz anderes getan», sagte der Mann, der ihn geweckt hatte. Ferdinand kannte ihn nicht. Irgend jemand aus dem Dorf.

«Was ist los?» fragte er zum drittenmal.

«Das wirst du schon sehen. Komm mit!» Der Mann stieß Ferdinand aus dem Raum, einen langen, steinernen Flur entlang und in eine kleine Schlafkammer hinein. Die Menge drängte hinter ihnen her.

In der Kammer sah Ferdinand Heinrich, den ältesten Sohn des Hofbesitzers, auf dem Bett liegen. Er war aschfahl im Gesicht. Mitten in seinem Herzen steckte der Dolch. Die Juwelen hatten einen dunklen, harten Glanz im trüben Licht des Wintermorgens.

Ferdinand brauchte einige Augenblicke, um zu begreifen, was er sah. Dann betastete er unter seinen Kleidern blitzschnell die Stelle, an der er immer den Dolch getragen hatte. Er war verschwunden. «Mein Dolch ist weg!» stieß er hervor.

«Was du nicht sagst!» Der Mann, der ihn geweckt hatte, hielt ihn noch immer mit eisenharter Hand fest. «Er muß wohl weg sein, nachdem er dort im Herzen dieses jungen Mannes steckt, den du kaltblütig ermordet hast!»

Der Bauer trat heran. Er sah um Jahre gealtert aus, und in seinen Augen stand unversöhnlicher Haß. «Dafür wirst du hängen», sagte er leise, «das schwöre ich dir!»

«Aber ich war es nicht!» rief Ferdinand. «Warum hätte ich das tun sollen? Ich habe die ganze Nacht tief geschlafen! Je-

versteckt! Jemand, der mir den Mord in die Schuhe schieben wollte! Ihr habt doch selber alle gesehen, wie wertvoll der Dolch war. Warum sollte ich ihn opfern für einen Ring und ein paar Goldmünzen? Ich müßte doch wahnsinnig sein!»

Die Menschen blickten ihn voller Verachtung und Abscheu an. Vergeblich suchte er nach der Zuneigung und Bewunderung, die er zuvor bei ihnen gefunden hatte. Alle hatten sich gegen ihn gewandt. Er schnappte Bemerkungen auf, die ganz anders klangen als alles, was sie noch bis zum Vortag über ihn gesagt hatten.

«Er kam mir gleich wie ein Prahlhans vor. Ich konnte ihn nie besonders gut leiden.»

«Wer weiß, ob die Geschichte stimmt, die er uns aufgetischt hat. Daß er den Dolch für seine Tapferkeit bekommen hat!»

«Vielleicht hat er schon einmal jemanden ermordet und ihm den Dolch gestohlen.»

«Ich glaube nicht, daß man ihm auch nur im geringsten trauen kann.»

«Ich habe niemanden getötet!» rief Ferdinand. «So glaubt mir doch!»

Aber er sah, daß sie ihm gar nicht glauben wollten. Er hatte Bewunderung, aber auch Neid in ihnen geweckt. Er war überzeugt, daß Heinrich von seinem jüngeren Bruder ermordet worden war, aber er konnte es nicht beweisen, und im übrigen war auch niemand an Beweisen seiner Unschuld interessiert. Er stand als Täter fest, war überführt. Man würde ihm den Prozeß machen, an dessen Ende der Galgen wartete. Er würde die Heimat nicht wiedersehen, und als einzigen Trost konnte er die Tatsache nehmen, daß seine Eltern wohl nie die schmachvollen Umstände des Todes erfahren würden. Man würde glauben, er sei in Rußland gefallen.

Wenigstens die Schande bleibt ihnen erspart, dachte er.

In den Tagen, da er in seinem Gefängnis – einem feuchten, dunklen Kellerverlies – auf den Prozeß wartete, mußte er oft an Max denken. Es gelang ihm nun nicht mehr, das Gesicht

11. warum freie Liebe einen Stich ins Herz versetzt und wo der Dolch des Kaisers bis heute ruht

VIRGINIA DOYLE

Der hundertjährige Jubilar saß am Kopfende der festlichen Tafel. Die weißgedeckten Tische waren im Halbkreis aufgestellt worden, an dessen Scheitel er, der älteste Mensch von Werderbrück, Platz genommen hatte. Eine Menge unbekannter Leute hatten ihm in der letzten halben Stunde die Hand geschüttelt. Sogar der Bürgermeister war darunter gewesen. Der Jubilar vermutete, daß es derselbe Mann war, der jetzt rechts neben ihm auf dem gepolsterten Stuhl saß und triumphierend in die Runde blickte, als hätte er gerade die Wahlen gewonnen.

Links neben ihm saß die Leiterin des Altersheims. Alle nannten sie «das Krokodil». Das mußte wohl etwas mit ihrem Gesicht zu tun haben, vermutete der alte Mann und grinste vor sich hin.

Wo war nur seine Pflegerin geblieben, die kleine Anita? Na ja, es lohnte nicht, sich umzublicken, sie würde schon wieder auftauchen. Er hatte absichtlich seinen Spazierstock verloren. Den suchte sie jetzt. Es gab nichts Schöneres als die Gewißheit, daß Schwester Anita sich für einen engagierte.

Der alte Mann blickte in die Runde. Offenbar war eine

beifuhren. Der Bürgermeister wandte sich immer wieder an den Jubilar, blickte auf ihn herab und grinste aufmunternd. «Lokalpolitik», «bedeutende Leistungen», «pazifistisches Engagement», «Widerstand», «Wiederaufbau», «sozialdemokratische Partei», «Aufopferung», «Erfolg», «Krönung des Lebenswerks».

Für den alten Mann waren das nur noch Worte, deren Sinn ihm nicht mehr wichtig war. Ihn interessierte viel brennender, ob Schwester Anita seinen Spazierstock schon gefunden hatte.

Zum Abschluß seines endlos langen Gesummes, dem immer wieder ein fröhliches Zirpen der Anwesenden antwortete, hob der Bürgermeister seine Stimme und das Glas und scherzte über die zu erwartenden kulinarischen Genüsse, und das war der Moment, wo der alte Mann plötzlich aufhorchte: «... Ran an die Birnen, ran an die Bohnen, ran an den Speck ... mit Dolch und Gabel und ...»

Mit Dolch und Gabel. Der alte Mann drehte am Lautstärkeregler seines Hörgeräts. «Sagten Sie eben Dolch und Gabel?» murmelte er. Aber der Bürgermeister hörte ihn gar nicht. Er war viel zu beschäftigt, seinen Witz zu Ende zu bringen.

Eine Rückkopplung quietschte im Ohr des Jubilars. Er drehte die Lautstärke zurück. Das Summen wurde leiser.

Dolch und Gabel, dachte er, was redet der Kerl da für einen Unsinn! Leeres Geschwätz.

Aber der alte Mann war zum erstenmal seit vielen Jahren wieder aufgeregt. Der Dolch! Sollte der Bürgermeister etwa ...

Er sah zu dem Redner auf, der ihm jetzt breit grinsend, rotgesichtig und schwitzend zuprostete.

Sollte das womöglich eine Anspielung gewesen sein? Aber worauf? Was war da eben tief in seinem Innern aufgebrochen? fragte sich der alte Mann, der plötzlich einen Stich in der Brust spürte.

Er hob seinen Sektkelch und prostete zurück.

Auf einmal standen alle Anwesenden auf und griffen nach ihren Gläsern.

1910 gewesen sein. Nach Feierabend – er machte damals eine Lehre als Buchbinder – war er auf der Suche nach einem Geschenk durch die Judengasse geschlendert. Einem Geschenk für ein Mädchen.

Klara wohnte in der Nachbarschaft, war so alt wie er und sah so ähnlich aus wie die erste Frau, die er später heiraten, und die letzte Geliebte, die er einmal besitzen würde. Brünett und Sommersprossen ...

In der Judengasse stieß er auf einen Trödlerladen: «Aaron Herzebaum ANTIQUITÄTEN Möbel Bücher Schmuck» stand auf dem Schild über dem Schaufenster. In der Auslage entdeckte er einen roten Hut. Rot! Was für eine verrückte Farbe für einen Hut. Aber gerade deshalb war er stehengeblieben. Das wäre ein ziemlich auffälliges Geschenk. Wenn Klara diesen Hut trug, würde man sie ständig fragen, woher sie ihn hätte. Sie würde ständig über ihn sprechen und an ihn denken müssen. Was für ein wunderbarer Gedanke!

Aber dennoch, dachte der junge Gustav Traenker: Würde sie ihn überhaupt aufsetzen? Vielleicht würde sie sich schämen. Sie würde ihn womöglich dafür hassen, daß er ihr ein solches Geschenk machte.

Und so stand er da und grübelte über den roten Hut nach und bemerkte gar nicht, daß ihn von drinnen jemand anstarrte. Ein Junge. Er war genauso alt wie er und saß auf dem Thron der Königin von Saba und beobachtete den unschlüssigen Möchtegernliebhaber, der draußen vor dem Fenster stand. Der Thron der Königin von Saba war ein riesiger lederner Ohrensessel, der auf einem Podest stand und von dem aus man dank einiger geschickt angebrachter Spiegel das Geschehen in dem verwinkelten Laden genausogut überblicken konnte wie das, was draußen vor dem Fenster passierte.

Der Junge trug das Haar etwas länger als gewöhnlich, Strähnen fielen ihm bis über die Augen. Er glotzte bewegungslos und theatralisch drein, als befände er sich in einem Shakespeare-Drama. Als Gustav ihn sah, zuckte er zusammen. Das

«Du suchst ein Geschenk für ein Mädchen?»

«Wie kommst du denn darauf?»

«Der rote Hut. Du mußt ganz schön verknallt sein, wenn du dieses gräßliche Ding in Betracht ziehst.»

«Was ist denn daran so schlimm?»

«Am Verknalltsein? Es ist der erste Schritt in das Schlammloch der Bürgerlichkeit.»

«Hä?»

«Es sei denn, du hast die rechte Gesinnung. Dann darfst du alle Mädchen lieben, denn die Revolution braucht viele Kinder.»

«Was redest du da für einen Unsinn?»

«Keine Ursache, gern geschehen.»

Beinahe hätten sie sich dann geprügelt, aber letzten Endes lief es doch darauf hinaus, daß Julius seinem Kunden «etwas viel Besseres» als den roten Hut empfahl: ein Medaillon.

«Das kann sie sich umhängen. Das schmückt ungemein. Außerdem ist es fast Gold, und man kann es aufklappen. Statt eines Fotos empfehle ich die Locke des Verehrers.»

Gustav kaufte das Medaillon, obwohl ihm dabei nicht wohl war. Er schnitt sich eine Haarlocke ab und klebte sie ein. Der Erfolg war, daß Klara und alle anderen Mädchen aus der Nachbarschaft sechs Wochen lang jedesmal in Gelächter ausbrachen, wenn sie ihn vorübergehen sahen.

In die Judengasse ging er nicht mehr, obwohl er sich abends im Bett immer wieder ausmalte, was er mit diesem Schweinehund aus dem Antiquitätenladen machen würde, wenn er ihn zu fassen bekäme.

Das war erst zwei Jahre später der Fall. Auf der Parteiversammlung. Er entdeckte ihn während der Rede des Bezirksvorsitzenden Rudi Kamlade. Herzebaum stand am Rand des Saals und hörte spöttisch lächelnd zu.

Kamlades Rede war beeindruckend. Voller Stolz verwies der Vorsitzende darauf, daß die Sozialdemokraten mit 110 Sitzen

«Unsinn. Sekretär.»

«Die Genossin hat einen Sekretär?»

«Unsinn. Ihr Mann ...»

«Die Genossin hat einen Mann?»

«Jawoll.»

«Na dann ...» Herzebaum machte Anstalten, das Bier selbst zu trinken.

Gustav drehte sich um und wollte das umkämpfte Bierglas endlich seiner Bestimmung zuführen, aber Rosa Kamlade war verschwunden. Der Disput der beiden jungen Heißsporne hatte sie nicht interessiert.

Die Gelegenheit zur Verbrüderung war gekommen.

Die Gläser waren schnell geleert, und wenig später, nachdem sie die Vorzüge des Schnapses entdeckt hatten, kam die leidige Sache mit dem Medaillon zur Sprache, und der kurz aufflackernde Konflikt wurde in beiderseitigem Einvernehmen beigelegt.

Am nächsten Mittag wachte Gustav in einem engen, stikkigen Zimmer auf. Die Vorhänge waren zugezogen, nur wenige Lichtstrahlen fanden den Weg bis zu seinem Lager. Er hatte nicht die leiseste Idee, wo er sich befand. Er drehte den Kopf – und begann wie am Spieß zu brüllen.

Ein riesiger Affe mit einem Messer in der Hand stürzte sich auf ihn!

In plötzlicher Panik rollte er sich zur Seite, fiel von der Matratze, suchte Deckung hinter einem ausgestopften Iltis, warf einen Paravent um, stieß sich den Kopf an den Fängen eines Säbelzahntigers, begann zu strampeln und verursachte erst dadurch, daß der Gorilla ins Wanken geriet und schließlich mit einem dumpfen Poltern direkt auf sein Nachtlager fiel.

Der Dolch bohrte sich ins Kopfkissen.

Gustav schrie nochmals laut auf, merkte, daß er kurz davor war, in Hysterie zu verfallen, holte tief Luft und klappte den Mund zu. Sein Herz pochte im Sechsachteltakt.

In diesem Zusammenhang schließlich war Julius auf die Idee gekommen, eine hinterlassene Stahlkassette seines kürzlich verstorbenen Vaters zu öffnen. Bis zu diesem Moment hatte er tatsächlich nicht den Mut dazu gehabt, weil er fürchtete, Schuldscheine oder noch Schlimmeres darin zu finden.

In der Kassette befand sich jedoch nur ein einziger Gegenstand, ein alter Dolch mit abgestoßener Klinge.

«Das ist ja verrückt», sagte Julius. «Und ich habe es nie glauben wollen.»

«Was ist verrückt? Was hast du nie glauben wollen?»

«Die Geschichte von diesem Dolch.»

«Mit dem abgenutzten Ding kannst du nicht mal Brot schmieren.»

«Laß mich doch ausreden. Dieser Dolch ist mit einem Fluch beladen.»

«Dann leg ihn wieder rein und schließ ab!»

«Ich dachte immer, das sei ein Märchen. Ich hätte nie geglaubt, daß es dieses Ding wirklich gibt. Unglaublich!»

«Komm jetzt! Ich bin hundemüde. Außerdem ist mir schlecht.»

«Aber hör doch mal ...» Julius war nicht mehr zu bremsen. Die Waffe in der linken Hand, kletterte er mühsam zum Thron der Königin von Saba hinauf und stellte sich schwankend davor. Er hob den Dolch und rief: «Zu Karolus dem Tyrannen schlich ...» Dann brach er ab und starrte fasziniert das alte Ding in seiner Hand an.

«Bravo!» rief Gustav und klatschte.

«Hoppla!» Julius taumelte auf dem Podest nach vorn. Beinahe wäre er heruntergefallen.

«Was denn für ein Karolus?»

«Karl der Große!» schrie Julius lauter, als er wollte.

Gustav winkte müde ab: «Pah! Olle Kamellen.»

Julius war empört. Das Podest und der Thron der Königin von Saba wackelten bedrohlich. «Zwölf Jahrhunderte!» rief er aus. «So alt ist dieser Dolch. Glaub's mir!»

mittellos nach Königsberg und versuchte den Dolch zu verkaufen. Niemand wollte ihn haben, nur die Juwelen ließen sich einzeln losschlagen. Der Bauer wurde zum Bettler. Eines Tages lag er tot vor dem Laden meines Großvaters. Mein Großvater behielt den Dolch und bewahrte ihn in dieser Kassette auf. Er nahm ihn mit, als er nach Westen ging. Dann erbte ihn mein Vater und jetzt ich.»

«Hat dein Vater dir diese Geschichte erzählt?»

«Ja, und er hat den Dolch niemals aus der Kassette genommen.»

«So ein Schwachsinn.»

«Er hatte einen Heidenrespekt vor dem Ding.»

«Aberglaube.»

«Bist du nicht abergläubisch?»

«Nö.»

«Ich auch nicht.» Julius stand auf. Er konnte sich kaum noch geradehalten. «Ich bin Karolus, der olle Kamellenkaiser!» Das Messer glitt ihm aus der erhobenen Hand.

«Und ich dein Harald von der Schiet!» rief Gustav und breitete die Arme aus, um seinen Freund aufzufangen, der vom Podest herunterfiel.

Sie alberten noch eine Weile herum, malten sich blutrünstige Morde aus und konnten gar nicht genug davon kriegen. Schließlich landete der Dolch in der Pranke des Gorillas, der ihn dann ins Kopfkissen von Gustav bohrte.

Ein Jahr später hatte sich Gustav als Sekretär des Vorsitzenden unentbehrlich gemacht. Die beiden Freunde sahen sich seltener, aber jedesmal, wenn sie zusammentrafen, fanden sie Gelegenheit, sich in politischen Dingen zu streiten.

Julius warf Gustav vor, als Sekretär eines Reichstagsabgeordneten sei er schon ein gutfunktionierendes Rädchen der bürgerlichen Staatsmacht geworden. Gustav argumentierte, daß die Arbeiter die gesellschaftliche Macht nur auf parlamentarischem Wege erlangen könnten.

«Wir haben es endlich geschafft, die Proudhonisten, die Bakunisten und die Kropotkianer zu vereinen.»

«Du hast dich den Anarchisten angeschlossen?»

«Erstaunt dich das? Hast du mir nie zugehört?»

«Aber die Partei!»

«Wir sind alle Sozialisten, oder? Ich bin doch nicht der einzige Libertäre in der SPD. Willst du mich etwa ausschließen?»

«Natürlich nicht.»

«Na also. Wir haben übrigens jeden Freitag einen Diskussionszirkel zum Thema freie Liebe. Die hübschesten Anarchistinnen der Stadt kommen dort zusammen. Freitags bist du doch immer hier.»

«Und was macht ihr da so?»

«Diskutieren, Broschüren entwerfen, Flugzettel schreiben, über Bücher sprechen und ...»

«Und?»

Julius lachte: «Wenn du dein gieriges Gesicht jetzt sehen könntest!»

«Mistkerl!»

«Die Liebe bleibt der freien Assoziation der autonomen Individuen überlassen.»

«Hm.»

«Ich zum Beispiel habe ...» Julius berichtete von einer Genossin, deren einziger Makel die Nickelbrille war.

Gustav hörte aufmerksam zu. Nach zwei weiteren Bieren begann er von einer Frau zu schwärmen, die für ihn unerreichbar sei. Abgesehen von den anatomischen Details drückte er sich sehr ungenau aus. Es klang so, als sei sie etwas älter als er.

Die Anarchistengruppe besuchte er nie. Das war ihm hinsichtlich seiner Karriere in der Partei zu riskant.

Dann kam das Jahr 1914 und mit ihm der Ausbruch des Ersten Weltkriegs. Am 4. August stimmten die Sozialdemokraten im Reichstag für die Kriegskredite. Auf der nächsten Parteiversammlung in Werderbrück flogen die Fetzen. Auch

Er hatte ihr einen glühenden Brief geschrieben. Soviel Zeit war während der Arbeit an Kamlades Rede dann doch noch gewesen. Den Brief, so hatte er sich überlegt, wollte er Julius anvertrauen, der ihn dann Gustavs Angebeteter überbringen sollte.

Es war nicht einfach, aber es gelang ihm schließlich doch noch am späten Nachmittag, den Gasthof zu verlassen. Er mußte gar nicht bis in die Judengasse gehen. Draußen vor dem Goldenen Adler hatte sich bereits eine Gruppe lautstarker Demonstranten eingefunden. Es war keine große Menschenmenge, aber sie waren nicht zu überhören. Kriegsgegner, radikale Sozialisten. In der ersten Reihe entdeckte Gustav seinen Freund. Rechts und links hatten sich zwei hübsche junge Frauen bei ihm eingehakt. Eine von ihnen trug eine Nickelbrille.

Als Julius ihn sah, verdüsterte sich sein Gesicht. Gustav zuckte zusammen. Vielleicht war das jetzt doch nicht der richtige Moment, um seinen Freund um diesen besonderen Gefallen zu bitten. Er ging auf ihn zu und versuchte ein Lächeln. Die beiden Frauen erwiderten das Lächeln, Julius' Gesichtszüge blieben starr.

Kaum hatte Gustav jedoch in kurzen, hektischen Worten sein Anliegen vorgebracht, brach Julius in lautes Lachen aus.

«Ist denn das zu fassen?» rief er aus. «In dieser historischen Situation denkt mein Freund, der staatstragende Sozialdemokrat, an nichts anderes als ein Rendezvous!»

Er wollte den Brief seinen beiden Freundinnen zeigen, aber Gustav riß ihm den Umschlag wieder aus der Hand: «Nicht!»

«Oh, der Herr liebt es, geheim zu lieben. Wendet euch ab, ihr Geschöpfe des Lichts, diese Zeilen müssen im verborgenen zugestellt werden.»

Die Mädchen lachten und hielten sich theatralisch die Augen zu.

Julius stopfte den Brief in seine Jackentasche. «Wir werden sowieso bald eine Pause machen, um Kräfte für den Abend zu

… Deckung.»

«Kannst du den Brief überbringen?»

Ich werd's schon schaffen.»

«Und bitte, absolutes Stillschweigen. Versprich mir …»

«Na klar, ich bin dein Freund, das weißt du doch. Ich werde schweigen wie ein Grab.»

Gustav blickte noch einmal kurz zu den beiden …istinnen und ging dann zurück in den Goldenen Adler.

… tumultartig und steigerte sich zur … Radikalen. … Vorfrüh- … ischen …

den vom Ordnungsdienst abgefangen. Es kam zur Schlägerei. Die Radikalen wurden in eine Ecke gedrängt.

Kamlade, dem noch das Blut aus dem Mundwinkel lief, stolperte aufs Podium und begann eine polemische Rede gegen die «als angebliche Sozialisten eingeschleusten Agenten des Auslands», gegen «rückschrittliche und gefährliche Romantiker» und «Vaterlandsverräter». Dann machte er eine rhetorische Pause, wartete ab, bis etwas mehr Ruhe eingekehrt war, und schoß seinen letzten Giftpfeil ab: «Von jedem deutschen Genossen lasse ich mich gerne über meine Vaterlandsliebe belehren, aber nicht von einem aus dem Osten eingewanderten jüdischen Schacherer, der keine Heimat kennt und davon lebt, dem deutschen Arbeiter durch seine Verschlagenheit das hart verdiente Geld aus der Tasche zu ziehen!»

Nach diesem Satz herrschte Totenstille im Saal.

Herzebaum blieb erstaunlich ruhig. In das verstörte Schweigen hinein sagte er nur einen Satz: «Und von wem hat deine Frau den Diamantring, den ich vorhin an ihrer Hand gesehen habe?»

Kamlade zuckte zusammen. Dann brüllte er: «Hinaus mit diesen Schweinen!»

Der sozialdemokratische Ordnungsdienst tat seine Pflicht und prügelte die Radikalen aus dem Saal.

Das letzte, was Gustav von seinem Freund wahrnahm, war der stechende Blick, den dieser ihm zuwarf, ein Blick, der zu sagen schien: Siehst du, ich habe es immer gewußt!

Nachdem wieder Ruhe eingekehrt war, konnte Kamlade endlich seine patriotische Rede halten, die zum größten Teil aus der Feder seines Sekretärs stammte. Die Anwesenden sprachen ihm danach das Vertrauen aus.

Am nächsten Morgen um halb sieben wurde Gustav vom stellvertretenden Vorsitzenden im Haus seiner Mutter aus dem Bett geholt. Becker war schweißüberströmt, blaß und außer Atem.

«Gus… die Augen a…

heftig.

Der schlug die Augen a…

«Kamlade ist tot!»

«Was?»

«Kamlade! Tot!»

Der junge Mann richtete sich auf: «Was redest du da für einen Unsinn? Was soll das? Wie spät ist es überhaupt?»

Seine Mutter stand in der Tür und rieb die Hände nervös an …ürze. Sie wollte gar nicht aufhören damit. «Mein … endlich auf!»

… ist er denn?»

«Ach so.»

«Mensch, Gustav, wie kannst du nur so gleichgültig sein? Er war doch dein Freund.»

«Ja. Mehr als das sogar.»

Sie erreichten den Goldenen Adler, mußten zwei Polizeiposten passieren und stiegen dann über die knarrende Stiege in den ersten Stock des Gasthofs.

Der Kriminaler war ein grobschlächtiger Riese mit kahlem Kopf, breitem Gesicht und großen Händen. Er führte Gustav in das Zimmer, wo Kamlades Leiche noch immer auf dem Boden lag.

«Erstochen», sagte Mannheimer. «Saubere Arbeit.»

«Ein Attentat?» fragte Gustav.

«Wie kommen Sie denn darauf?»

«Wurde er nicht von hinten …?»

«Er wurde nicht von hinten erstochen, sondern von vorne. Stich ins Herz.»

«So …» sagte Gustav.

«Ich schätze», sagte Mannheimer, «Kamlade hat seinen Mörder selbst hereingelassen. Jedenfalls hat der Wirt behauptet, er hätte dem Vorsitzenden ein Bier gebracht, und Kamlade hätte die Tür danach wieder abgeschlossen.»

«Also hat er seinen Mörder gekannt?»

«Offensichtlich. Und das bedeutet, daß ich alle Freunde und Bekannten des Toten verhören werde, alle seine –» Mannheimer verzog angewidert das Gesicht – «Genossen.»

«Sie meinen, es war ein politischer Mord?»

«Könnte sein, könnte auch nicht sein. Ein Dieb war es jedenfalls nicht, denn es wurde nichts gestohlen. Wo waren Sie denn heute nacht?»

«Zu Hause, im Bett. Nachdem die Veranstaltung vorbei war, haben wir noch ein Bier zusammen getrunken, Kamlade, ein paar Genossen und ich, und dann bin ich nach Hause. Fragen Sie meine Mutter.»

Mannheimer nickte. «Hab ich schon. Sie bestätigt das.»

Gustav blickte irritiert die Leiche an und zeigte dann zur Tür. «Können wir nicht, ich meine …»

«Rausgehen? Sicher, wenn es Ihnen lieb ist. Aber Sie sollten sich schon mal an den Anblick gewöhnen …»

«Wie bitte?»

«Leichen gibt's im Krieg nämlich in rauhen Mengen.»

Sie verließen das Zimmer und blieben draußen vor der Tür im düsteren Gang stehen.

«Ihr Sozialisten wollt doch mit in den Krieg ziehen, oder?»

… aus.»

… auch nicht zugetraut. Sozis mit Mumm,

und drehte den Türknopf. «Kommen Sie!» sagte er und trat durch die Tür.

Über eine schmale, steile und morsche Treppe gelangten sie nach unten in einen schmutzigen Hinterhof, in dem vermoderte Kisten und anderer Müll herumlagen. Von dort führte sie ein enger Durchgang zwischen zwei feuchten Häusermauern hindurch in einen weiteren Innenhof.

«Hier geht's wohl nicht mehr weiter», stellte Mannheimer fest.

Der Hof war eng, es roch modrig. Gustav blickte nach oben. Wo war der Himmel?

«Na bitte!» sagte Mannheimer. «Hier!»

«Was denn?»

«Wieder Blut.»

«Ich sehe nichts.»

«Sie müssen sich schon ein bißchen bücken.»

Blut an einem Türchen, das zu einem schiefen Zaun gehörte. Dieser umfaßte eine Treppe, die in einen Keller führte.

«Da gehen wir jetzt runter», sagte Mannheimer.

Sie kamen in einen Kellerraum, der vollgestopft war mit alten Möbeln und Gerümpel. Dann stiegen sie eine Leiter hoch, Mannheimer stieß eine Luke auf, und plötzlich standen sie im Laden von Julius Herzebaum.

Gustav blickte sich um: «Nanu ... wir sind hier?»

«In der Judengasse», nickte Mannheimer. «Im Laden Ihres Freundes und –» er verzog verächtlich das Gesicht – «Genossen Herzebaum.»

«Aber ... was hat das zu bedeuten?»

«Der Mörder ist hierher geflüchtet.»

«Der Mörder? Warum?» fragte Gustav begriffsstutzig.

«Meistens gehen sie nach der Tat nach Hause», sagte der Kriminaler, «Mörder sind auch nur Menschen.»

«Nach Hause? Sie meinen ... Julius ...?»

Mannheimer nickte: «Julius Herzebaum, Jude, Sozialist, Pazifist, Anarchist, Vaterlandsverächter und Schacherer.»

«Und de [illegible]» [illegible] Blut [illegible]
Zunge. E[illegible] wie i[illegible] das Blut [illegible] D[illegible]?»
«Sieh [illegible] Woher wissen Sie [illegible]
«E[illegible] Dol[illegible]»
Mann [illegible] blickt [illegible] jungen [illegible] daß
«Ist doch [illegible] lich, wie schnell [illegible]
der Jude [illegible] Dolch [illegible] was? Lieg[illegible]
das Mord[illegible] Blut [illegible]»

«Der Ring, von dem er gestern abend gesprochen hat ...»

«Tja. Eigentlich hätte Ihr Chef diesen Juden totschlagen sollen», sagte der Kriminaler. Er holte einen Schlüssel aus der Tasche: «Kommen Sie, wir gehen vorne raus. Dieser dreckige Hinterhof verdirbt einem die Laune.»

Draußen strahlte die Sonne zwischen den Häuserlücken hindurch und erleuchtete die Gasse, in der geschäftiges Treiben herrschte.

«Sie waren befreundet mit diesem Herzebaum, stimmt's?»

«Ja, wir kennen uns schon lange.»

«Der Jude weiß, wie er täuschen kann», sagte Mannheimer, während er die Ladentür wieder abschloß. «Trotzdem, wenn Sie ihn im Untersuchungsgefängnis besuchen wollen ...»

«Nein.»

«Ich verstehe. Wiedersehen.»

Gustav sah dem Beamten nach. Dann drehte er sich um und ging in die andere Richtung.

Freie Liebe – die beiden Worte kreisten ihm im Kopf herum. Freie Liebe – lächerlich! Freiheit und Liebe paßten nun mal nicht zusammen.

Zwei Tage nachdem Julius Herzebaum verhaftet worden war, riß eine gutplazierte Bombe ein mächtiges Loch in die dicke Mauer des Untersuchungsgefängnisses. Zwei Gefangene wurden leicht verletzt, drei konnten entkommen, unter ihnen Julius Herzebaum. Den eilig verhafteten Anarchisten aus dem Freundeskreis des Antiquitätenhändlers konnte nichts nachgewiesen werden. Trotzdem wurden sie tagelang in Gewahrsam behalten und unverhältnismäßig hart verhört. Da niemand redete, gelang Julius Herzebaum die Flucht nach Amerika, wo er ein erfolgreicher Geschäftsmann wurde.

Das Summen war zu einem auf und ab schwellenden Dröhnen geworden. Der alte Mann erwachte aus seinen Erinnerungen und sah auf. Offenbar hatten sie ihn vergessen. Er war nur der Anlaß gewesen, jetzt feierten sie ohne Grund weiter. Ihm war das recht.

Plötzlich spürte er etwas Warmes neben sich, sah auf und blickte in das lächelnde Gesicht von Schwester Anita. Sie hielt seinen Stock in der Hand. Also war sie tatsächlich bis in die Herrentoilette vorgedrungen, um ihn wiederzufinden. Der alte Mann grinste.

«Sie sind ein ganz Schlimmer», sagte Schwester Anita und …hte mit dem Finger. Ihre Stimme drang wie durch eine …us Watte zu ihm.

… wand. Er blickte sie ratlos an. Was war … Dolch. … ack. … und wiegte

«Staub und Spinnweben!» schimpfte sie. «Ich möchte mal wissen, wozu wir Staubsauger haben.»

«Gib mir den Koffer!» kommandierte der alte Mann.

«Ach Gott», sagte Schwester Anita. «Ich will wenigstens den Staub wegmachen.» Sie wischte mit einem Tuch über den Kofferdeckel. «Was ist da überhaupt drin?»

«Geh jetzt!»

«Ach, war das alles? Bin ich neuerdings Ihre Haushälterin?»

«Geh.» Er starrte den Koffer an.

Schwester Anita verließ das Zimmer.

Der alte Mann öffnete den Koffer, riß das Innenfutter auf und zog den Dolch des Kaisers heraus. Willi Arnold, der einmal Gustav Traenker geheißen hatte, hielt den Dolch jetzt genauso wie damals, nachdem er ihn wieder aus dem Beinteil der Ritterrüstung im Korridor des Gasthauses Zum Goldenen Adler hervorgeholt hatte. Er starrte auf das eingetrocknete Blut seines Genossen und Chefs, das Blut von Kamlade.

Es klebte nie an meinen Händen, dachte der alte Mann, es klebte immer nur am Dolch.

Er hatte Rosa Kamlade ganz für sich haben wollen. Deshalb hatte er ihren Mann erstochen. Im Taumel von Eifersucht und Liebeswahn, denn Rosa wollte nicht mehr. Wollte bei ihrem Mann bleiben, wie sie behauptete. Aber in Wirklichkeit war da ein anderer. Einer, der die freie Liebe propagierte. Einer, der sie alle um den Finger wickeln konnte, wenn er wollte. Einer, der nicht mal auf einen Freund Rücksicht nahm. Herzebaum. Der hatte ihr sogar einen Diamantring geschenkt. Ein Erbstück, hatte Rosa ihm stolz erzählt. Gustav vermutete, daß er so falsch war wie Julius' Charakter.

Wenn er den Ring nicht auf der Parteiversammlung erwähnt hätte, wäre Gustav gar nicht auf die Idee gekommen, den Freund mit dem Mord zu belasten. Aber diese bodenlose Frechheit mußte gerächt werden. Den Weg durch die versteckte Tür im Adler über die Hinterhöfe zu Herzebaums Laden hatte er am Vortag durch Zufall entdeckt.

Ursprünglich hatte er den Dolch wieder in den Laden zurückbringen wollen. Dort hatte er nämlich immer noch in der Pranke des Gorillas gesteckt. Weil Julius das so witzig fand. Und weil ohnehin niemand glaubte, daß dieses alte Ding wirklich wertvoll war. Gustav hatte den Dolch geholt, war durch die Hinterhöfe zum Gasthof geschlichen, hatte an der Tür Kamlades geklopft und dem überraschten Genossen wortlos den Stich ins Herz verpaßt.

[illegible]sensbisse? Er hatte keine. Oft genug hatte er mit Rosa [illegible] Leben für sie beide weitergehen würde, wenn [illegible] Rosas Erbschaft würde eine wunder- [illegible] sie sich immer wieder ausge- [illegible] funkt.

[illegible] der getreten [illegible]

ging er unter falschem Namen in den Untergrund, später zusammen mit Rosa ins Exil. Nach dem Krieg kamen sie zurück, und er stieg weiter auf. Als sie ihm zu alt geworden war, wechselte er von Rosa zu einer jüngeren Geliebten. Daß sie sich deswegen umbrachte, fand er unnötig. Aus dem Skandal um die Geliebte ging er gestärkt hervor. Er schaffte es sogar, das gemeinsame Kind zu verleugnen.

Alles war gutgegangen.

Bestens.

Aber jetzt zitterte er.

Der Dolch!

Niemand durfte diesen Dolch sehen!

Er wickelte ihn wieder in das ölige Tuch und verbarg ihn unter seinem Jackett.

Er wartete, bis es draußen ruhig war. Dann nahm er alle Kräfte zusammen und schob seinen Rollstuhl nach draußen in den Flur und dann zum Fahrstuhl.

Er durchquerte den Garten des Pflegeheims. Ganz leise knirschte der feine Kies unter den Reifen seines Rollstuhls.

Der Weg war nicht weit. Er hatte gerade noch genug Kraft, um bis zu dem Teich zu kommen. Dort zog er den Dolch hervor und holte mit dem rechten Arm weit aus. Dann warf er den Dolch in einem, wie er glaubte, hohen Bogen auf den Teich hinaus. Dabei verlor er das Gleichgewicht. Irgendwie hatte er den Rollstuhl ungünstig geparkt und außerdem vergessen, die Bremsen festzustellen. Der Rollstuhl ruckte nach vorn und kippte um. Der alte Mann landete mit dem Gesicht zuerst im Wasser.

Es dauerte nicht lange, da war er ertrunken.

Die Zeitungen machten einen Skandal daraus. Die Nachlässigkeit in der Altenpflege grenze an Menschenverachtung, die Pflegeversicherung sei eine Farce, ausgerechnet ein solch verdienter Bürger müsse einen derart gräßlichen Tod sterben, und dann auch noch an seinem hundertsten Geburtstag.

Schwester Anita wurde als Sündenbock auserkoren und gekündigt. Natürlich machte sie sich Vorwürfe, aber andererseits konnte sie sich auch nicht erklären, wie der alte Mann es geschafft hatte, in seinem Rollstuhl bis zu dem winzigen Goldfischteich im Garten des Pflegeheims zu kommen. Und dann? Hatte er sich absichtlich hineingestürzt? Was für ein beängstigender Gedanke.

Der kleine Teich wurde zugeschüttet. Der Dolch wurde … gefunden, als das Pflegeheim einige Jahre später we… abgerissen werden mußte und an gleicher … entstand.

Über die Autoren

HORST BOSETZKY wurde 1938 in Berlin geboren und ist seit 1973 Professor für Soziologie. Berühmt wurde er unter dem Pseudonym -ky zunächst mit seinen Krimis, die in zahlreiche Sprachen übersetzt und mehrfach ausgezeichnet wurden. Seit seinem Roman *Der letzte Askanier* tritt Bosetzky auch als historischer Autor hervor.

ANNETTE DÖBRICH, 1949 in Würzburg geboren, ist gelernte Buchhändlerin und lebt als Pfarrfrau in München. Für ihren ersten Roman, *Am Abgrund der Träume*, wurde sie mit dem Literaturförderpreis der Stadt München ausgezeichnet. Es folgten die Krimis *Abendfrieden*, *Domina* und *Das Ritual des Schweigens*. Ihr neuer Roman *Die Last der Engel* ist in Vorbereitung.

VIRGINIA DOYLE, Mitte Dreißig, ist das Pseudonym einer mehrfach ausgezeichneten Krimiautorin. Sie lebt inzwischen in Maidstone (Grafschaft Kent), wo sie sich der professionellen Corgi-Zucht hingibt und ihre ersten drei historischen Romane geschrieben hat. Zuerst erschien *Die schwarze Nonne*, es folgen *Kreuzfahrt ohne Wiederkehr* und *Das Blut des Sizilianers*.

ROBERT GORDIAN wurde 1938 geboren. Er war zunächst Fernsehredakteur und Theaterdramaturg, dann vor allem Fernseh- und Hörspielautor. Nach seinen Romanen um Odo und Lupus, Kommissare Karls des Großen, schrieb er u.a. den zweibändigen Roman über die Langobardenkönigin Rosamunde. Zuletzt erschien *Aufstand der Nonnen*.

HANNS KNEIFEL, 1936 in Gleiwitz/Oberschlesien geboren, lebt seit Ende der sechziger Jahre als freier Schriftsteller. Neben seinen Büchern zur «Raumpatrouille Orion» ist er vor allem mit seinen historischen Romanen berühmt geworden: *Hatschepsut, die Pharaonin*, *Der Bronzehändler*, *Die Spur des Widders* u.a.

CHRISTINE LEHMANN wurde 1958 in Genf geboren und lebt als Nachrichtenredakteurin in Stuttgart. Nach ihrem Debüt mit dem Hundekrimi *Kynopolis* begann sie ihre Serie
... der Krimiheldin Lisa Nerz. Ihr neuer Roman, *Pferdekuß*,
... bereitung. Christine Lehmann ist die Tochter von:

... mann, der 1929 in Madras geboren
... war er Nachrichtenredakteur
... akteur in Stuttgart. Er
... zu den Hethi-
... von Je-

Dutzend Science-fiction-Romane. Zuletzt erschien seine Romanbiographie *Attila – König der Hunnen.*

siegfried obermeier wurde 1936 in München geboren und lebt in Oberschleißheim. Er schrieb zahlreiche, in viele Sprachen übersetzte Sachbücher und Romane mit historischer Thematik, so u. a. *Richard Löwenherz, Mein Kaiser – mein Herr, Torquemada, Kleopatra, Echnaton.* Siegfried Obermeier wurde mit der Littera-Medaille und dem Schleißheimer Kulturpreis ausgezeichnet.

petra oelker, Jahrgang 1947, arbeitete als freie Journalistin u. a. für die *Brigitte.* Sie hat Jugend- und Sachbücher veröffentlicht, u. a. *Nichts als eine Komödiantin – Die Lebensgeschichte der Friederike Caroline Neuber.* Dem großen Erfolg ihres ersten historischen Romans, *Tod am Zollhaus*, folgten zwei weitere, in deren Mittelpunkt Hamburg und eine Komödiantin stehen: *Der Sommer des Kometen* und *Lorettas letzter Vorhang.*

Petra Oelker

Petra Oelker
Tod am Zollhaus *Ein historischer Kriminalroman*
(rororo 22116)
In einer Regennacht des Jahres 1765 wird im Hamburger Hafen der Schreiber des Großkaufmanns Claes Herrmann ermordet. Der Täter, da sind sich die Hamburger sicher, ist Jean Becker, der Prinzipal eines Wandertheaters. Schließlich hat die Wache ihn volltrunken neben der Leiche gefunden. Schauspielerin Rosina forscht nach und kommt einer heimtückischen Intrige auf die Spur ...
Mit ihrem ersten Roman eroberte Petra Oelker auf Anhieb die Taschenbuch-Bestsellerlisten.

... des Kometen

«Eigentlich sind wir uns ganz ähnlich» *Wie Mütter und Töchter heute miteinander auskommen*
(rororo sachbuch 60544)
In vielen Gesprächen und Interviews ist Petra Oelker dem gegenwärtigen Stand der Mutter-Tochter-Beziehungen nachgegangen. Sie hat dabei auch registriert, wie sich die Geschichte der beiden deutschen Staaten in der heutigen gesellschaftli-... ...alität niederschlägt ...elle die Väter ...den.

3692/1

Linda Barnes

«Carlotta Carlyle ist eine großartige Bereicherung der schnell wachsenden Gruppe intelligenter, witziger, verführerischer, tougher, aber dennoch verwundbarer Privatdetektivinnen ...» *The Times*

Carlotta steigt ein
(thriller 43264)

Carlotta fängt Schlangen
(thriller 42959)

Carlotta jagt den Kojoten
(thriller 43099)

Carlotta spielt den Blues
(thriller 43160)
«Der Roman bezieht seinen Reiz aus einer eigenartigen Mischung zwischen einer spannenden Krimihandlung und der außerordentlich intensiven, in allen Farben des Spektrums schillernden Beschreibung der Popmusik-Szene.» *Radio Bremen*

Im Wunderlich Verlag liegen vor:

Ein Schnappschuß für Carlotta
352 Seiten. Gebunden und als rororo thriller 43250

Carlotta geht ins Netz
384 Seiten. Gebunden

«Carlotta Carlyle ist eine

Klugmann / Mathews

«Da werden endlich wieder Geschichten erzählt, die so intelligent und spannend sind, die zum Zittern und Lachen bringen. Allererste Empfehlung: die subtil anarchistischen Polizeikomödien der beiden Hamburger Norbert Klugmann & Peter Mathews.»
Lui

Beule & Co
Beule oder Wie man einen Tresor knackt. Ein Kommissar für alle Fälle. Flieg, Adler Kühn
(thriller 43101)
Die Helden des Autorenduos scheinen auf den ersten Blick wenig perfekt. Sie haben Probleme mit Frauen, mit sich selbst und mit ihrer Kondition. Eigentlich sind sie ganz selten richtige Helden ...

Die Schädiger. Tote Hilfe
Zwei Krimikomödien
(thriller 43275)
«Witzig und spannend» (*Süddeutsche Zeitung*) ist der häufigste Kommentar zu diesen etwas anderen Krimis. Zwei Geschichten um den ewigen Loser Rochus Rose und die Jungs von der alternativen Tankstelle.

Vorübergehend verstorben
Roman
(thriller 43306)
Die Männer sind alle Verbrecher, ihr Herz ist ein finsteres Loch... Die Anwältin Luise Rubato fährt lieber in die Grube, als der Moral der Männer zu erliegen.

rororo thriller

Norbert Klugmann
Treibschlag *Ein Fall für den Sportreporter*
(thriller 43238)

Zielschuß *Ein Fall für den Sportreporter*
(thriller 43241)

Doppelfehler *Ein Fall für den Sportreporter*
(thriller 43228)

Schweinebande
(thriller 43175)

Tour der Leiden *Best of Foul Play*
(rororo 43324)

«**Norbert Klugmann** legt ein wahnsinniges Tempo vor und ihm fließen mitunter Dialoge aus der Feder, gegen die hochgerühmte amerikanische Kollegen die reinsten Langweiler sind.» *Süddeutscher Rundfunk*

Ein Gesamtverzeichnis der Reihe *rororo thriller* finden Sie in der *Rowohlt Revue*. Vierteljährlich neu. Kostenlos in Ihrer Buchhandlung.

Serientäter

Kenneth Abel
Köder am Haken
(thriller 43245)

Die Mauer des Schweigens
(thriller 43276)

Meschugge *Der Roman zum Film von Dani Levy und Maria Schrader*
(thriller 43363)
In der Kleinstadt Hameln brennt eine Schokoladenfabrik ab. Brandstiftung. Der jüdische Eigentümer entkommt knapp dem Tod. – New York City. Die Mutter von David Fish, hat in der Zeitung das Bild des Schokoladenfabrikanten gesehen und ihren todgeglaubten Vater erkannt. Kurz darauf wird sie ermordet ...

John Baker
Ins offene Messer
(thriller 43259)

Tiefschlag

Robert Crais
Falsches Spiel in L.A.
(thriller 43299)
Susan Martin war der gesellschaftliche Mittelpunkt in L. A. und die Frau des Topmanagers «Teddy». Sie wurde brutal mit einem Hammer erschlagen, und das Motiv scheint glasklar: Susan wollte sich scheidenlassen ...

Im freien Fall
(thriller 43309)